KARINE LEBERT

Née en Normandie, dont les paysages inspirent le décor de certains de ses romans, Karine Lebert est chroniqueuse en architecture et arts de vivre. Elle est l'auteur de plusieurs romans qui traitent de sujets historiques ou contemporains et mettent souvent en scène des personnages féminins. Parmi eux : *Nina et ses soeurs* (2009), *Loin de Margaux* (2012) et *Les Sortilèges du Tremblay* (2013), préfacé par Yves Jacob, aux Éditions De Borée. Elle a également publié aux Presses de la Cité *Ce que Fanny veut...* (2015), *Les Amants de l'été 44* (2018), *Pour l'amour de Lauren* (2019) et *Les Murmures du lac* (2020) chez le même éditeur. *Pour l'honneur des Rochambelles* paraît aux Presses de la Cité en 2021. Karine Lebert est membre de la SADN (Société des auteurs de Normandie) et de la SGDL (Société des gens de Lettres).

LES MURMURES DU LAC

DU MÊME AUTEUR
CHEZ POCKET

LES AMANTS DE L'ÉTÉ 44

1. LES AMANTS DE L'ÉTÉ 44
2. POUR L'AMOUR DE LAUREN

LES MURMURES DU LAC

KARINE LEBERT

LES MURMURES DU LAC

PRESSES DE LA CITÉ

MIXTE
Papier issu de sources responsables
FSC® C003309

L'éditeur de cet ouvrage s'engage dans une démarche de certification FSC® qui contribue à la préservation des forêts pour les générations futures.

Pour en savoir plus :
www.editis.com/engagement-rse/

ISBN 978-2-266-31527-2
Dépôt légal : mars 2021

A mes parents,
Vendéens d'adoption et de cœur

A Patrick, like always…

Prologue

Lac du Jaunay

L'hiver avait chassé les promeneurs des berges du lac. Il n'y avait personne sur les sentiers pédestres, aucun pêcheur occupé à enfreindre la réglementation en lançant son hameçon, encore moins d'amateurs de canoë, kayak ou pédalo. Les différents types d'hébergement, du camping à l'hôtel, étaient fermés, et les activités dédiées aux enfants, comme la promenade à dos d'âne, ne reprendraient pas avant le printemps. Les abords de la vaste étendue d'eau étaient vides et désolés, à l'image de l'ensemble du département de la Vendée, qui somnolait pendant la morte-saison en attendant l'afflux touristique de l'été.

Voilà sans doute pourquoi Lucille Launay, née Martineau, avait choisi ce jour de semaine, juste après le déjeuner, pour assouvir sa passion de la moto sans craindre de déranger quiconque, à l'exception des oiseaux qui se mirent à fuir le bruit. Un tel moyen de locomotion n'était pas autorisé au sein de ce lieu préservé, mais la jeune femme pressentait qu'elle ne risquait pas d'être verbalisée. Le seul problème était le tapage causé par sa puissante Kawasaki, propre à donner l'alerte. Sinon, elle doutait de rencontrer quelqu'un bravant le froid et la grisaille en ce début d'après-midi de février.

Lucille se trompait. Elle se croyait seule au lac de Jaunay, or elle avait été suivie et était pour l'heure épiée. Pendant qu'elle défiait le sort en accélérant sur le sol glissant, projetant de la boue aux alentours, son corps musclé protégé par une épaisse combinaison noire, une jeune femme l'observait, attentive à ne pas trahir sa présence. Comme Lucille, Isaure était née sur cette terre vendéenne, à La Roche-sur-Yon puisque leur mère avait dû quitter l'île d'Yeu plusieurs jours avant le terme pour accoucher en toute sécurité. Ne disait-on pas, à l'époque où les jumelles étaient petites, que Lucille ressemblait au littoral sud-ouest d'Yeu, avec son caractère emporté, son tempérament de feu semblable aux falaises granitiques et abruptes de cette côte sauvage, alors que la nature docile d'Isaure s'apparentait à la tranquillité des plages de sable fin du nord-est de l'île, protégées des fracas de l'océan ?

L'évocation du passé bouleversait toujours Isaure. Et comme à chaque fois qu'elle se comparait à sa sœur, un sentiment de frustration l'envahit ; elle frissonna sous son blouson trop léger. Que faisait-elle là, à contempler en cachette les prouesses techniques de Lucille, telle une gamine espionnant son idole dans les bras d'une rivale, partagée entre excitation et rancœur ?

A ce moment précis, tableau vivant de la jalousie et de l'amertume, Isaure pouvait presque entendre les rires moqueurs et les remarques désobligeantes qui avaient accompagné son enfance et son adolescence. Jusqu'à ce que la décision s'impose à elle, après le drame, de tirer à jamais un trait sur tout cela en quittant son foyer. Du moins l'espéra-t-elle longtemps, avant de comprendre qu'elle ne faisait que déplacer son mal-être et l'échec incontestable de sa vie à l'autre bout du monde. Certes, le regard de sa sœur ne pesait plus sur elle comme une condamnation et un rappel constant de son insignifiance, néanmoins le destin ne s'était pas montré plus favorable sous une autre latitude. Et à présent, Isaure était de retour dans sa région natale. Toujours aussi démunie, sans ressources et n'ayant aucune idée de l'avenir qui l'attendait.

Lucille avait sans doute l'intention de faire le tour du lac à moto ; son engin avait disparu, même si sa sœur en percevait encore la pétarade. Quel culot de transgresser la loi en empruntant ce sentier avec sa machine infernale ! Elle n'avait pas changé en vingt ans, méprisant encore les interdictions, n'obéissant qu'à ses désirs, cédant à sa passion pour le risque, provoquant admiration ou indignation. Fervente écologiste, Isaure désapprouvait l'attitude de Lucille et ses conséquences sur la faune et la flore. Comme autrefois, cette dernière faisait preuve d'un égoïsme qui écartait d'emblée toute considération touchant à l'agrément de la nature et des animaux. Son plaisir immédiat l'emportait sur tout le reste.

A présent glacée, Isaure choisit de retourner à sa voiture de location, qu'elle avait garée un peu plus loin, sur le parking, mit le moteur en route et tenta de se réchauffer en réfléchissant. Cela faisait plusieurs jours qu'elle marchait ainsi dans le sillage de sa sœur et elle avait récolté assez de renseignements pour comprendre que Lucille était demeurée la même, autoritaire, battante, inflexible. Il serait donc difficile de s'attirer sa compassion et de l'amener à répondre favorablement à sa demande. En proie à un découragement familier, Isaure se serait une fois de plus abandonnée au désespoir si elle n'avait pas décelé l'écho de la Kawasaki revenant à son point de départ. Aussitôt, elle sortit du véhicule sans claquer la porte. Se glissant dans la forêt, avançant jusqu'aux berges en prenant garde de rester invisible, elle repéra sa sœur, immobile face à un ponton en bois qui avançait sur l'eau. Incrédule, elle entendit la moto monter en puissance. Se pouvait-il que Lucille soit assez casse-cou pour foncer sur la jetée et freiner juste avant le plongeon inévitable dans le lac ? Elle devait être inconsciente pour agir de cette façon si irresponsable, oubliant toute prudence… Avant qu'Isaure ait pu méditer davantage sur cette question, la moto s'élança. La jeune femme poussa un cri puis soupira de soulagement quand elle stoppa au bout de la plate-forme. Elle avait envie de courir vers sa sœur afin d'arrêter cette folie, néanmoins elle était assez lucide pour savoir qu'un tel geste serait source de malentendus et la mettrait dans une situation des plus embarrassantes.

Lucille désirait apparemment réitérer son exploit. Devant la plate-forme, sa moto produisait un tel charivari qu'Isaure craignit que quelqu'un n'avertisse la gendarmerie de la scène qui se jouait là. A nouveau, la machine bondit sur le plancher ; Isaure se détourna, s'attendant à percevoir le hurlement des freins qu'on actionne et l'arrêt brutal du moteur. Rien de tel n'arriva ; un bruit étrange survint, qui la força à regarder. La moto gisait à terre, renversée sur le côté. Et sa sœur avait disparu.

En proie à l'affolement, elle ne chercha même plus à passer inaperçue, courut jusqu'au lieu du drame et se mit à scruter l'eau, à la recherche d'un corps. Ne discernant rien, elle ôta ses chaussures à la hâte et plongea. Isaure était une excellente nageuse, mais elle savait que le véritable danger résidait dans la température du lac, qui n'excédait pas dix degrés à cette période de l'année. Cela la fit d'ailleurs suffoquer quand elle résolut de s'immerger en entier afin d'inspecter les profondeurs. Un nouveau regard sous la surface ne lui offrit à voir qu'un voile nébuleux difficile à percer. Elle prit conscience que son blouson était une entrave, tout en maintenant le froid à distance. Elle nageait avec difficulté dans cet accoutrement encombrant. Tout en s'efforçant de garder la tête hors de l'eau, elle l'ôta et le lança sur le ponton, où il offrit une image aussi macabre que la moto inanimée. Frissonnant de tous ses membres, Isaure se mit à avancer dans l'eau en parcourant sa surface des yeux.

A intervalles réguliers, elle sondait le fond du lac, n'y voyait pas grand-chose susceptible de l'aiguiller vers une forme échouée. Ses forces s'amenuisaient. La froidure l'attaquait de toute part, ralentissant puis anéantissant ses efforts. Elle comprit qu'à demeurer plus longtemps dans le Jaunay sa résistance faiblirait, qu'elle finirait par se trouver mal. Personne ne pouvant l'assister, elle risquait fort de s'enfoncer au sein du lac comme cela semblait avoir été le cas pour sa sœur, assurément entraînée par son casque et sa lourde combinaison de protection.

Si elle ne regagnait pas vite la berge, elle risquait de périr noyée. Après un dernier regard vers le Jaunay pour être certaine de n'avoir pas laissé échapper un indice, elle se dirigea vers le ponton. Elle avait sauté sans réfléchir et elle réalisait à présent qu'il lui serait impossible de se hisser, à la piètre force de ses bras ankylosés, sur les hauts pylônes dénués de la moindre prise. Il n'y avait pas non plus d'échelle pour l'aider. Dans ces conditions, la solution était d'avancer jusqu'à la rive, à une distance rendue problématique en raison de son épuisement. Son souffle se raréfiait et une sarabande de points noirs dansait devant ses yeux. Il n'était plus question de songer à Lucille mais de mobiliser ce qui lui restait de forces pour survivre à cette épreuve dont, n'écoutant que son instinct, elle n'avait pas mesuré le danger. Avec lenteur, elle se mit à nager en s'efforçant de réguler sa respiration, de se concentrer sur un seul but, regagner la terre ferme, sans penser à la température de l'eau, ni à ses défaillances qui la portaient au renoncement.

Au bout de cinq longues minutes, elle parvint à la rive, se mit à ramper sur le sol boueux, à bout de forces, la peau du visage et des mains bleues, tremblante, à moitié évanouie, mais bien vivante. Elle devait sans tarder appeler les secours, cependant elle ne parvenait pas à se lever ; marcher jusqu'à sa voiture pour téléphoner lui paraissait irréalisable. Elle ne pouvait pas non plus rester là, immobile, à la merci du froid dans ses vêtements trempés, et d'un endormissement fatal.

Au prix d'un effort surhumain, elle parvint à se redresser et à progresser jusqu'au parking, handicapée par l'absence de ses chaussures, en claquant des dents. Elle craignit un instant d'avoir perdu ses clés dans l'eau, les trouva dans la poche de son pantalon. Elle se félicita alors de ne pas les avoir glissées dans le blouson oublié sur le ponton. Une fois assise sur le siège avant, elle fit démarrer le moteur et lança le chauffage à fond. Peu à peu, elle sentit l'énergie lui revenir, même si ses habits allaient mettre du temps à sécher.

Sur le point de composer le 18, elle réalisa l'inanité de son acte. Quand bien même les pompiers arriveraient dans les plus brefs délais, Lucille aurait succombé depuis longtemps lorsqu'ils la retrouveraient. Elle était sûrement déjà passée de vie à trépas. Et il ne resterait plus qu'à constater l'accident mortel. D'ailleurs, comment Isaure justifierait-elle sa présence ? La situation avait basculé avec une brutalité, une cruauté dont elle ne parvenait pas à se remettre. Une poignée de secondes avait suffi pour faire disparaître Lucille et submerger d'horreur, de tristesse et de désarroi la dernière Martineau encore de ce monde. Plutôt que de prévenir quiconque, il lui fallait fuir au plus vite avant qu'on la remarque. Quelqu'un qui tomberait sur la moto, ainsi que sur le blouson et les chaussures, alerterait les gendarmes, lesquels établiraient un lien entre la propriétaire de l'engin et sa disparition. Le sac à main de Lucille contenant ses papiers devait se trouver dans le coffre de sa moto et leur fournirait son identité. A ce moment-là, Isaure serait loin.

Encore plus troublée, la jeune femme hésita. *La carte d'identité de Lucille était là, tout près*. Résolue à bloquer cette pensée inopportune, elle s'apprêta, non sans appréhension, à retourner sur le ponton récupérer sa veste et ses tennis. C'était si tentant, pourtant. Une évidence, même. Sa vie avait toujours été ardue, semée d'épreuves, privée d'ancrages et de moyens financiers, alors que, d'après ses premières investigations, celle de sa sœur semblait être à l'opposé, à l'image de leurs tempéraments si dissemblables. Elle ne nuirait à personne en prenant sa place. L'épave de la moto lui rappela combien fragile était son subterfuge. Néanmoins, il serait toujours temps d'inventer une explication puisqu'elle était incapable de remettre l'engin d'aplomb et encore moins de l'enfourcher pour rejoindre l'île d'Yeu ; elle ne possédait pas le permis requis et, se démarquant une fois de plus de sa sœur, n'imagina pas une seconde conduire ce bolide sans un minimum de pratique. De plus, elle ne pouvait pas abandonner derrière elle la voiture de location.

Toujours grelottante, elle retourna près du lac, où il n'y avait toujours aucune trace de Lucille. S'approchant de la Kawasaki, elle ouvrit le top-case avec difficulté, en sortit le sac de sa sœur, un Longchamp, une preuve supplémentaire de sa prospérité, et fouilla à l'intérieur, repérant vite le portefeuille dans lequel étaient rangés ses papiers, ainsi que les clés de la maison et son téléphone portable. Renonçant à perdre davantage de temps en inventoriant son contenu, elle regagna sa voiture, blouson sur le dos, baskets aux pieds, sans un regard en arrière.

Première partie

ÎLE D'YEU

Février 2010

1

En état de choc, Isaure roulait en direction du port de Fromentine, près de Noirmoutier, où elle pourrait prendre le bateau jusqu'à l'île d'Yeu, seule traversée possible l'hiver, les embarcadères de la pointe de la Fosse, des Sables-d'Olonne et de Saint-Gilles-Croix-de-Vie n'étant opérationnels qu'en été. A la pensée de cette station balnéaire, elle s'aperçut qu'elle avait laissé ses bagages dans la chambre du petit hôtel où elle avait trouvé refuge depuis son arrivée en Vendée. Elle s'était présentée sous un nom d'emprunt et les propriétaires avaient accepté l'absence de pièce d'identité quand elle avait payé plusieurs nuits d'avance en espèces. Elle devait récupérer ses affaires puis quitter les lieux sans exiger le remboursement des frais perdus afin de ne pas attirer l'attention ; si elle se montrait généreuse, peut-être resteraient-ils discrets au sujet de cette cliente un peu étrange ?

Tandis qu'elle modifiait sa trajectoire, la certitude que sa sœur s'était noyée lui serrait la gorge et lui comprimait la poitrine. Même si ses relations avec Lucille, constamment entachées de jalousie, avaient cessé avec la fuite d'Isaure pour le Mexique, elle était bouleversée par sa mort. Et le fait que l'accident soit survenu sous ses yeux accentuait sa peine et son désarroi. La réconciliation était désormais impossible.

Jetant un regard de côté sur le sac de marque de Lucille, elle se sentit encore plus mal. Certes, elle avait tout tenté pour la sauver, on ne pourrait pas lui reprocher d'avoir failli, cependant elle avait renoncé à téléphoner aux pompiers et à la gendarmerie afin de voler ce précieux sésame qui allait lui permettre d'échanger une vie médiocre contre un destin dont elle avait toujours rêvé. Elle savait par Internet et les réseaux sociaux que Lucille ne s'était pas remariée et qu'elle vivait des biens légués par son défunt époux, Gérald Launay, mort d'un cancer et dont elle n'avait pas eu d'enfants, ce qui faciliterait l'usurpation. Cette idée prenait corps en Isaure, animée par la certitude que là résidait une chance unique de s'extraire d'une situation financière désespérée. Car il était tout à fait possible que Lucille ait fait un testament l'excluant de sa succession.

Avant le panneau signalant Saint-Gilles, Isaure se gara sur une aire de parking, trop perturbée pour continuer à conduire. Les sanglots la secouèrent pendant de longues minutes. Elle était consciente de pleurer en raison du traumatisme vécu, la perte de sa sœur bien sûr, mais pas avec la même intensité, la même sincérité que si les deux femmes avaient été proches. Elles n'avaient jamais été liées par un quelconque respect mutuel, le besoin l'une de l'autre, des intérêts communs ou un amour surpassant les petites rivalités fraternelles. Quand ses larmes se tarirent, elle s'efforça de réparer les dégâts sur son visage, où le mascara avait coulé après l'immersion dans le lac, puis elle vérifia l'aspect de ses vêtements, encore bien trempés. Depuis son départ du Jaunay, elle n'avait cessé d'éternuer, et elle espérait pouvoir mettre sa sale mine sur le compte d'un rhume.

Toujours bouleversée, elle se trompa de chemin, sa voiture venant buter au fond d'une impasse dite « des Rochers », dans laquelle elle ne put opérer un demi-tour. Il lui fallait faire une marche arrière, or elle s'en sentait incapable. Hébétée face au mur encadrant une vaste propriété, elle ne prêta pas attention au couple qui sortait de la petite maison sur sa gauche.

— Mademoiselle, tout va bien ? s'enquit un homme d'environ soixante-quinze ans, très mince.

Une femme du même âge, plus replète, le suivait.

Isaure s'efforça de retenir ses larmes. Elle ne devait surtout pas sembler bizarre.

— Merci, je… je me suis perdue.

— Que cherchez-vous ?

Elle nomma son hôtel et l'homme entreprit de lui indiquer le trajet.

— Voulez-vous un verre d'eau ou… une boisson chaude, par ce temps ? intervint celle qui devait être son épouse, visiblement inquiète.

Isaure se ressaisit :

— Je vous remercie, madame. Mais je suis pressée. Merci encore.

Elle opéra une marche arrière laborieuse, guidée par le couple, qui lui expliqua habiter la maison blanche aux volets bleus. Elle les quitta sur un signe de la main et un sourire. Cette rencontre l'avait un peu réconfortée.

Il existe encore des personnes bienveillantes sur cette terre, se dit-elle, non sans mesurer aussitôt la naïveté d'une telle pensée.

L'hôtel se situait en retrait de la ville, un emplacement défavorable qui, conjugué à la modestie de sa façade et à l'absence de confort, ne lui avait pas permis d'obtenir la moindre étoile. En l'espèce, il convenait au budget d'Isaure. Il n'y avait personne à l'accueil quand elle entra ; pressant le pas, elle fila vers sa chambre, au premier étage, dans laquelle elle s'enferma, ivre de soulagement. Nul ne pourrait désormais témoigner l'avoir vue arborant une chevelure, un jean et un blouson ayant séjourné dans l'eau. Son état n'éveillerait plus aucun soupçon. Se débarrassant vite de ses habits, elle prit une douche chaude, se sécha les cheveux, enfila des affaires propres et se remaquilla. Pour conjurer une migraine naissante, elle avala une aspirine et fit sa valise en quelques minutes, tant elle possédait peu de choses.

Tout se déroula normalement au moment de rendre les clés. Elle invoqua une urgence pour justifier son départ anticipé et le propriétaire ne proposa pas de la rembourser. Au moment de prendre congé, elle déclara d'un ton ferme :

— Gardez l'avance sur les prochaines nuits.

— Merci, madame, mais c'est normal. J'ai refusé des clients qui voulaient précisément votre chambre.

Se gardant de la moindre remarque ironique, Isaure hocha la tête et sortit. Elle avait l'impression d'avoir passé avec succès la première partie d'un examen. Elle n'en était pas moins lucide sur la difficulté des épreuves, qui irait crescendo.

Reprenant le volant, elle eut la tentation d'appuyer sur l'accélérateur afin de ne pas rater le dernier départ pour l'île d'Yeu, puis elle réfléchit qu'il ne serait pas judicieux de s'attirer un contrôle de gendarmerie. Quel permis présenter, celui de sa sœur ou le sien ? Elle avait loué une Twingo en arrivant à Roissy, sous son vrai nom cette fois-ci, et elle était censée la restituer en Vendée.

Longeant la mer, elle jeta un œil sur les bateaux multicolores appartenant aux pêcheurs qui habitaient le pittoresque quartier de la Petite Ile. Puis elle continua sa route jusqu'à la plage déserte de Boisvinet, bordée de villas anciennes. Elle avait encore presque une heure de trajet avant d'embarquer à Fromentine. Un crachin la força à actionner ses essuie-glaces et une nouvelle vague de désespoir la submergea à la pensée de sa sœur et de l'avenir compliqué qui l'attendait, quelle que soit la voie empruntée : prendre l'identité de Lucille pour, si son stratagème n'était pas éventé, bénéficier enfin d'une vie décente, ou bien rester Isaure Martineau, avec le fardeau que sa situation impliquait ; elle n'avait ni travail ni argent, ne possédait même plus de toit pour s'abriter. En dépit des griefs qui les opposaient, Isaure supposait que Lucille aurait fini par l'aider, sans lui épargner pour autant des reproches que la jeune femme aurait acceptés, n'ayant pas d'autre choix. Désormais, elle ne pouvait compter sur personne. Si elle ne trouvait pas vite une solution, elle serait rapidement réduite à la mendicité.

La maison d'Yeu pouvait au moins servir d'asile pour la nuit. Il serait bien temps d'aviser le lendemain matin. Certes, d'ici là, la moto risquait d'être repérée, mais Isaure se sentait si lasse et découragée que seule la demeure de son enfance lui semblait à même de la protéger dans l'immédiat. Elle conduisit sur les départementales qui sinuaient entre des champs dénudés et pénétraient dans des villages aux habitations basses et blanches, laissant son cerveau au repos.

Parvenue à son but, elle gara la Twingo sur un parking et s'empara de son bagage. Le catamaran le *Pont-d'Yeu* attendait ses rares voyageurs à Fromentine. Elle acheta un ticket et monta sur le bateau, où elle se réfugia dans la salle réservée aux passagers, priant pour qu'aucun d'entre eux ne connaisse Lucille et ne tente d'engager la conversation. Une famille avec deux enfants chahuteurs, peut-être des touristes, bien que cela parût peu probable à cette époque de l'année, quelques hommes travaillant sans doute sur le continent, une jeune fille envoyant des SMS qui rentrait vraisemblablement chez ses parents, telles étaient les personnes regagnant l'île ce soir-là. Isaure s'assit à une place isolée et feignit de s'abîmer dans le sommeil afin d'échapper aux regards. Elle n'était pas certaine d'ailleurs de résister à l'appel de la fatigue après les péripéties et les émotions de la journée, son plongeon dans l'eau glaciale, sans compter son ventre vide, puisqu'elle n'avait pas pris le temps de déjeuner. Son estomac émettait d'ailleurs des signaux embarrassants et, pour cette raison et quelques autres, elle appréciait sa solitude. Néanmoins, à peine le navire avait-il quitté le goulet de Fromentine qu'Isaure cédait à la tentation d'admirer l'île au loin, la traversée ne durant que trente minutes. Nul ne lui prêtant attention, elle s'approcha d'une vitre pour apercevoir Yeu avant que la nuit tombe.

Le bateau avait dépassé la bouée d'observation et, à l'horizon, la silhouette de l'île se découpait sur un ciel déjà assombri. Isaure reconnut tout d'abord le phare des Corbeaux, vers le sud. Le clocher de l'église Saint-Sauveur apparaissait aussi, au centre. Son regard se porta vers Port-Joinville, avec le château d'eau et le bois de la citadelle de Pierre-Levée ; c'était là que sa sœur habitait, là où elle accosterait et trouverait peut-être enfin la paix, à moins que ce ne soit le contraire, qu'un terrible sort n'accompagne ses agissements somme toute illégaux, propres à lui valoir la prison. Passant au nord d'Yeu, elle avisa le grand phare et la balise des Chiens-Perrins, sur laquelle les vagues s'acharnaient. Le bateau finissait de longer cette côte, qui mesurait à peine dix kilomètres de long et quatre de large. Une pensée ranima sa panique : dès qu'elle débarquerait, il lui faudrait endosser l'identité de Lucille ; il était vain d'imaginer échapper aux regards des autres sur une surface aussi étriquée. Un étranger ne passait pas inaperçu ici, surtout en cette saison. Elle espérait que ses traits, identiques à ceux de Lucille, duperaient tout le monde. Cela avait toujours été le cas, autrefois, quand elles s'amusaient à se faire passer l'une pour l'autre. Seuls leurs parents parvenaient à les différencier.

Comme le jour s'amenuisait, les lampadaires s'allumèrent, éclairant les maisons blanches aux volets bleus de Port-Joinville. L'alignement des phares signalait l'entrée du port. Isaure sentit le moteur du bateau ralentir. Serrant le col de son blouson autour de son cou, la jeune femme quitta le catamaran la dernière en baissant la tête comme si elle luttait contre le vent. Connaissant par cœur la route qui la mènerait à la maison de sa sœur, elle avança d'un pas rapide, les yeux rivés au sol, soulagée par l'obscurité dans laquelle sa silhouette s'estompait, l'heure tardive et le froid qui chassaient les insulaires des quais. Il lui fallut dix minutes pour rejoindre le quartier de son enfance et, si elle croisa quelques passants, aucun ne s'adressa à elle ni même ne la salua. Les phares des rares voitures balayaient les rues, et les mouettes se manifestaient parfois par des cris stridents qui la firent sursauter jusqu'à ce qu'elle s'habitue à cette présence inoffensive. Isaure pensait que l'émotion la gagnerait une fois devant la demeure familiale, mais elle se sentait trop épuisée et aux abois pour éprouver ne serait-ce qu'un semblant de nostalgie face à l'habitation des Martineau. D'autant plus que la panique la submergea dès qu'elle vit les lumières aux fenêtres. Quelqu'un se trouvait à l'intérieur.

Sa première pensée fut qu'il s'agissait de Lucille. Une Lucille bien vivante, qui s'était à nouveau jouée d'elle et triomphait, ironique et vindicative, face à cette pauvre sœur qui avait eu l'outrecuidance de croire qu'elle pourrait la remplacer même un instant. Cependant, comment aurait-elle pu échapper à la noyade ? Isaure se tapit dans l'ombre d'un pin pour épier les lieux et réfléchir à la conduite à adopter. Elle distingua un profil derrière les rideaux, une femme qui n'était pas Lucille et qu'elle ne connaissait pas. La personne chargée du ménage ? Une amie qui se serait inquiétée de l'absence de Lucille et, possédant les clés, aurait tenu à vérifier si rien de grave n'était survenu ? Quelle que soit cette personne, Isaure était contrainte de se présenter à elle sous l'identité de Lucille. Elle ne pouvait plus se permettre une nuit d'hôtel sur l'île même où elle était censée vivre et il n'y avait pas de départ pour le continent avant le lendemain matin.

Le portail était ouvert. Elle pénétra dans le jardin, s'avança vers le perron de l'imposante maison blanche constituée de plusieurs ailes, typique d'Yeu avec son crépi blanc et ses volets bleus. Elle était consciente de l'écho des vagues se fracassant contre les rochers qui accompagnait sa progression comme pour en souligner l'aspect périlleux, car la mer était toute proche. Sur le point de frapper à la porte, elle se ravisa à temps et y introduisit la clé appartenant à Lucille. Elle aurait peut-être dû sonner pour ne pas effrayer l'occupante des lieux, mais elle ignorait comment se comporterait sa sœur en de telles circonstances. Une fois dans le couloir, elle songea à appeler, n'en fit rien car elle ne connaissait pas le prénom de la femme. Elle entra dans le salon et y trouva une adolescente en train de manipuler la télécommande de l'immense écran plat. La jeune fille sursauta en apercevant la silhouette d'Isaure.

— Madame Launay ! Je ne vous ai pas entendue rentrer !

Isaure garda le silence. Sa sœur avait-elle pour habitude de vouvoyer ou de tutoyer cette personne qui ne devait pas avoir plus de dix-sept ans ?

— Tout s'est bien passé, poursuivit la jeune fille en éteignant le téléviseur et en enfilant très vite sa parka qui gisait sur le canapé. Noé a été sage, il dort.

L'affolement s'empara d'Isaure, qui commençait à comprendre : l'inconnue était sans doute une baby-sitter. Ce qui sous-entendait qu'il y avait un enfant à garder. Celui de qui, sinon de Lucille ? Tout était perdu, dans ce cas. Isaure n'avait aucunement l'intention de s'occuper d'un gamin, pour autant qu'elle réussisse à se faire passer pour sa mère.

Néanmoins, elle se retint de dire à la jeune fille qu'elle se trompait et se trouvait en présence de la jumelle de sa patronne, raffermit même sa voix pour déclarer :

— Merci. C'est combien, déjà ?

— Ça fait cent euros comme convenu, madame Launay. M'man a dû rentrer préparer le dîner, mais elle a gardé Noé toute la journée. Je ne suis là que depuis une heure, elle vous le confirmera.

A nouveau en proie à l'appréhension, Isaure fouilla le sac de sa sœur, en sortit le porte-monnaie en priant pour qu'il contienne la somme en question. Il s'y trouvait bien cinq billets de vingt euros, que Lucille avait dû prévoir pour le paiement. Isaure les tendit avec un sourire, toujours muette, de crainte de se trahir. L'adolescente les empocha d'un geste vif, émit quelques mots de remerciement et se hâta de partir. Isaure se félicita qu'elle n'ait pas cherché à prolonger la conversation, ses relations avec Lucille devant se limiter au cadre du travail. Elle était si soulagée de son départ qu'elle s'affala sur un fauteuil, sans même se dévêtir, terrassée par la fatigue et l'émotion. Toutefois, elle aurait bien aimé connaître le prénom de l'adolescente, car elle redoutait d'être amenée à la revoir.

Quelques minutes plus tard, Isaure se leva pour fermer la porte à clé. Puis elle tira tous les rideaux aux fenêtres afin de n'être plus visible du tout. Enfin, elle ôta sa veste et décida qu'il était temps de faire la connaissance de son neveu. Au préalable, elle observa son environnement, qui n'avait plus rien en commun avec celui imaginé par leurs parents. Parfaitement au goût du jour, il étonna la jeune femme, qui éprouva un léger dépit en songeant à la différence existant entre ce logis, digne d'un magazine de décoration, et les endroits, tristes et médiocres, où elle avait vécu lors de son exil, faute d'argent. Il y avait peu de meubles, néanmoins ils semblaient être de designers célèbres et, bien qu'Isaure ne soit pas spécialiste, elle admira la massive table industrielle pour dix personnes, la lampe Pipistrello posée sur le buffet, le téléviseur incurvé dernier cri… Aucun de ces biens n'avait été acheté dans le magasin d'une chaîne pour petits ou moyens budgets.

La baby-sitter avait déclaré que l'enfant, un garçon qu'elle avait appelé Noé, dormait. Isaure ne souhaitait pas le réveiller. Pénétrant dans la cuisine équipée flambant neuve de sa sœur, elle ouvrit le réfrigérateur américain presque vide, y trouva cependant une barquette de lasagnes à la bolognaise à moitié entamée. Après avoir vérifié que le plat était toujours frais, la jeune femme l'avala à la fourchette, sans le faire réchauffer ni même s'asseoir, tant elle avait faim, nauséeuse à force de faiblesse. Elle termina par un yaourt bio et quelques fruits glanés dans une coupelle. Puis elle monta au premier en se demandant où elle allait dormir ; impossible de coucher dans le lit de Lucille, entre des draps d'où émanait son odeur, contre un oreiller sur lequel elle avait posé sa tête la nuit précédente. Délaissant ce qui s'apparentait à une suite parentale avec son dressing aménagé et sa salle d'eau pourvue d'une douche à l'italienne, Isaure préféra opter pour une chambre d'amis, une pièce qui possédait aussi son propre cabinet de toilette mais demeurait impersonnelle, dépourvue d'objets propres à Lucille, de traces de son passage. Renonçant à la douche, au prétexte qu'elle en avait déjà pris une à l'hôtel, elle enfila un tee-shirt appartenant à sa sœur, repoussant à nouveau l'idée de revêtir une de ses nuisettes.

Avant de s'abandonner à une inconscience qu'elle appelait de tous ses vœux, elle se rendit à pas précautionneux jusqu'à la petite pièce attenante à la chambre de Lucille, qui devait servir à Noé. Poussant la porte avec lenteur, elle parcourut les ténèbres des yeux, devinant la forme d'un berceau au centre. La lumière issue du couloir dévoila un nourrisson plongé dans un sommeil profond. Craignant de le déranger, Isaure referma doucement la porte et s'adossa au mur, à la fois pétrifiée de stupeur et soulagée. L'enfant n'avait que quelques mois, un bébé, révélation qui constituait à la fois une surprise, Lucille ayant dû accoucher depuis peu, et une libération, puisqu'il n'existait pas le moindre risque que Noé émette des doutes sur sa véritable identité. Certes, un bébé pouvait ressentir un sentiment de malaise et d'inconfort dans les bras d'une femme dont l'odeur n'était pas celle, familière, de sa mère, toutefois il ne serait pas capable d'exprimer ses réserves par des mots la mettant en danger. En résumé, il était bien trop jeune pour pouvoir la dénoncer.

Epuisée et incapable de réfléchir davantage, Isaure chercha son portable et actionna la fonction réveil pour le lendemain, à sept heures pile. Elle s'endormit dans la minute qui suivit.

A partir de quel âge un enfant commence-t-il à avoir des souvenirs ? Isaure l'ignorait. Pour sa part, il lui semblait qu'elle avait autour de cinq ou six ans. Un sentiment d'insécurité prévalant dans sa courte vie, dans ses rapports avec les autres, y compris sa famille, en particulier sa mère et sa sœur. Quelque chose qu'elle était à l'époque bien en peine d'expliquer mais qui rendait son existence plus fragile, comme exposée à un danger invisible. Quand les jumelles pleuraient, ce n'était jamais elle, Isaure, qui était consolée la première, jamais elle qui recevait le réconfort des bras maternels et se calmait au son de la voix rassurante d'Emilie Martineau. Il arrivait toujours un moment où l'angoisse refluait, lorsque Lucille avait cessé de gémir depuis plusieurs minutes. Emilie s'emparait alors du second bébé, un léger soupir soulevant son ample poitrine, et elle entamait le travail nécessaire à apaiser l'autre jumelle. Qui passait toujours en second.

Avec le temps, Isaure en avait déduit que concevoir deux enfants d'un coup avait été un cauchemar pour sa mère. Elle se disait parfois que, si elle avait pu se débarrasser avant la naissance de celui en trop, elle l'aurait fait volontiers. Isaure pouvait presque la comprendre : élever des jumeaux était une tâche harassante à laquelle une femme enceinte n'était pas préparée. Il n'en demeurait pas moins étrange et injuste que la déception engendrée par la gémellité ait provoqué un désintérêt marqué envers l'un des deux bambins. C'était indigne de la part d'une mère et abominable pour la fillette délaissée. Durant toute son enfance et son adolescence, Isaure avait dû subir ce bannissement arbitraire et odieux. Et ses rapports conflictuels avec sa jumelle n'avaient rien arrangé…

2

La sonnerie de son téléphone l'éveilla en sursaut. Tout d'abord, elle ne sut pas où elle se trouvait. Puis le souvenir des événements de la veille lui revint par bribes et elle se hâta de mettre un terme au bruit, de peur qu'il ne tire le bébé du sommeil. En dépit du fait qu'elle se sentait enfin reposée, le présent lui apparut avec une acuité aveuglante qui ressuscita son angoisse. Elle avait endossé la personnalité de sa jumelle, emménagé dans sa maison et projeté d'élever son fils. Pour se calmer, elle décida qu'elle serait Lucille le temps de vider ses comptes et de vendre ses possessions ; une fois dotée d'une fortune lui permettant de changer de vie, elle redeviendrait Isaure en quittant le territoire pour toujours, laissant Noé derrière elle, et aux gendarmes chargés d'enquêter sur sa disparition un improbable mystère à résoudre. Le bébé serait alors orphelin de mère, sort peu enviable, mais elle ne pouvait l'emmener avec elle.

Il faisait encore nuit quand Isaure descendit dans la cuisine se préparer un café. Elle grignota une tranche de pain rassis en guettant le son de la voix de Noé réclamant son biberon. Soit c'était un bébé faisant déjà ses nuits, soit elle était tellement lasse qu'elle n'avait pas perçu ses pleurs durant les heures précédentes. A vrai dire, Isaure méconnaissait les exigences d'un nourrisson et elle avait peur de mal agir envers lui par manque de pratique. D'ailleurs, Noé ne tarda pas à se manifester par des hurlements. La jeune femme monta l'escalier et pénétra dans la nursery, où le halo trop cru de la suspension arracha de nouvelles protestations au petit garçon. N'osant ouvrir les volets, Isaure prit le bébé dans ses bras afin de le tranquilliser. Il avait besoin d'être changé, évidemment, geste auquel Isaure n'avait jamais eu l'occasion de s'adonner. Avisant une table conçue à cet effet, elle y déposa Noé avec douceur et lui ôta sa couche souillée en réprimant des haut-le-cœur. Ce pauvre petit ne méritait pas qu'on exprimât ce dégoût, mais Isaure était à deux doigts de régurgiter son petit déjeuner et elle dut se précipiter à la fenêtre, qu'elle ouvrit en grand pour aspirer de profondes goulées d'air afin d'être capable de continuer. *Je suppose que, s'il s'agissait du mien, ce serait différent*, se dit-elle, penaude et tenaillée par la culpabilité.

Ayant contrôlé sa nausée, elle revint vers Noé, jeta la couche malodorante dans la poubelle et entreprit de nettoyer les fesses du bébé. Noé semblait apaisé et elle observa son adorable minois surmonté d'une touffe de cheveux clairs ; il possédait les yeux verts des sœurs Martineau. Lui ayant mis une couche propre, elle le plaça dans son berceau… où il s'assit et se remit illico à vociférer. Il avait faim, bien entendu, d'autant plus qu'elle avait omis de le nourrir durant la nuit. Isaure se demanda avec angoisse si cette négligence pouvait avoir des conséquences. Il y avait un biberon et du lait en poudre posés sur une commode. Tout en lisant avec attention la notice, elle tenta de réconforter Noé par des comptines de son enfance. Puis elle abandonna quelques instants le bébé afin de faire chauffer l'eau dans la cuisine. Ses pleurs ne cessèrent pas durant sa courte absence. Elle se félicita que sa sœur habite une maison non mitoyenne, contrairement à la plupart des habitations du centre-ville de Port-Joinville. Laissant refroidir l'eau afin que le nourrisson ne se brûle pas, elle retourna dans la nursery et le berça quelques minutes, ce qui arrêta ses lamentations. Il ne paraissait pas voir en elle une étrangère.

Noé serré contre sa poitrine, elle s'installa sur le canapé du salon. Prenant soin de bien le caler sur son bras droit, elle lui présenta le biberon, qu'il se mit à aspirer avec gloutonnerie. Isaure faisait en sorte qu'il avale le liquide sans s'étrangler. Elle était plutôt fière de sa manière de faire. Le biberon vide, elle redressa Noé en position assise et attendit le rot, comme elle l'avait vu faire dans des films ; c'était là son unique référence.

Il resta un temps à jouer, attrapant tout ce qui était à portée de sa main. Observant que les paupières du nourrisson papillonnaient de fatigue, Isaure s'apprêtait à le recoucher dans son berceau quand un bruit étrange la fit sursauter. On aurait dit un volet claquant au vent. Aussitôt sur ses gardes, la jeune femme tendit l'oreille en surveillant la porte de la cuisine. Au lieu d'un inconnu à la mine peu engageante, ce fut un chat gris et blanc qui se présenta à l'entrée ; il ondula vers une gamelle qu'elle n'avait pas remarquée sur le carrelage. Constatant qu'elle était vide, il leva vers Isaure un regard quémandeur ; la fixant de ses yeux sombres, il se mit à humer l'air puis se figea, le poil hérissé, dans une attitude de crainte et de rejet. Davantage que l'enfant, l'animal sentait qu'elle n'était pas Lucille. Son feulement de peur et d'agressivité mêlées en témoignait.

Isaure avait toujours aimé les chats. Elle s'adressa à lui d'une voix douce, tout en se levant afin de chercher de quoi le nourrir. Noé maintenant assoupi dans ses bras, elle ouvrit des placards au hasard et finit par en dénicher un qui contenait des provisions, parmi lesquelles une boîte de croquettes déjà ouverte. Ses gestes étaient à la fois précis et dénués de brusquerie afin de ne pas effrayer le félin, qui la contemplait toujours d'un air méfiant. Il s'éloigna en feulant quand elle versa les croquettes dans la gamelle. Elle fit mine de ne pas remarquer son hostilité et remonta dans la chambre de Noé pour le coucher. Ce dernier ne s'était pas réveillé, elle en profita donc pour prendre une douche. Il lui fallait à présent revêtir les affaires de sa sœur si elle voulait endosser sa personnalité. Elles possédaient heureusement à peu près la même silhouette. Néanmoins, les goûts vestimentaires de Lucille se révélaient plus extravagants et Isaure ne serait pas très à l'aise dans ces pantalons moulants, ces hauts décolletés et ces jupes trop courtes. Elle choisit la sobriété en enfilant un jean et un pull en laine, la saison lui permettant de privilégier une allure discrète et androgyne.

En ouvrant toutes les fenêtres pour aérer, Isaure éprouva un sentiment de vulnérabilité avec lequel elle savait devoir composer à l'avenir. La lumière du jour mettait son imposture en évidence, plus moyen de se fondre dans les ténèbres de la nuit. Le danger serait partout, même si elle passait la journée à la maison. La sonnette de l'entrée serait bientôt pour Isaure le bruit le plus terrifiant qu'elle ait jamais entendu. Pour l'heure, elle avait besoin de s'approprier les lieux en chassant les effluves de sa sœur qui imprégnaient chaque pièce. Elle prit du plaisir à cette démarche comme si elle participait à un rite d'initiation. Le chat, dont elle aurait bien aimé connaître le nom, monta l'escalier d'un pas précautionneux et entra dans la chambre de Lucille. Il percevait quelque chose d'anormal et tous ses sens étaient en alerte. Pourtant, son foyer et ses repères étaient toujours là. Il ne tarda pas à s'installer sur le lit, entamant une toilette minutieuse. Isaure lui adressa quelques mots affectueux qu'il sembla accueillir avec moins de suspicion qu'au début.

Rassurée quant au sort du nourrisson et du matou, la jeune femme entreprit de fouiller la demeure à la recherche d'indices susceptibles de l'aiguiller sur les possessions de sa sœur. Munie des papiers nécessaires, elle pourrait vite se rendre à la banque afin d'y vider les comptes, vendre la maison lui paraissant un projet de plus en plus utopique. Elle risquait d'être démasquée avant même qu'un acheteur se manifeste. Le souvenir de la moto lui revint alors à l'esprit. Quelqu'un l'avait probablement découverte et avait averti la gendarmerie. Une enquête devait déjà être en cours, et les forces de l'ordre ne tarderaient pas à l'appeler. Comment justifier l'abandon de la Kawasaki au Jaunay ?

Perturbée par cette complication, Isaure s'assit sur le lit pour réfléchir. Elle devait retourner au Jaunay vérifier si l'engin s'y trouvait encore. Au cas où personne ne l'aurait encore remarqué, elle tenterait de le pousser dans l'eau ; sa disparition au sein du lac remédierait à ce problème de taille. Aller sur le continent impliquait de prendre Noé avec elle, elle ne pouvait le laisser seul sur l'île, sans surveillance, et elle ignorait comment contacter la baby-sitter à laquelle sa sœur faisait appel en de telles circonstances. Emmener un bébé dans un pareil périple n'était pas non plus recommandé, mais Isaure ne voyait pas d'autre solution. Pour le transporter, elle imagina le maintenir avec un grand châle autour de sa poitrine à la manière des Africaines, il dormirait ainsi dans la chaleur de son corps. Isaure se sentit embarrassée. Elle ne devait pas trop s'attacher à cet enfant, qu'elle laisserait derrière elle tôt ou tard. Une autre pensée, plus immédiate, la taraudait : Noé n'aurait-il pas froid ainsi harnaché ? Ne valait-il pas mieux le protéger de plusieurs couvertures dans sa poussette ? Quel tracas que la présence inattendue de ce nourrisson ! Une sueur froide inonda soudain Isaure : elle venait juste de songer que Noé avait un père. Qui était cet homme ?

Comme pour répondre à sa question, le téléphone se mit à sonner. Isaure sursauta, cela devenait une habitude. Elle fixa l'appareil comme s'il était en feu. Prendre l'appel ou pas ? Sa sœur devait avoir un répondeur. En effet, au bout de quelques secondes, il se déclencha et la voix de Lucille résonna dans le salon avec une clarté troublante. Aussi perdue qu'un boxeur acculé dans un coin du ring, Isaure s'affala dans un fauteuil, bouleversée d'entendre Lucille parler, si proche, si présente à ses côtés, au point qu'elle ne put retenir ses larmes. Dans le même temps, elle songeait à l'infime différence existant entre leurs timbres de voix, susceptible d'être perçue par une personne les connaissant bien. Il lui faudrait être vigilante sur ce point.

Quelqu'un parla alors et elle se concentra pour écouter ce qu'il avait à dire à Lucille.

— Salut, Lucille, c'est Matthias. Ecoute, je pensais passer dans quelques semaines pour voir Noé, si tu es là. Tu pourrais m'héberger vers la fin février ? Je serai de passage mais trop tard pour la Saint-Valentin, désolé… Ha ! Ha ! Bon, rappelle-moi. Ciao !

Et l'individu raccrocha.

Isaure se mit à calculer combien de jours il restait jusqu'à la période évoquée par ce Matthias qui était à l'évidence le père de Noé. Assez pour vider les comptes d'Isaure et filer au Mexique, soulagée de savoir que cet homme pourrait veiller sur le bébé ?

Par ailleurs, si elle ne répondait jamais au téléphone, les amis et connaissances de Lucille ne finiraient-ils pas par s'inquiéter ? Mais elle se sentait encore trop fragile pour tenter de donner le change, maquiller sa voix et ne pas proférer trop de bêtises. D'autres messages importants ne figuraient-ils pas sur le répondeur ? Elle le mit en marche.

« Bonjour, madame Launay, ici Jean Fabri, de l'agence du Port. Votre maison est louée pour tout l'été, sans un jour de libre, et j'ai déjà des demandes de réservation pour juin et septembre. Nous aurons une belle saison. Et donc, je voudrais connaître les dates durant lesquelles vous souhaitez y séjourner car vous ne m'avez pas renvoyé le planning. Vous m'aviez parlé du printemps, je crois ? Il me les faut vite, car les touristes commencent à réserver pour les beaux jours.

Merci de votre confiance, madame Launay, j'attends votre réponse. Bon après-midi. »

« Lucille, c'est Diane ! Est-ce qu'on peut reporter notre journée shopping à Nantes ? J'ai un souci pour le 19 et je préférerais le 22, si ça te convient. Bises, tiens-moi au courant ! »

La première voix était posée, professionnelle, celle d'un homme entre deux âges. La seconde, vive, chaleureuse, enjouée, appartenait à une personne de la génération des jumelles, ou même plus jeune. Isaure se mit à réfléchir à ce que ces deux communications engageaient pour elle-même.

Elle écouta à nouveau Jean Fabri. Le message sous-entendait que Lucille possédait donc une autre demeure qu'elle louait à des vacanciers, nouvelle source de revenus lui permettant, privilège rare, de ne pas travailler à trente-cinq ans, avec un enfant à charge. Pour déterminer le lieu où se trouvait ce bien, elle devrait taper le nom de l'agence sur Internet, encore que sa dénomination soit plutôt courante. Elle essaierait aussi avec Jean Fabri. Quant à Diane, c'était une amie de Lucille avec laquelle elle sortait sans doute souvent ; cette virée shopping, Isaure avait bien l'intention de s'y soustraire, jugeant impossible de tromper une femme qui côtoyait sa sœur régulièrement. Néanmoins, il allait falloir se confronter à ces deux personnes dont, heureusement, les numéros s'étaient affichés sur l'écran et restaient en mémoire. Mais pas tout de suite. Le plus urgent était de faire disparaître la Kawasaki.

Elle fouilla le dressing de Lucille sans trouver de châle dans lequel envelopper le bébé. Un landau se révélait nécessaire. Isaure chercha dans le débarras du rez-de-chaussée et finit par tomber sur le modèle que sa sœur devait utiliser, une poussette de luxe, jugea la jeune femme en contemplant les sangles de suspension en cuir, les roues et le panier chromés, ainsi que le frein levier.

Tout en étudiant son fonctionnement, Isaure éternua plusieurs fois. Elle avait pris froid dans le lac la veille et se sentait fébrile, raison de plus pour mener au plus vite son projet à bien et revenir se mettre au chaud. Le bateau n'allait pas tarder à transporter ses premiers passagers, elle devait préparer de toute urgence un biberon pour Noé et le réveiller afin de le placer dans la poussette en espérant qu'il ne soit pas trop grognon.

Le bébé protesta de toute la vigueur de ses jeunes poumons quand il fut extirpé du confort de son berceau. Isaure le protégea de plusieurs couches de vêtements parmi lesquels une combinaison polaire pourvue d'une capuche.

Mais dès qu'elle fut sortie, poussant la belle poussette, elle éprouva comme une sorte de griserie. Aux côtés de Noé, elle devenait Lucille à part entière, elle qui avait tant envié cette dernière dans le passé. Prendre son identité s'apparentait à une revanche et gonflait son ego. Elle était fortunée et mère, l'audacieuse Lucille Launay à qui tout réussissait, la plus flamboyante des deux sœurs Martineau ! Comment ne pas savourer cet instant de triomphe sur la vie et sur un destin qui lui avait toujours été contraire ? Elle avait l'impression d'une renaissance. Pourtant, très vite, des problèmes insolubles surgiraient. Alors, elle profitait de ce moment hors du temps qui lui laissait entrevoir une possible résilience, un avenir aux couleurs plus riantes.

Il faisait beau et frais. Pas de pluie qui aurait porté préjudice au bien-être de Noé. Isaure marchait dans les rues de Port-Joinville sans éviter le regard des passants. Certains la reconnaissaient, ou plutôt pensaient s'adresser à Lucille, et la saluaient d'un sourire, d'un bonjour, d'un bref hochement de tête. Elle les imitait, forçant sa voix dans les tons graves quand elle devait leur répondre. Elle pilotait la poussette dans les ruelles entrelacées de Port-Joinville, le long des façades de crépi blanc des maisons ornées de volets bleus qui dissimulaient de coquets jardinets et des cours pavées où, l'été, s'épanouissaient mimosas, lauriers-roses et magnolias. Ce réseau de ruelles enchevêtrées était familier à la jeune femme, elle l'avait sillonné en tous sens enfant. Elle se souvenait en particulier de la rue du Coin-du-Chat, dont le nom la ravissait, elle qui vouait une tendresse sans borne aux félins, moquée d'ailleurs par Lucille, pour laquelle tout attachement faisait figure de servitude. Stupéfiant qu'elle ait pris un chat une fois adulte, et même qu'elle ait désiré être mère ! Néanmoins, tant d'années avaient passé depuis son dernier échange avec sa sœur qu'elle avait pu changer en profondeur, même si elle semblait être restée téméraire, comme le prouvait sa conduite à moto. Elle s'était sans doute assagie, avait eu besoin d'un point d'ancrage, d'où l'enfant puis l'animal de compagnie.

Isaure parvenait au port quand une femme âgée l'aborda. Son cabas en toile sur roulettes était rempli de victuailles. Elle portait un long manteau protégeant ses jambes gainées d'un épais collant noir et, aux pieds, des bottines plates sans grâce. Dans la crainte de la pluie, elle s'était affublée d'une capuche en plastique qui ne dissimulait pas ses cheveux gris. Isaure connaissait ce genre de petite dame proprette, les mêmes qu'on croisait à la belle saison en blouse bleue à motifs, de celles qui s'habillaient comme c'était l'usage pour les femmes au foyer cinquante ans plus tôt. Il était vraisemblable que cette dame avait côtoyé autrefois les sœurs Martineau, mais ses traits n'éveillaient aucun souvenir en Isaure. Pressée par l'horaire du bateau, elle ne pouvait cependant s'abstenir de quelques mots aimables.

— Ça va, Lucille ?

— Bien, merci.

Comment l'interroger à son tour ? Fallait-il utiliser le vouvoiement ou le tutoiement ? Elle redoutait de commettre un impair.

— Oh, qu'il est mignon ! s'exclama la vieille dame en se penchant vers Noé, qui l'examinait d'un air méfiant.

Elle se mit à lui chatouiller le ventre, faisant naître une moue mécontente sur ses lèvres.

— C'est la promenade du matin ? demanda-t-elle à Isaure, désireuse d'entamer une conversation qui meublerait un peu le vide de sa journée.

— Je dois me rendre sur le continent.

— Oh ! Et pourquoi vas-tu là-bas ?

Isaure la considéra quelques secondes en silence puis se détourna et poussa la poussette.

— Au revoir, à bientôt ! glissa-t-elle en s'éloignant, seul tribut à la politesse.

Son état d'esprit était très différent quand elle embarqua sur le catamaran. A nouveau, elle se sentait peu confiante, son assurance écornée par la rencontre inopportune avec l'indiscrète inconnue. Appréhendant de revivre cette même insécurité qui l'avait empêchée d'être naturelle, elle s'évertuait à ne pas se faire remarquer, épaules et dos voûtés pour mieux dissimuler son visage, yeux rivés sur Noé par crainte de croiser un regard inquisiteur. Elle passait mentalement en revue sa brève conversation avec la passante, cherchant des failles dans ses phrases mais, hormis son attitude distante et son départ précipité, rien de compromettant ne lui avait échappé. Elle avait cru, l'espace de quelques minutes, pouvoir changer de personnalité aussi vite qu'elle changeait d'existence. Les fragments de la vie radieuse de sa sœur s'envolaient, laissant place à l'existence disloquée d'Isaure, qui traînait dans son sillage son lot d'insatisfaction et d'amertume.

Installée dans un fauteuil, elle faisait mine de sommeiller, tout en surveillant Noé, qui s'était rendormi. Il y avait peu de monde. Nul ne lui prêtait attention, si bien qu'elle finit par se détendre. Mais ce ne fut qu'une fois sur le continent, à l'intérieur de sa voiture de location, qu'elle se sentit rassérénée… jusqu'à ce qu'elle prenne conscience qu'elle ne disposait pas de siège bébé. Noé fut installé sur ses couvertures et son oreiller, là où auraient dû se situer les pieds du passager d'Isaure, à sa droite. Rien de moins réglementaire, et si elle était contrôlée elle serait inévitablement verbalisée, peut-être pire car elle portait atteinte à l'intégrité du nourrisson en cas d'accident. Là encore, elle n'avait pas le choix. Elle conduirait sans excès de vitesse, la poussette remisée dans le coffre.

Roulant prudemment en direction du lac du Jaunay, elle s'amusa du calme de Noé. Malgré ce périple, il avait chaud et l'estomac plein. Elle se remémora sa mine exaspérée face aux familiarités de la vieille dame à Port-Joinville et en déduisit qu'il possédait ses propres critères de sélection ; la chance voulait qu'Isaure, ou l'odeur de sa peau, trouvât grâce à ses yeux.

Parvenue à destination, elle hésita à éveiller Noé afin de le nourrir. Elle allait vérifier si la Kawasaki se trouvait toujours là, auquel cas elle la pousserait dans l'eau sans se faire voir de quiconque. Puis elle rendrait la voiture de location à une agence de la région, rentrerait en taxi jusqu'à Fromentine, attendrait le bateau de retour ; une longue journée pour un enfant de quelques mois. Isaure préféra le laisser dormir et se promit d'agir très vite.

Tout en marchant vers le Jaunay, Isaure sentait les battements de son cœur s'accélérer. Comme dans un film d'épouvante, elle avait le pressentiment que sa sœur allait surgir de la forêt en l'accusant de l'avoir laissée mourir, pleine de haine et animée d'un esprit de vengeance. Une brume épaisse l'enveloppait, renforçant son malaise. Les branches nues des arbres ressemblaient à des bras tendus en un geste de supplique. Toutefois, son appréhension fut vite remplacée par une angoisse bien concrète : la moto avait disparu !

L'explication la plus logique voulait que la gendarmerie l'ait retrouvée, et dans ce cas quelqu'un n'allait pas tarder à l'appeler sur le portable de Lucille. Tout était perdu. Elle devait fuir avant qu'on ne devine ses intentions. Mais que faire de Noé ? Songeant à lui, elle rebroussa chemin jusqu'à la Twingo. Il n'avait pas bougé, ses paupières demeuraient closes, sa respiration régulière. Isaure vérifia que le répondeur du portable ne comportait aucun nouveau message. Elle résolut de s'en tenir au programme établi.

Il régnait des effluves déplaisants dans la voiture. Isaure prit conscience que Noé avait besoin d'être changé… et qu'elle avait oublié de se munir d'une couche ! Il commençait à éprouver les désagréments de sa condition et son visage se plissait. Bientôt, il se mettrait à pleurer et la jeune femme n'avait aucun moyen de remédier à cette crise. Afin de détourner son attention, elle entreprit de lui faire boire son lait qu'elle tenta au préalable de rendre plus chaud en plaçant le biberon devant le chauffage de la Twingo. Il ne rechigna pas à avaler ce breuvage tiède et Isaure sentit refluer sa culpabilité à l'idée d'avoir manqué à ses devoirs. C'était une grande première pour elle de s'occuper d'un bébé et, les circonstances ne favorisant pas la sérénité, elle commettait des erreurs bien excusables.

Repu, il se rendormit. Isaure achèterait un paquet de couches sur le trajet de l'agence et elle déposerait la voiture aux Sables-d'Olonne, la ville la plus proche. Néanmoins, elle hésitait à quitter les lieux. Quelque chose lui échappait. Pourquoi la gendarmerie ne l'avait-elle pas déjà contactée ? Se pouvait-il que la moto ait été repérée et emportée par des maraudeurs ? L'engin coûtait une fortune et était probablement en parfait état malgré sa chute. Une bande de jeunes était peut-être tombée dessus et l'un d'eux avait su la faire démarrer. Si la Kawasaki avait été volée, une partie des problèmes immédiats d'Isaure serait résolue. Le hasard et la chance lui accordaient-ils un nouveau répit ?

Après un arrêt dans un centre commercial où elle changea Noé dans les toilettes, la jeune femme emprunta la route des Sables. Aucune difficulté pour laisser la Twingo à l'agence de location qu'elle avait prévenue par téléphone, ni pour trouver un taxi dans l'importante station balnéaire. En cette saison, il n'y avait pas de vacanciers ; boutiques et cafés du front de mer n'offraient pas encore l'animation des beaux jours, et les paisibles quartiers du port et de La Chaume, ceux des pêcheurs, semblaient s'armer de courage avant d'affronter l'afflux de touristes. A cause de Noé et aussi parce que son rhume s'aggravait, Isaure ne s'attarda pas et héla un taxi pour Fromentine. Là-bas, l'attente serait déjà assez malcommode. Elle se réfugierait dans un café avant d'embarquer.

Isaure avait l'impression de s'être débarrassée de vieux vêtements crasseux ayant trop servi et la désavantageant. Comme si elle venait de s'offrir une maison neuve sans aucune trace d'un quelconque passé, sans le moindre souvenir, où plus rien ne pourrait l'atteindre.

Lucille était morte. Elle n'avait pas réellement souhaité un tel drame. A son tour de bénéficier de l'aisance, du confort matériel, de l'ivresse jusqu'alors réservés à sa jumelle. Le bonheur était à ce prix.

— Isaure ne jouera pas avec nous, elle est trop bête !

Par orgueil, la petite fille refoula ses larmes. Elle ne savait jamais comment réagir face à la méchanceté de sa jumelle. Celle-ci connaissait la manière de captiver son auditoire, en ce moment même une vingtaine d'enfants réunis pour un goûter d'anniversaire dans un jardin. Entre se laisser ensorceler par Lucille et lui obéir aveuglément, il n'y avait qu'un pas que les gamins étaient prêts à franchir. Isaure allait encore passer une triste journée si aucun adulte ne s'avisait de sa mise à l'écart et ne décidait d'y remédier. Elle les voyait discuter et rire autour d'une grande table sur la terrasse. Il y en avait toujours un pour les surveiller d'un œil distrait, jamais assez inquisiteur pour se rendre compte du petit drame qui se jouait.

Alors que les enfants s'étaient rassemblés autour du trampoline, Isaure s'était retirée près de la haie avec un livre de Martine, destiné à lui donner une contenance plus qu'à la distraire. La tête penchée sur une page, elle la relevait de temps à autre dans l'espoir qu'un de ses « amis » lui demande de venir les rejoindre. Mais non, ils continuaient tous à jouer sans se préoccuper de son sort. Au moins, ils ne la tourmentaient pas, en raison sans doute de la proximité des parents. Néanmoins, elle se sentait bien seule.

Quelques minutes passèrent, qui lui semblèrent des heures. Soudain, le carillon du portail résonna. Quelqu'un se leva pour ouvrir à une femme tenant un petit garçon par la main. Elle était rouge, échevelée, paraissait confuse. Isaure l'entendit expliquer précipitamment, d'une voix essoufflée :

— J'ai bien peur d'être très en retard. Un contretemps. Et je dois aussi partir vite. Voici Clovis. Il a dû rater pas mal de choses, mais j'espère qu'il s'amusera quand même !

Elle s'éloigna d'un pas vif, comme si elle s'engouffrait dans une station de métro. La personne qui avait réceptionné l'enfant soupira et secoua la tête d'un air désabusé. Regardant aux alentours, elle aperçut Isaure et se dirigea droit vers elle.

— Isaure, tu es toute seule comme une malheureuse... Je te présente Clovis, il a ton âge. Peut-être le connais-tu déjà ?

— Non, madame, répondit Isaure, qui ne l'avait jamais vu.

— Eh bien, c'est l'occasion. Soyez sages, tous les deux.

Les enfants se dévisagèrent avec timidité. Le garçonnet semblait aussi perdu qu'Isaure.

— Tu t'appelles Clovis ? demanda cette dernière avec curiosité.

— Oui. C'est affreux.

— Tu peux le dire !

Isaure était un peu réconfortée par ce déboire subi par son nouveau camarade. C'était comme si elle pouvait partager sa malchance avec quelqu'un.

— Et toi ?

— Isaure.

— C'est joli, mais bizarre aussi.

— Je sais. Tu es nouveau ?

— Oui. Je suis arrivé ici depuis un mois avec ma mère.

— Et ton père ?

Il haussa les épaules sans répondre et la fillette n'osa pas insister. Elle n'allait pas se mettre à l'embêter comme les autres avec elle.

— Tu veux bien jouer avec moi ?

Il eut un sourire éclatant en guise de réponse et Isaure se dit que la journée pouvait être encore sauvée.

Cependant, Clovis conservait une mine méfiante. Son prénom lui valait moqueries et quolibets depuis des années, il le haïssait et en voulait beaucoup à ses parents de l'avoir choisi, lui imposant une différence et faisant de lui une cible facile. Depuis que son père était parti et que sa mère avait décidé de revenir à Yeu, où elle était née, près de ses grands-parents, les choses n'avaient guère changé par rapport à Saint-Gilles-Croix-de-Vie : les enfants étaient tout aussi cruels sur une île. N'ayant pas encore compris qu'Isaure était dans son camp, il restait sur ses gardes. Même si son prénom n'était pas plus commun que le sien et qu'elle avait l'air d'être délaissée, il ne lui accorderait pas sa confiance tout de suite.

Ils s'approchèrent du buffet, où gisaient des vestiges de gâteaux au glaçage coloré, déjà bourdonnants d'abeilles. Clovis en prit une part en faisant attention aux insectes. Il la dévora comme s'il n'avait pas mangé depuis des jours, se barbouillant les lèvres de sucre. Isaure éclata de rire.

Ce témoignage de joie attira l'attention de Lucille et surtout lui déplut. Elle se figea en pleine agitation sur le trampoline, comme si une sirène d'alarme avait retenti. Fronçant les sourcils en direction de sa sœur et du petit inconnu qui parlaient ensemble et riaient, elle avait l'air de s'interroger sur le bien-fondé de cette relation. Certes, elle pouvait intervenir dès à présent. Mais elle avait remarqué que les adultes échangeaient entre eux sur le garçonnet au prénom grotesque, le plaignant pour sa situation familiale, d'avoir un père si indifférent et une mère si peu responsable. Du coup, ils ne le quittaient pas des yeux.

Lucille devrait attendre avant de lancer à nouveau son venin sur Isaure.

3

Le lendemain matin, Isaure entreprit d'explorer la maison à la recherche des relevés de compte de sa sœur. Noé dormait après avoir pris son biberon de cinq heures. Cette nuit-là, elle avait été réveillée plusieurs fois par ses pleurs et s'était rendormie après l'avoir nourri. Elle se félicitait que Lucille n'ait pas choisi d'allaiter le bébé, ce qui aurait amené une transition plutôt brutale dans sa jeune existence. Bien que mécontente de voir son sommeil écourté, elle s'attachait au nourrisson et appréhendait l'instant où elle devrait s'en séparer. Cette idée lui déchirait même le cœur, et pourtant elle le connaissait à peine : qu'en serait-il dans quelques semaines, si son départ était retardé ?

Isaure se mit à échafauder des projets, tous plus fantaisistes les uns que les autres. S'enfuir avec le petit sous l'identité de sa sœur signifiait à coup sûr que son père allait porter plainte pour la faire arrêter. Alors qu'abandonner Noé – toujours sous l'identité de sa sœur – en laissant une lettre expliquant qu'elle s'éloignait de son plein gré stopperait les agissements de ce Matthias. Elle passerait pour une mère indigne, une femme dépressive. Mais elle serait tranquille jusqu'à la fin de ses jours, personne n'irait la chercher en Amérique centrale. Et Noé serait élevé par son géniteur, même si elle ignorait si cet homme en était capable.

Renonçant à approcher le chat qui grognait et feulait toujours quand elle essayait de le caresser, Isaure se contenta de le nourrir et de verser de l'eau fraîche dans sa coupelle. Grâce à la chatière, il bénéficiait d'une vie nomade qui semblait lui convenir.

Elle attaqua la fouille de la demeure à une heure encore matinale, commençant par le bureau de Lucille.

Au sein de cette pièce, comme dans la chambre, Isaure sentait la présence de Lucille, son intimité. Ce n'était pas uniquement une métaphore car un léger parfum flottait dans l'air, le même que celui qui imprégnait ses vêtements, reconnaissable entre tous : Poison de Christian Dior, une fragrance puissante et capiteuse que Lucille portait déjà à quinze ans. Un parfum à son image, riche en tubéreuses, vénéneux, désagréable pour l'odorat sensible d'Isaure, qui le jugeait trop chargé en notes épicées et ambrées. Lucille riait de son dégoût et traitait d'insipide l'arôme discret et fleuri dont usait sa sœur. Mal à l'aise, Isaure ouvrit la fenêtre afin de dissiper l'odeur entêtante. Puis elle entreprit d'inventorier le contenu des placards.

L'ordre n'était pas une qualité de Lucille et des liasses de papiers non classés gisaient là, factures d'électricité, assurance de la maison, remboursements de sécurité sociale… et relevés de compte, comme elle l'espérait. S'en emparant avec une avidité fébrile, elle dirigea son regard sur la somme totale qui figurait sur la page et son cœur cogna fort dans sa poitrine à sa lecture : soixante-quatre mille euros. Ce n'était là que le compte courant ! Il était vraisemblable que les chiffres des placements se révéleraient bien plus importants, mais la jeune femme n'était pas certaine de pouvoir résilier des contrats bloqués pour plusieurs années. N'ayant jamais possédé assez d'argent pour songer à le rentabiliser, Isaure était peu au fait des règles existant dans ce domaine. Le mot « économie » ne faisait pas partie de son vocabulaire car elle gagnait trop peu pour épargner. Ses emplois de serveuse et de vendeuse ne lui avaient pas permis de rassembler un pécule substantiel. Tout ce qu'elle récoltait en fin de mois s'envolait dans le paiement d'un loyer et de frais alimentaires, le nécessaire pour vivre sans s'octroyer beaucoup de loisirs et de superflu, à l'exception de quelques semaines de vacances en faisant très attention à son budget.

Son compte courant n'avait jamais dépassé mille cinq cents euros et, pour Isaure, soixante-quatre mille euros représentaient une fortune. Elle en vacillait d'émotion en songeant que tout ce capital pouvait lui appartenir bientôt, de quoi éponger ses dettes et lui laisser un excédent. Néanmoins pas assez pour changer d'existence. Pour cela, il faudrait toucher aux autres placements, dont elle ignorait encore la teneur, et céder la maison familiale, ainsi que celle évoquée par l'agence, ce qui nécessiterait de passer plus de temps en France sous le nom de sa sœur. Valait-il la peine de courir ce risque ? Attendre quelques mois, pas davantage selon elle, car les biens proposés à la vente sur l'île d'Yeu étaient rares et recherchés, afin d'empocher un montant lui permettant de devenir propriétaire au Mexique ? Sa soif maladive de sécurité financière la poussait à se montrer audacieuse. Si elle jugeait qu'elle n'était pas à la hauteur et que l'entourage de Lucille venait à flairer une escroquerie, il serait encore possible de fuir avec les soixante-quatre mille euros. Elle allait tenter sa chance.

Curieuse, la jeune femme se dirigea vers la chambre de Lucille, autrefois celle de leurs parents. Elle se sentait assez forte à présent pour pénétrer dans cet univers plus personnel. La même odeur suave flottait dans l'air. Des cadres habillaient des photos d'art en noir et blanc sur les murs, des nus de femmes, des silhouettes dans des zones urbaines sordides où régnaient béton et graffitis, aucun paysage qui évoque son île. Sur sa table de chevet, un bouquet d'anémones se fanait. Dans le dressing, des vêtements que Lucille devait trouver à Nantes ou à Paris portaient des logos de marques de créateurs. Ouvrant un tiroir, Isaure tomba sur un enchevêtrement de bijoux dont certains lui parurent de prix ; laissés là comme de la pacotille, ce qui témoignait bien du détachement de sa sœur à l'égard d'un luxe auquel elle semblait habituée. Isaure se rendit compte qu'elle était à la recherche d'écrits, d'un journal intime par exemple, tout en convenant que cette pratique était désuète et ne correspondait pas à la nature de Lucille. Elle dénicha seulement trois cartes postales avec quelques mots griffonnés à la hâte sur le bonheur d'être en vacances.

C'est alors que le portable de Lucille se mit à sonner. Il l'avait fait à plusieurs reprises durant les jours précédents mais Isaure avait craint de décrocher et personne n'avait laissé de message. Cette fois-ci, elle rassembla son courage pour parler à son interlocuteur. Puisqu'elle avait décidé de prolonger la pièce, elle devait jouer le rôle de sa sœur à part entière. Répondre au téléphone et à la sonnette de l'entrée, marcher dans la rue à visage découvert, vivre d'une façon normale, calquée sur celle de la défunte.

— Allô ?

— C'est moi, Diane. Je suis presque sur le pas de ta porte. Tu es chez toi ?

Le cœur tambourinant, Isaure fut sur le point de prétendre qu'elle était absente. Cependant, la fenêtre était entrouverte et dans sa panique elle aurait été incapable de dire où elle se trouvait si Diane l'interrogeait à ce sujet. Il était préférable d'affronter la réalité tout de suite, de monter sur l'estrade face à son public, de mimer la scène du mieux possible et de vite se retirer en espérant avoir été crédible.

— Oui, Diane, je descends t'ouvrir.

— Ah, super !

Elle avait si peur en arrivant au rez-de-chaussée qu'elle dut rafraîchir ses joues brûlantes sous le jet d'eau du robinet en essayant de maîtriser le tremblement de ses mains, avant d'oser tourner la clé dans la serrure. Quelle idiote de ne pas avoir fermé le portail ! Elle le ferait désormais. Plantée sur le paillasson, un large sourire aux lèvres, une jeune femme lui faisait face qu'elle reconnut aussitôt : Diane O'Cahan, une amie d'enfance des jumelles, dont le père était irlandais. Son prénom n'avait pas éveillé de souvenir chez Isaure alors qu'en dépit de deux décennies elle identifiait à présent le visage rond, criblé de taches de rousseur, le corps musclé de sportive de la pétillante Diane, ainsi que ses longs et épais cheveux roux.

— Diane, dit-elle, avant de réaliser son erreur.

Elle s'était trouvée à deux doigts d'ajouter : « Tu n'as pas changé ! »

Avec un sourire crispé, elle s'effaça pour laisser entrer la visiteuse. Elle se souvenait de Diane comme d'une jeune fille au tempérament enjoué, vif, et cela ne l'étonnait pas qu'elle et sa sœur aient pu conserver des liens d'amitié après son départ.

— Tu veux un café ?

— Oui, merci. Tu ne répondais pas au téléphone, alors je me suis inquiétée, expliqua la jeune femme en prenant place dans un fauteuil sans y être invitée.

Notant tous ses gestes, attentive à chacune de ses paroles, Isaure s'efforçait d'analyser la nature des relations que Lucille entretenait avec Diane. Elles semblaient se fréquenter assez souvent pour que cette dernière n'ait plus besoin de demander la permission de s'asseoir quand elle pénétrait dans la maison de son amie d'enfance. Isaure devait d'autant plus se méfier que des confidences avaient dû s'échanger entre elles dont elle ignorait le contenu et l'importance. Pour le moment, elle occupait ses mains à préparer le café et réfléchissait à la manière d'aborder la conversation. Et soudain, elle eut une idée.

Revenant avec un plateau, elle s'installa dans le canapé face à Diane tout en se justifiant d'un air désinvolte :

— J'ai été un peu malade, un simple rhume, mais cela va mieux.

Elle n'avait même pas besoin de feindre le nez bouché et la toux car elle éprouvait bien tous ces symptômes.

Diane la considéra avec surprise et compassion.

— Ma pauvre ! Toi qui n'es jamais malade…

Encore une preuve de la chance insolente de Lucille !

Isaure but une gorgée de café, se brûla et s'évertua à ne pas le montrer bien que sa poitrine lui fît mal.

— Tu as quand même eu mon message ? C'est d'accord pour le changement de date de notre virée sur le continent, le 22 au lieu du 19 ?

— Oui, bien sûr, renchérit Isaure en se demandant de quelle façon elle allait pouvoir se comporter lors d'une journée shopping dont elle ignorait tout.

Puis elle se remémora que Diane avait évoqué Nantes sur le répondeur.

— A Nantes ? répéta-t-elle avec l'impression que plus elle parlait, plus elle s'envasait dans l'invraisemblance.

Néanmoins, en observant son interlocutrice, elle ne décela pas la moindre trace de suspicion sur ses traits. D'ailleurs, comment Diane pourrait-elle soupçonner qu'elle bavardait avec Isaure Martineau, dont on était sans nouvelles depuis vingt ans, et non avec Lucille Launay ?

Isaure décida d'écouter, option envisageable en présence d'une femme aussi expansive que Diane. Celle-ci évoqua Noé, puis enchaîna sur le fait qu'elle espérait à son tour fonder une famille. Un peu plus à l'aise dans son rôle mutique, Isaure songea à la vision de la famille qu'avait offerte sa sœur : une femme qui ne vivait pas avec le père de son enfant, ce qui était courant aujourd'hui, mais puisque Noé n'avait que quelques mois, cela s'expliquait peut-être par un choix d'indépendance radicale qui paraissait convenir aux deux parties. Au XIXe siècle, on aurait appelé Lucille une fille-mère, on l'aurait traitée en bannie de la société. Isaure essaya de l'imaginer dans cette mauvaise posture, image en totale contradiction avec le tempérament de Lucille. Elle eut un pâle sourire de dérision qui n'échappa pas à Diane.

— Incroyable, pas vrai ? Encore hier, je lui ai fait comprendre que notre mariage allait droit dans le mur si on continuait comme cela…

La voix de Diane se mit à trembler et ses traits se contractèrent, comme si elle était sur le point d'éclater en sanglots. Isaure se fit plus attentive.

— Je reconnais que le travail manque sur l'île, mais je n'ai pas la moindre envie de vivre ailleurs. Je préfère encore être seule toute la semaine.

Isaure comprit qu'il s'agissait d'un problème récurrent dans toute terre insulaire : la pénurie d'emplois forçait les autochtones à émigrer sur le continent. Ils rentraient le week-end retrouver leurs proches. C'était aussi le cas des lycéens qui étudiaient au pensionnat et prenaient le bateau le vendredi soir ainsi que le lundi matin très tôt. Le prix à payer pour continuer à habiter Yeu.

Ainsi, Diane était mariée mais n'avait pas encore d'enfants en dépit de ses trente-huit ans. Quel métier pouvait-elle bien pratiquer ? Vingt ans auparavant, elle avait passé un CAP de coiffure. Ici, les choses ne changeaient guère…

Isaure s'apprêtait à émettre un bref commentaire quand retentit un bruit auquel elle ne s'était pas encore habituée, celui de la chatière indiquant le passage du matou. Ce dernier se présenta peu après à quelques mètres des deux femmes, qu'il examina d'un air méfiant. Ses yeux se fixèrent sur Isaure et il se mit à grogner.

— Eh bien, Domino, que t'arrive-t-il ? s'exclama Diane tandis qu'Isaure rougissait. A tous les coups, tu as attrapé une souris !

Lucille aurait donc appelé son chat Domino ?

— Il est bizarre en ce moment, je crois qu'une visite chez le vétérinaire s'impose, déclara Isaure pour justifier la défiance du félin à son égard.

— Ce n'est pourtant pas encore le printemps. Quand te décideras-tu à le faire castrer ?

— Jamais, répondit Isaure.

Cette volonté de laisser ses attributs au chat allait de pair avec la liberté que professait Lucille.

— Tu as des nouvelles de Matthias ? demanda Diane tandis que Domino filait renifler sa gamelle dans la cuisine.

Il fallait répondre vite, sans hésiter.

— Oui, il m'a laissé un message. Il souhaiterait voir Noé vers la fin février.

Le visage de son interlocutrice se rembrunit. Isaure pressentit qu'elle n'aimait pas cet homme, néanmoins elle ignorait les raisons de cette antipathie. Elle devait laisser son « amie » s'exprimer, distiller des informations dont elle s'emparerait, qu'elle enregistrerait pour à son tour parler sans crainte de dire des bêtises.

Toutefois, elle ne s'attendait pas du tout au geste qu'ébaucha Diane à son égard. La jeune femme s'empara de sa main et la pétrit comme si Isaure traversait une épreuve terrible et avait besoin de réconfort. Elle marqua sa surprise et eut le réflexe de retirer sa main. Une expression de mécontentement se peignit alors sur les traits de Diane. La colère déforma son mutin visage de rousse. Sa bouche se plissa en une moue de rage et elle haussa la voix :

— Encore une fois, tu me repousses ! Que suis-je pour toi, au juste ?

Isaure en resta muette, interloquée et mal à l'aise face à cette détresse qui ressemblait à celle d'une femme blessée dans sa chair et dans son cœur. Etait-il possible que Diane lui fasse une scène ? Qu'elle soit jalouse de Matthias, le père de Noé ? Devait-elle relativiser le geste de la jeune femme ? Aux yeux de Lucille, il n'aurait sans doute rien comporté de licencieux. La prude Isaure en était pourtant toute retournée. Figée par la stupeur, elle ne trouvait plus ses mots. Les joues empourprées, elle laissa s'installer un silence tendu qui lui sembla ne jamais devoir s'achever. Elle imagina un élastique étiré à l'extrême qui allait finir par se rompre en les blessant toutes deux au passage…

Une fois de plus, la chance la favorisa car Noé se mit à pleurer, brisant ce silence embarrassant. Elle se leva d'un bond en déclarant que c'était l'heure du biberon. Diane ne pourrait lui reprocher de se dérober, le bien-être du bébé primant sur tout. D'ailleurs, elle acquiesçait avec un léger soupir, résignée à affronter la séance de gavage. Ce répit allait permettre aux deux femmes de reprendre leurs esprits. Isaure espérait que ce moment d'égarement serait vite passé. Elle ne savait rien des réactions de Lucille face à ce comportement si singulier. Isaure avait toujours eu peu d'amies, même avant ses dix-huit ans. Elle était alors trop timide, trop renfermée, dans l'ombre de sa fantastique sœur qui attirait tous les regards, tous les suffrages. Leurs parents n'avaient pas su diviser leur amour et leur admiration à parts égales, mettre Isaure en valeur quand sa jumelle prenait trop de place et la retranchait dans un oubli auquel elle avait fini par s'habituer, qu'elle recherchait même. Au fil du temps, elle avait été convaincue qu'elle le méritait, de par son insignifiance.

Tout en préparant le lait sous l'œil de Diane, elle se félicita de posséder assez de pratique pour ne pas paraître débutante. Il en fut de même quand elle nourrit Noé. Diane demanda à participer, ce qu'Isaure lui concéda volontiers, pensant ainsi adoucir leurs rapports. Au bout de quelques minutes, la visiteuse regarda sa montre.

— Je dois aller ouvrir le salon. A jeudi, alors, pour la coupe…

— A jeudi, répéta Isaure, soulagée qu'elle parte, en comprenant qu'elle évoquait probablement un rendez-vous chez le coiffeur.

A moins qu'elle ne l'annule pour une raison quelconque ? Elle y réfléchirait.

Isaure raccompagna Diane sur le perron, Noé dans les bras. Au moment de prendre congé, cette dernière se tourna vers elle, la gêne peinte sur le visage.

— Excuse-moi pour tout à l'heure… J'ai dérapé. C'est à cause de Matthias, tu comprends…

— Ce n'est rien, répondit Isaure, formule neutre et vague qui sembla apaiser Diane.

La porte refermée, Isaure sentit ses jambes trembler. Ce serait difficile de jouer ce rôle bien longtemps. Elle n'était plus certaine d'y parvenir. Les efforts fournis et la tension nerveuse portée à son paroxysme l'avaient exténuée.

Le portable de Lucille sonna alors, dérangeant Noé dans son sommeil. Isaure ne répondit pas, trop abattue pour trouver le courage de parler à quiconque.

A l'adolescence, ce fut presque plus facile. Isaure ne se laissait pas impressionner comme par le passé. Elle s'était surtout forgé une carapace lui permettant de parer les coups de sa sœur. Se protéger au maximum quitte à en oublier de vivre. « Fuir le bonheur de peur qu'il ne se sauve », comme disait la chanson.

Depuis des années, elle s'efforçait de ne plus prêter le flanc aux attaques de sa jumelle, sachant qu'elle ne trouverait aucun secours auprès de leurs parents. Sa mère avait pris le parti de Lucille et son père observait l'affaire avec le regard absent qu'il posait sur les choses vaines, comme si les relations toxiques entre ses deux filles étaient banales, qu'elles s'adouciraient avec le temps sans qu'il ait besoin d'intervenir. Aussi, pour éviter de nouvelles trahisons, Isaure ne se liait avec personne. Elle n'avait aucun ami, seulement quelques connaissances avec lesquelles parler, rentrer à vélo de l'école, s'entraider lors de révisions ardues. Il était loin le temps où elle avait cru avoir trouvé son pendant en la personne de Clovis. Ce dernier n'avait pas tardé à intégrer la meute de groupies de Lucille. Personne n'avait plus osé se moquer de lui une fois que Lucille avait décrété qu'elle l'aimait bien. Evidemment, ce traitement de faveur avait exclu Isaure. Entre l'amitié d'une petite fille esseulée et le bonheur d'être enfin accepté, Clovis avait vite fait son choix. Isaure n'en avait pas été surprise, elle avait l'habitude.

A ses quatorze ans, un garçon s'intéressa pourtant à elle. Loin d'être insensible au charme de ce Damien, elle était surtout flattée de lui plaire. Contrairement à Lucille, elle n'avait pas échappé aux aléas de l'adolescence : quelques boutons émergeaient sur sa peau et elle camouflait trois kilos en trop sous des vêtements larges dont se moquait sa sœur. Néanmoins, Damien avait fait abstraction de ces disgrâces. Isaure lui en était reconnaissante. A son contact, face à son regard bienveillant, elle se sentait revivre. Mais oserait-elle succomber ? Si sa jumelle l'apprenait, elle ferait tout pour lui voler Damien, usant de sa séduction dévastatrice pour tourner la tête au pauvre garçon, humiliant Isaure dans la foulée. Mais si elle se trompait ? Si Lucille restait indifférente à ce flirt ou, mieux, si Damien se montrait insensible aux avances de la jeune fille ? Quelle revanche pour Isaure ! Elle hésitait encore.

Un jour qu'elle croisait Damien, elle se rendit compte que, pour la troisième fois, elle le voyait avec la même camarade, une fille de sa classe. Un mauvais pressentiment lui étreignit le cœur. Personne n'avait évoqué devant elle la liaison du garçon, mais peut-être la prenait-on en pitié. Elle espérait cependant n'avoir jamais laissé percevoir combien il l'attirait. N'osant pas interroger quiconque, elle commença à surveiller Damien et son amie avec discrétion. Et ne tarda pas à tomber sur le couple s'embrassant à pleine bouche sur un banc du collège. Comme elle rebroussait chemin pour l'éviter, Damien la repéra. Il ne fit pas un geste pour la retenir. La peine d'Isaure fut immense.

Le garçon souhaita lui parler le lendemain. Elle ne chercha pas d'échappatoire, soulagée qu'il s'explique malgré la honte et le chagrin qu'elle ressentait.

— Tu as l'air triste, Isaure.

— Pas du tout, mentit-elle. Sandrine est une très jolie fille. Je suis contente pour toi.

Il soupira.

— Ecoute, j'ai été patient. Je désirais vraiment sortir avec toi. Mais tu ne sais pas ce que tu veux. Un jour c'est oui, un jour c'est non.

— Je ne suis pas comme ça, c'est faux ! protesta Isaure.

— Bien sûr que si ! Tu as joué avec moi. A la longue, j'en ai eu marre.

Elle fut sur le point de lui révéler la vérité : elle avait eu peur que Lucille s'immisce dans leur relation, en rivale. Mais elle réalisa combien cela allait paraître ridicule pour quelqu'un d'étranger aux conflits des jumelles. Il ne comprendrait pas. Il la tiendrait pour perturbée. Pire, il pouvait répéter ses confidences en les déformant, en prétendant qu'Isaure était jalouse de sa sœur par exemple. Elle ne pouvait pas se justifier, elle devait se taire, et tant pis s'il se faisait des idées à son sujet, s'il la jugeait peu fiable, versatile, une allumeuse, suprême ironie !

Jusqu'à dix-sept ans, Isaure se retrancha dans une farouche solitude, fuyant les garçons, tandis que sa sœur enchaînait les aventures, reine incontestée de la jeunesse de l'époque.

4

S’aspergeant du parfum capiteux de sa sœur comme pour consolider les fondations de sa supercherie, forçant les intonations graves de sa voix, Isaure se rendit à la banque avec Noé dans sa poussette. Munie du passeport de Lucille, de sa carte bleue, dont elle ignorait le code, et de son chéquier (elle s’était entraînée à imiter sa signature), la jeune femme se disait que son plan comportait peu de risques.

Si elle n’avait pas été aussi nerveuse à l’idée d’une rencontre compromettante, Isaure aurait goûté à l’atmosphère sans pareille qui régnait à Port-Joinville en ce jour ensoleillé de février. La ville, autrefois Port-Breton, devait son nom actuel au fils de Louis-Philippe, le prince de Joinville. Isaure emprunta le lacis de ruelles jusqu’au port, où les fanions multicolores des chalutiers se mouvaient dans le vent. Son regard se perdit vers l’horizon, elle inspira l’air iodé… Dans les vêtements de Lucille, promenant son enfant, elle devenait sa sœur, sans pour autant avoir fait sienne l’assurance qui caractérisait la défunte. Trop de mauvais souvenirs, trop de drames se rattachaient à l’île. Le ballet des mouettes autour d'un vieux pêcheur, qui maugréait dans sa barbe face au harcèlement dont sa précieuse cargaison était victime, lui arracha un sourire amusé. Il lui adressa un bref salut, auquel elle répondit de même, sentant déjà la sérénité la quitter. Elle reconnut dans ce pêcheur le quadragénaire plutôt séduisant de jadis, qui ne ferait plus jamais battre le cœur des adolescentes. Depuis vingt ans, les gens qu'elle connaissait avaient vieilli alors qu'Isaure n'avait rien perçu du fait de son éloignement. Elle ne devait pas oublier qu'elle était censée n'avoir jamais déserté sa région natale.

Le son d'une sirène annonça l'arrivée d'un paquebot côtier. Comme rappelée à l'ordre, Isaure mit fin à sa rêverie et se dirigea vers les rues commerçantes. Des sentiments ambivalents l'assaillaient, soulevant des émotions dont elle souhaitait se départir pour ce rendez-vous capital. Une fois les soixante-quatre mille euros en poche, elle pourrait dire adieu à ce paysage. Son cœur battait follement quand elle poussa la porte de la banque. Il y avait peu de monde, mais tous se retournèrent pour la dévisager et elle baissa les yeux comme pour se protéger, habitude qu'elle devait oublier si elle désirait se faire passer pour la conquérante Lucille. Son tour arrivé, elle s'efforça de prendre la voix grave de sa sœur sans pour autant parler trop fort par crainte d'être entendue. La femme blonde et jeune derrière la vitre semblait avenante, et Isaure se dit qu'elle serait peut-être aussi accommodante. Très vite, elle réalisa son erreur :

— Oh là là, madame, pour cette opération il est nécessaire de prendre rendez-vous avec un responsable. De plus, vous ne pouvez pas partir comme cela avec tant d'argent. Vous avez obligation de fournir une explication à la banque. Je suis désolée mais c'est ainsi désormais.

— Quand puis-je revenir ? s'enquit Isaure en s'efforçant de garder son calme.

— Je vais appeler M. Bonneval, afin qu'il voie cela avec vous. De quelle somme exactement avez-vous besoin ?

— Je souhaite conserver le minimum sur mon compte. Or, il y a soixante-quatre mille euros…

— Oh là là ! s'exclama à nouveau l'employée, comme si une urgence médicale absolue se présentait. J'ai peur que le délai soit bien long ! Nous sommes sur une île, vous savez…

— Oui, j'avais remarqué, répliqua Isaure qui s'échauffait.

La note de sarcasme n'échappa pas à la guichetière ; elle pinça les lèvres, vexée.

— M. Bonneval va venir vous voir. Mettez-vous sur le côté en attendant.

Isaure obéit en contenant son impatience. Les choses ne seraient pas aussi aisées qu'elle l'avait espéré. Elle n'était pas coutumière de ce genre de transaction financière et en avait minimisé les difficultés. Des doutes affreux l'assaillaient.

Heureusement que Noé était un bébé facile ! Bien emmitouflé dans sa combinaison à capuche, il ne semblait pas dérangé par le bruit et les évolutions des adultes autour de sa poussette, où il dormait depuis qu'elle l'y avait déposé. Bien moins tranquille était Isaure, qui patientait en redoutant d'autres imprévus l'éloignant encore plus de la somme providentielle.

Mais quand M. Bonneval sortit de son bureau, il arborait un large sourire rassurant.

— Entrez, entrez, je vous en prie, madame Launay. Mon prochain rendez-vous n'est pas encore arrivé. Je peux vous recevoir quelques minutes.

Se faire appeler « madame Launay » lui procura une sensation étrange, à la limite du malaise. Si elle n'avait pas assisté au mariage de sa sœur, elle avait connu adolescente Gérald Launay, natif d'Yeu, un garçon riche et de bonne famille.

Elle pénétra dans une pièce aux murs blancs, aux meubles rares, aux bibelots inexistants, plutôt froide, que le conseiller financier avait tenté d'égayer avec une plante en pot aux fleurs rouges. Des dossiers s'amoncelaient sur la table telle une mise en scène destinée à impressionner et imposer le respect. L'écran de l'ordinateur dévoilait un paysage exotique, peut-être la prochaine destination de vacances de M. Bonneval.

Sur un signe de ce dernier, elle prit place dans un confortable fauteuil habitué à recevoir le postérieur de clients comme Lucille, des gens dont la banque avait besoin et qu'elle soignait.

— Comment allez-vous, madame Launay, depuis la dernière fois ? Je ne vais pas parler trop fort pour ne pas réveiller Noé, ajouta-t-il en contemplant le nourrisson avec bonhomie.

— Noé et moi nous portons bien, je vous remercie, monsieur Bonneval. Si je suis ici…

Isaure se racla légèrement la gorge face au regard inquisiteur, ou perçu ainsi, du banquier qui devait déjà être au courant de son projet.

— Si je suis ici, reprit-elle d'une voix plus assurée, c'est que je veux obtenir des liquidités. Pour des raisons personnelles, je souhaite garder le minimum sur mon compte de façon à ne pas le fermer.

— Et c'est votre droit le plus strict, s'empressa d'acquiescer son interlocuteur dont l'expression du visage contredisait néanmoins les paroles d'assentiment. Cependant, si je puis me permettre, pourquoi désirez-vous une telle somme ? Je me vois contraint de vous poser la question à cause des nouvelles lois liées au blanchiment d'argent. Rien à voir avec vous, évidemment ! conclut-il avec un rire qui sonnait faux.

Isaure s'agita un peu, le cerveau en ébullition pour trouver une réponse plausible. Elle eut la tentation d'avouer qu'elle désirait jouer l'argent au casino ; l'idée de cette explication assénée au banquier l'amusa beaucoup et son stress se dissipa tout à coup.

— Je vais entreprendre des travaux dans la maison.

— Voilà une justification valable, mais pourquoi ne pas payer les artisans avec des chèques ?

Il était évident à son air sourcilleux qu'il la soupçonnait d'entretenir le travail au noir. Un instant désorientée, Isaure pensa à Lucille et imagina quelle serait sa réaction en de telles circonstances. Elle ne se laisserait pas traiter en enfant.

— Monsieur Bonneval, suis-je obligée de poursuivre cette conversation ? Que je sache, j'ai toujours placé mon argent ici et vous savez combien mon patrimoine est important. Il en reste encore considérablement. A quoi bon assombrir nos rapports pour une soixantaine de milliers d'euros qui vont et qui viennent ? Il se trouve que j'envisage de vendre quelques biens immobiliers, continua la jeune femme d'un air désinvolte, et cette fortune sera encore gérée par vous. Mais je vous demande de me laisser libre d'agir comme je l'entends avec mon compte courant.

L'attitude du banquier se modifia aussitôt :

— Madame Launay, je puis vous certifier que la banque a en vous l'une de ses meilleures clientes. Je ne vais pas vous embêter plus longtemps. Pour autant, je ne peux vous donner cet argent sur-le-champ. Un délai est nécessaire. Seriez-vous disponible pour prendre rendez-vous dans quelques jours ?

— D'accord, je comprends et vous remercie.

Après avoir défini une date, Isaure se leva et serra la main du banquier. Elle sentit chez lui une lutte entre dépit et espoir. Le premier sentiment l'emporterait quand il réaliserait qu'elle l'avait trompé.

Grisée par la réussite de son entrevue avec Bonneval, la manière dont elle avait mené l'échange, la certitude d'avoir muselé son adversaire, Isaure était en revanche déçue de ne pas sortir de l'agence avec des billets en poche. En définitive, elle venait de faire face à un déboire, un contretemps la forçant à demeurer sur l'île.

Il fallait faire bonne figure face à ces gens qui la connaissaient, la saluaient, lui adressaient quelques mots aimables, parfois une remarque sur Noé… A sa peur d'être démasquée se substituait une émotion nouvelle, plus ambiguë, une sorte de satisfaction à camper une femme sûre de son charme, bien dans son corps, à l'abri du besoin et mère d'un adorable bambin. La vie idyllique de sa sœur fusionnait avec la sienne. Parfois, elle se demandait si retourner au Mexique, où elle avait passé ces vingt dernières années, était une si bonne idée. Personne ne l'attendait là-bas et elle possédait en France de quoi voir l'avenir en rose. Pourquoi ne pas endosser la personnalité de sa jumelle jusqu'à sa propre mort ? Etre la mère de Noé, la grand-mère de ses enfants plus tard, faire fructifier sa fortune, vivre dans la maison de son enfance, oublier la malchance qui s'attachait à Isaure Martineau pour se réconcilier avec le bonheur ? Certes, tromper Diane et surtout Matthias demanderait une attention de tous les instants mais elle disposerait d'un patrimoine intact, suffisant pour lui assurer une vie sans souci. Cela en valait la peine. Qui irait la soupçonner d'avoir pris la place de sa sœur ? Isaure n'avait pas donné de nouvelles depuis son départ. La moto avait disparu, sans doute volée et revendue par des voyous. Seule la découverte du corps de Lucille dans le lac du Jaunay viendrait tout chambouler. Elle pourrait peut-être prétendre qu'il s'agissait de celui d'Isaure... Mais le Jaunay pouvait aussi garder la dépouille de Lucille et devenir son tombeau à jamais...

Une vieille dame l'arrêta dans la rue. Isaure reconnut l'épouse d'un marin qui habitait près de l'église Notre-Dame-du-Port. Son nom lui échappait mais elle se souvenait d'une jolie femme bavarde vendant le produit de la pêche sur le marché de Port-Joinville. Elle s'extasia sur Noé avant d'engager la conversation à propos de son époux. Isaure s'efforçait de suivre un monologue dans lequel il était question d'un homme qui s'était séparé de son chalutier de pêche car il estimait avoir atteint l'âge de la retraite puis qui, comprenant son erreur, avait acheté une nouvelle embarcation quelques semaines seulement après avoir cessé de travailler.

— Il est tout le temps en mer, je ne le vois pas davantage qu'avant. Tu me diras, je ne m'en plains pas. Il était dans mes pattes toute la journée, tournant et virant dans la maison et le jardin, je ne pouvais plus le supporter. Mais c'est quand même un comble de vendre son bien pour se procurer presque le même, tout cela en moins d'un mois !

Isaure se mit à rire et la femme se joignit de bon cœur à cette crise d'hilarité. Soudain, comme elle avait évoqué le prénom de son mari, Claude, Isaure se rappela le sien, Marie-Claire. Elle confectionnait jadis des desserts à base de sucre et d'algues dont Lucille se régalait ; Isaure était moins friande de ce curieux mélange et elle se forçait un peu pour ne pas démériter. Marie-Claire évoquait à présent ses petits-enfants.

— Aucun d'eux ne désire demeurer sur l'île, soupira-t-elle.

— Peut-être changeront-ils d'avis, hasarda Isaure. Avec les années, ils auront envie de renouer avec leurs racines.

— Oui, mais je ne serai plus là pour les accueillir…

Elle s'abîma quelques secondes dans une méditation douloureuse puis reprit, sans malice aucune :

— Regarde ta sœur, elle n'est jamais revenue…

Isaure la fixa, incapable de formuler une phrase tant sa stupeur et son trouble étaient immenses. Elle avait l'impression étrange que l'on parlait d'une morte, alors même que c'était Lucille la défunte. Tout se mélangeait dans sa tête. Elle semblait si bouleversée que son interlocutrice crut bon de s'excuser :

— Oh, pardonne-moi, Lucille, j'ai été maladroite, je t'ai peinée. C'est que tu paraissais avoir accepté le silence de ta jumelle, je ne me doutais pas… Enfin, cette mésaventure, cette épreuve, appelle-la comme tu veux, semblait loin derrière toi, tu en parlais avec détachement… Je m'en veux d'avoir été si brutale, ça m'apprendra…

La vieille dame bafouillait, désolée de sa légèreté, de sa balourdise. Isaure comprit que jamais Lucille n'aurait réagi ainsi, elle avait occulté la disparition de sa sœur, et les allusions à ce sujet n'avaient pas le pouvoir de l'émouvoir. Cette indifférence lui ressemblait bien.

La sonnerie du portable de Lucille les tira toutes deux d'une situation embarrassante. Isaure fit un signe d'excuse à son interlocutrice, qui s'empressa de prendre congé avec un sourire contrit. La jeune femme n'avait pourtant pas l'intention de répondre. Elle continua sa route avec Noé jusqu'à la maison où, après avoir nourri le bébé et l'avoir installé dans son berceau, elle se cala sur le canapé du salon afin d'écouter le message en priant pour qu'il n'émane pas encore de Matthias au sujet d'un éventuel séjour à Yeu. Ce qu'elle entendit la stupéfia et l'affligea tour à tour. Certes, il ne s'agissait pas du père de Noé, cependant des problèmes inattendus s'annonçaient :

« Bonjour, madame Launay, disait une voix féminine. C'est la secrétaire du Dr Briançon à l'appareil. Je vous appelle car vous n'êtes pas venue au dernier rendez-vous fixé au vendredi 10 février. Vous avez sans doute eu un empêchement… Toujours est-il que l'opération approche. Il vous faut impérativement reprendre contact avec moi pour déterminer une nouvelle date avant le jour J. Bonne journée, madame Launay, et à très vite. »

Isaure était perplexe. En dépit des certitudes de Diane, Lucille n'avait pas une santé si éclatante puisqu'elle devait subir une intervention. Comment régler cette complication ? La jeune femme songea qu'elle devait à tout prix dénicher l'agenda de sa sœur pour parer à d'autres imprévus. Méthodique cette fois, elle recommença à fouiller le bureau à sa recherche. L'impression de violer un sanctuaire l'avait quittée ; elle s'appropriait le devant de la scène après s'être contentée des coulisses. Elle ne tarda pas à tomber sur l'agenda et le parcourut à partir de la date du jour. De son écriture nerveuse, Lucille avait noté beaucoup de rendez-vous, parfois sous forme d'abréviations qu'Isaure était bien incapable de décrypter. L'opération, dont la nature n'était pas indiquée, devait avoir lieu en mars. Lucille avait aussi inscrit des vacances fin février, une semaine à Chamonix. Isaure se demanda comment elle allait se tirer de ce mauvais pas. Elle avait la sensation de se noyer peu à peu dans des sables mouvants. Refusant de céder à la panique, elle se concentra sur le jeudi suivant, où Diane l'attendait pour une coupe… Une couleur, des mèches ? Elle n'en savait même rien ! Néanmoins, là n'était pas le plus important. Elle résolut de mettre au plus vite en vente la maison de l'île d'Yeu. Cet après-midi, elle se rendrait dans une agence immobilière à laquelle elle ne donnerait pas l'exclusivité car il fallait se séparer de ce bien dans les plus brefs délais. D'autres agences sur le continent seraient mises à contribution et elle n'hésiterait pas à tenter aussi la transaction entre particuliers. Elle prenait conscience que continuer à jouer le rôle de Lucille comportait trop de dangers, qu'elle finirait par être confondue.

On sonna à la porte. Isaure se figea. Se forçant à respirer calmement, elle jeta un œil par la fenêtre et se sentit mieux en distinguant la voiture de la Poste. Ce ne pouvait être qu'un colis, voire un recommandé. Auquel cas elle imiterait la signature de sa sœur. D'ailleurs, elle n'avait pas pensé à ramasser le courrier depuis son arrivée.

Après avoir enfilé son blouson, elle brava le froid. La postière était une jeune femme au visage avenant qui connaissait évidemment bien Lucille.

— Comment vas-tu ? demanda-t-elle en tendant une joue.

— Très bien, et toi ? répondit Isaure en l'embrassant, tout en jugeant son ton de voix bien affecté.

— Tu as un recommandé…

Isaure gribouilla le reçu sans éveiller les soupçons. En retard dans sa tournée, la postière ne s'attarda pas. Quand elle fut rentrée dans son véhicule, Isaure se demanda si elle aurait dû l'inviter à prendre un café. Ses traits ne lui rappelaient personne en particulier bien qu'elle soit de sa génération. Elle vida la boîte à lettres de son contenu avant de rentrer.

Déchirant la grande enveloppe, qui émanait de l'agence du Port, elle en sortit une liasse de papiers traitant d'informations au sujet d'une maison à Noirmoutier. Ainsi, Lucille avait bien possédé une autre demeure que celle-ci, situé dans le quartier du Bois de la Chaise, à Noirmoutier-en-l'Ile, un endroit très prisé. La vente conjointe des deux bâtisses rapporterait beaucoup d'argent à Isaure, un avenir doré s'ouvrait devant elle. Si elle se laissait tenter par des placements avantageux, elle n'aurait pas besoin de trouver un emploi avant plusieurs années. Non qu'elle souhaitât vivre de ses rentes comme sa sœur, elle n'y était pas habituée, mais au moins pourrait-elle se payer le luxe d'opter pour l'activité de son choix. Cette perspective lui rendit le sourire.

La scène la plus cruelle avait eu lieu quand les jumelles étaient âgées de quatorze ans. Etrange comme l'eau avait pu jouer un rôle tragique dans leur existence...

Pour échapper au flot des vacanciers de la belle saison, elles se baignaient dans une crique secrète, connue des seuls locaux. Pas de surveillance ici, et des courants assez forts parfois qu'il fallait savoir apprivoiser. Souvent, elles s'y rendaient l'été, après dîner, avec leur mère. Isaure aurait préféré la quiétude du petit matin mais Lucille détestait se lever aux aurores. Ce soir-là, Emilie se reposait, allongée sur sa serviette, jetant des regards distraits vers ses filles au loin. Il n'y avait personne sur la plage. Lucille était une nageuse émérite. Elle concevait la baignade comme un défi sportif dont son corps lui serait redevable. Elle passait de la brasse au crawl avec une énergie et une volonté qui s'imprimaient sur son visage en une expression que sa sœur qualifiait de « tueuse ». Isaure était bonne nageuse, sans pour autant considérer cette activité comme un moyen de se forger des muscles en béton. Elle prenait son temps, s'octroyait des pauses, faisait la planche en admirant le ciel nimbé de la lumière du crépuscule, rayé de traînées roses...

— Isaure !

Lucille disparut sous l'eau. Ses pieds puis ses jambes se dressèrent hors de l'océan, comme des phares. Isaure sourit. Lucille était capable de faire des acrobaties fantastiques et de se comporter en clown. Les sœurs partageaient ainsi des moments de complicité, trop rares aux yeux d'Isaure. Même quand elles semblaient proches, la jeune fille conservait un relent de méfiance à l'encontre de sa sœur, comme si rien n'était sincère chez Lucille, comme si elle s'attendait à recevoir un coup de sa part.

Pourtant, elle applaudit à cette prouesse et les jumelles s'amusèrent quelques minutes comme deux gamines. Ces parenthèses laissaient toujours un goût amer à Isaure, elle aurait tellement voulu qu'elles deviennent une habitude ! Elle rêvait d'une sœur à chérir, à laquelle se confier, une complice de tous les instants, quelqu'un de son âge en qui elle aurait confiance, qui pourrait la comprendre. Mais cette douceur, cette joie de vivre alternaient constamment avec froideur et méchanceté.

S'éclaboussant et se bousculant mutuellement en riant, elles s'étaient éloignées du bord. Un appel d'Emilie leur fit prendre conscience de leur imprudence. Leur mère était debout sur le sable et leur adressait de grands moulinets de bras afin qu'elles rebroussent chemin au plus vite. Elle était en maillot de bain, prête à plonger pour leur porter secours si besoin.

— Fini de jouer, la vieille s'affole !

Lucille pouvait se montrer irrespectueuse et même sans pitié pour Emilie Martineau, quand bien même elle savait être sa jumelle préférée.

Isaure balaya les alentours d'un regard préoccupé.

— Il fait presque nuit et nous sommes bien trop loin de la plage...

— D'accord, rentrons.

— Allons-y, alors !

Malgré son ton ferme, Isaure sentit soudain sa détermination faiblir. Quelque chose n'allait pas. En dépit de ses efforts, elle ne parvenait plus à avancer. Une force l'attirait dans le sens contraire. Le courant ! Ce n'était pas la première fois qu'elle l'affrontait, mais jamais à une telle distance de la plage. Son cœur se serra quand elle distingua Lucille en train de nager vers leur mère, sans s'être aperçue des difficultés de sa jumelle. Isaure s'essoufflait et le cri qu'elle poussa ressembla au miaulement d'un chaton. Tout à coup, elle vit que sa sœur bifurquait et revenait vers elle ; elle avait dû jeter un œil en arrière afin de vérifier qu'elle la suivait et comprendre qu'Isaure luttait contre les éléments. Puis Emilie apparut, progressant vers ses filles. Isaure pouvait apercevoir sa sœur et sa mère qui se hâtaient vers elle pour la sauver. Elle en éprouva un curieux sentiment de gratitude qui chassa sa peur de la noyade. Après tout, Lucille et Emilie l'aimaient. Il avait fallu cette scène éprouvante pour qu'elle l'admette.

Cependant, ses forces déclinaient, elle suffoquait, de l'eau plein la bouche. Le courant l'entraînait vers le large, vers la mort.

Alors qu'elle parvenait une fois de plus à sortir la tête de l'eau pour respirer en toussant, Lucille surgit à ses côtés et lui agrippa le bras sans ménagement.

— Espèce d'idiote !

— Pas... comme ça, haleta Isaure. Il faut... que tu me prennes sur ton dos... Le courant...

— Si tu crois que tu vas grimper sur mon dos avec le poids que tu fais !

— M'man arrive... Elle va me tirer de là...

Mais Lucille semblait à son tour avoir des problèmes. Elle devait subir aussi l'assaut du courant. La panique s'inscrivit sur les traits d'Isaure, qui se demandait comment Emilie parviendrait à les secourir toutes les deux. Il fallait à tout prix trouver une eau plus calme. Comme elles s'étaient montrées stupides depuis des années, négligeant le panneau sur la plage qui indiquait que la zone était dangereuse en raison de ses courants d'arrachement ! La marée, pour l'heure descendante, accentuait ce phénomène.

La jeune fille se souvint qu'elle avait suivi un cours à ce sujet au collège. Comme elle perdait ses forces à tenter de nager à contre-courant, elle ne parvenait pas à se rappeler les conseils prodigués par le secouriste. Il avait dit qu'il fallait garder son calme, facile quand on n'était pas dans cette situation de péril ! Il avait déclaré également que les personnes se trouvant dans une zone où elles avaient pied pouvaient quand même être emportées par le courant, ce qui n'était pas d'un grand secours en la circonstance. Quoi d'autre ?... Ah oui, le nageur devait se déplacer parallèlement à la vague afin d'avoir une chance de s'éloigner du corridor du courant en regagnant le large. Il devait revenir vers la plage avec les vagues... Oui, c'était bien cela !

Tandis que Lucille se débattait toujours contre le courant et qu'Emilie n'était plus qu'à une trentaine de mètres de ses filles, Isaure s'efforça de se placer le long de la vague. Elle réalisa alors que sa mère se dirigeait droit sur Lucille. Cette dernière s'accrocha à Emilie de toutes ses forces et, sans un regard en arrière, les deux silhouettes convergèrent vers le sable. En quelques secondes, le cœur d'Isaure se brisa.

Elle parvint enfin à s'extraire du piège de l'océan et à regagner à son tour la plage au moment où sa mère, une fois Lucille en sécurité sur le sable, s'apprêtait à replonger dans l'eau afin de porter secours à son autre fille. Isaure lui en sut gré, tout en sachant qu'il aurait peut-être été trop tard pour elle si elle n'avait pas appliqué à la lettre les directives apprises à l'école. Emilie Martineau avait dû faire un choix. Sans doute n'aurait-elle jamais pu porter ses deux filles à elle seule. En revanche, avait-elle eu le temps de se poser la question ? Laquelle des deux sauver en priorité ? La première qui se présente à moi ? Au hasard ? Ou celle que je préfère voir vivre ?

5

Cela faisait plusieurs jours qu'Isaure n'était pas sortie, sauf pour remplir le frigo. Elle avait passé d'horribles moments à se demander comment elle pourrait continuer à vivre sans connaître le code de carte bleue qui lui donnerait accès au compte de sa sœur. Elle avait fini par le dénicher sur la dernière page de l'agenda et l'avait mémorisé avant de prendre la bicyclette de Lucille, direction le supermarché le plus proche, où elle s'était approvisionnée en produits frais, sans même regarder les prix, se résignant à laisser Noé seul. Puis elle avait appelé M. Fabri, lui expliquant qu'elle désirait mettre en vente la maison de Noirmoutier. Le téléphone fixe et le portable avaient sonné à maintes reprises durant cette période. Isaure n'avait jamais répondu, se sentant incapable de parler à une personne proche de sa sœur défunte – en particulier Matthias, qui pouvait détruire tous ses plans, briser tous ses rêves en se rendant compte de la supercherie. Diane s'était répandue en récriminations sur le répondeur, lui reprochant de n'être pas venue chez le coiffeur, sans même avoir prévenu, rendez-vous qu'Isaure avait oublié. D'autres amis de Lucille s'étaient enquis de son sort et, à chaque voix inconnue, Isaure sentait son assurance faiblir. Inquiètes, ces personnes ne finiraient-elles pas par venir frapper à sa porte ? Elle ne savait comment les recevoir, quoi leur dire, de quelle manière justifier son silence, son indifférence à leur encontre.

Une dizaine de lettres s'amassaient maintenant sur le buffet du salon. Isaure n'avait même pas trouvé le courage de les ouvrir ; elle était certaine qu'elles recelaient d'autres problèmes insurmontables. Au bout de quatre jours dans la seule compagnie de Noé, dans le silence sinistre de la maison, la jeune femme décida enfin d'affronter le monde extérieur.

Le bébé endormi dans son berceau, elle pouvait s'absenter une petite heure. Protégeant au moyen d'un sac tout ce dont elle avait besoin, Isaure se couvrit d'une parka appartenant à Lucille et referma la porte derrière elle. Il y avait peu de vent aujourd'hui, ce qui faciliterait sa tâche. Quittant le chemin longeant la plage où la plupart des maisons présentaient des volets clos en attendant les beaux jours et le retour des vacanciers, elle se dirigea vers le centre du village. Personne ne devinerait ce qu'elle transportait et une fois parvenue à destination, si quelqu'un la surprenait, elle invoquerait un nouveau hobby. Qui ferait le rapprochement avec l'Isaure d'autrefois ? Presque tout le monde devait avoir oublié son existence, et nul ne pensait la revoir un jour.

A la sortie de Port-Joinville, le cimetière, avec ses tombes blanches, arrêta la progression d'Isaure. Ses ancêtres marins étaient enterrés là ; beaucoup avaient péri en mer. Certains avaient même navigué sur les bâtiments de la Royale, mais la plupart pratiquaient la pêche ou le commerce. Isaure se recueillit face au tombeau de ses parents. L'endroit était entretenu, cela prouvait que Lucille ne l'avait pas laissé à l'abandon. Jusqu'à son départ, Isaure ferait en sorte de poursuivre l'œuvre de sa sœur. Elle avait appris leur mort en lisant la presse locale sur Internet, mais n'avait pas assisté à l'enterrement. Pareil pour le mariage de Lucille, puis la perte de son époux. « Emilie et Jean Martineau », des parents qui l'avaient chérie malgré tout, même s'ils ne s'étaient pas montrés à la hauteur. S'ils avaient su partager l'amour et la confiance entre leurs jumelles, sans doute le destin d'Isaure aurait-il été différent. Elle ne pouvait s'empêcher de leur en vouloir, tout en éprouvant un sentiment de culpabilité, une ambivalence étrange à vivre.

S'éloignant du cimetière, Isaure emprunta la route du Vieux-Château puis tourna à droite au niveau de la gendarmerie. Elle s'enfonça dans le bois de chênes verts où disparaissait la citadelle de Pierre-Levée. Elle avait à plusieurs reprises servi de prison d'Etat, en 1871 pour des communards, en 1914-1918 pour des civils allemands et hongrois, en 1940 pour des députés communistes, après la guerre enfin, puisque Pétain y avait été reclus. C'était pourtant bien ce monument qu'elle désirait peindre. La jeune femme se disait qu'il y aurait toujours moins de monde ici qu'au bord de la mer, même par ce temps. Elle espérait ne croiser personne durant toute la séance, qui n'excéderait pas une heure en raison du froid et de Noé seul à la maison.

Isaure entreprit de poser son chevalet sur le sol et d'y installer une toile vierge. Puis elle sortit ses tubes de peinture et commença ses mélanges sur la palette. Installée au soleil, bien emmitouflée dans la parka, elle éprouva ce sentiment d'excitation que provoquait toujours en elle l'élaboration d'une œuvre. Cela faisait des années qu'elle délaissait ses pinceaux, la faute au passé et aux soucis matériels qui l'empêchaient de se concentrer sur son art, lequel lui paraissait si vain, si futile, dans l'impossibilité où elle se trouvait de payer ses factures. Isaure sourit tristement à l'image d'elle-même, arpentant la surface étriquée du studio qu'elle louait à Ciudad Juárez puis à Cancún, en s'efforçant de chercher une solution à des problèmes qui se multipliaient de jour en jour. Heureusement qu'elle avait trouvé un emploi dans la restauration, sinon elle aurait même dû rogner sur la nourriture.

Le Mexique n'était pas la France ; les aides de l'Etat y étaient inexistantes et on pouvait y souffrir de faim, en particulier une étrangère sans soutien familial. Certes, avec le temps, Isaure s'était fait des amis parmi les expatriés et les autochtones. Néanmoins, la plupart des premiers s'en sortaient plutôt bien et elle avait honte de reconnaître que ses projets avaient échoué. S'adresser aux Mexicains lui paraissait encore pire ; leur niveau de vie était aussi modeste que le sien et ils avaient du mal à comprendre qu'une Européenne puisse se mettre dans une telle situation de précarité. Son orgueil était un frein à ses appels à l'aide.

Chassant les mauvais souvenirs, Isaure fixa son attention sur la citadelle et esquissa les premiers traits sur le tableau. Au bout d'une dizaine de minutes, elle contempla son travail d'un regard critique. Et dire qu'autrefois elle avait cru posséder un vrai talent…

Depuis son plus jeune âge, elle aimait dessiner et ce loisir était devenu une passion à l'approche de l'adolescence. Son professeur de dessin l'encourageait à persévérer, si bien que ses parents acceptèrent qu'elle prenne des cours particuliers. Pour la première fois, Isaure s'estimait supérieure à sa sœur, qui ne faisait preuve d'aucun don artistique. D'ailleurs, Lucille traitait ce qu'elle appelait son hobby par le mépris. La considération dont l'entouraient leurs parents semblait lui déplaire. Les rôles étaient inversés en raison d'une aptitude que s'attribuait Isaure, impossible à revendiquer pour elle-même. Isaure ne triomphait pas, mais son assurance grandissait à la mesure de ses progrès. Quand on lui demandait ce qu'elle voulait faire plus tard, elle répondait « peintre », sous les ricanements de Lucille.

Lorsque Isaure eut seize ans, Emilie Martineau souhaita montrer son œuvre à un peintre parisien reconnu qui possédait une maison sur l'île. Si Isaure craignait toujours d'être jugée en présentant ses toiles, les louanges dont ces dernières faisaient l'objet la rassuraient. Elle n'était pas inquiète en se rendant au domicile de l'artiste, seulement un peu intimidée par la reconnaissance dont il bénéficiait, sa célébrité et le fait que son nom apparaisse souvent dans les magazines. Régis Varon ne passait que quelques mois par an sur l'île d'Yeu, où il avait acheté une petite maison. Le reste du temps, il vivait dans la capitale, où il exposait régulièrement. Isaure s'était renseignée sur lui ; elle avait découvert qu'il ne se contentait pas de vendre ses toiles à Paris mais également à l'international, tant sa cote était haute.

Il reçut la mère et la fille avec amabilité, leur offrant du café et même des betchets, cette spécialité locale sucrée qu'on dégustait jadis avant Noël dans les foyers de pêcheurs. Isaure fut un peu déçue par la modestie de son intérieur. Une femme aux longs cheveux noirs et bouclés, au teint mat de bohémienne, un peu vulgaire avec son corsage délibérément ouvert sur un soutien-gorge rouge, les fit entrer dans une pièce où de rares meubles voisinaient avec une multitude de tableaux, accrochés aux murs ou posés par terre, que la jeune fille considéra avec curiosité. Si elle possédait quelques notions d'histoire de l'art, elle n'avait pas poussé son apprentissage, se contentant de dessiner puis de peindre avec passion. Les œuvres de cet artiste n'avaient rien en commun avec les siennes ; toutes représentaient des portraits alors qu'elle aimait reproduire des paysages. Il n'avait pas cherché non plus, comme elle le faisait, à embellir ce qu'il voyait. Les visages et les silhouettes arboraient des défauts, parfois des difformités, évoquant un réalisme auquel la jeune fille était peu sensible. Elle avait besoin de rêver et l'existence était trop souvent décevante. De même que ses lectures la portaient à choisir des thèmes traitant de l'amour sous une forme romantique, elle avait tendance à enjoliver ses sujets. Une femme légèrement replète voyait ses rondeurs gommées et un paysage un peu terne était rehaussé de couleurs.

Désemparée, Isaure se demandait comment Régis Varon allait pouvoir apprécier son œuvre ; elle était à l'opposé de son univers et, inévitablement, lui semblerait mièvre.

Avant qu'Emilie lui présente deux tableaux, élus parmi les plus représentatifs, elle bavarda de tout et de rien avec le peintre. La jeune femme, qui s'appelait Carlita et était sa compagne, leur apporta le café dans des tasses anciennes dépareillées qui s'harmonisaient bien avec son genre. Un adolescent aux cheveux longs et au corps dégingandé, que Régis présenta comme son fils Marc, vint les saluer brièvement puis repartit aussitôt.

Les betchets étaient encore tièdes. Emilie posa les tableaux sur le canapé, calés contre les coussins, et Régis Varon les observa pendant de longues minutes en silence.

— Vous avez un joli talent, jeune fille, déclara-t-il enfin à Isaure, qui se mit à rougir car elle le trouvait irrésistible, avec son regard bleu délavé et sa tignasse blonde indisciplinée, une apparence en opposition avec celle de la femme qui partageait sa vie.

Comment l'a-t-il connue ? se demandait Isaure.

— Faites-nous part de votre avis, monsieur, et sans nous ménager, intervint Emilie de sa voix tranchante.

Elle n'abandonnait jamais son ton et ses manières autoritaires, même en présence d'inconnus.

— Qu'attendez-vous de moi, exactement ? s'enquit le peintre en adressant un sourire rassurant à Isaure.

— Nous aimerions savoir si ma fille a de l'avenir.

— Isaure, tu as seize ans, n'est-ce pas ?

— Oui, fit l'adolescente, embarrassée.

Régis se tourna alors vers Emilie. Il voyait bien quel genre de mère elle était et il en concevait de la peine pour sa fille.

— Il est trop tôt pour émettre un quelconque verdict. Isaure a des dispositions pour la peinture, c'est certain. Elle doit encore travailler, se perfectionner. Revenez me voir d'ici quelques années, je verrai si elle s'est améliorée. Vous avez la vie devant vous, jeune fille ! conclut-il.

Isaure était désappointée. Elle avait pris goût aux compliments et, tout à coup, elle se trouvait en butte à un avis plus mitigé, venant d'un professionnel, de surcroît. Toutefois, elle n'aurait pas pris sa remarque trop à cœur si sa mère n'y avait pas prêté une attention démesurée. On aurait dit qu'elle parlait à l'examinateur chargé de noter le travail de sa fille pour un concours prestigieux. Face à ses yeux froids qui exigeaient des réponses, Isaure devina que la parenthèse enchantée qu'elle venait de vivre allait prendre fin. Sur le point de partir, enveloppée dans son manteau de fourrure ayant nécessité de mettre à mort une quantité scandaleuse d'animaux, elle tournait tour à tour des regards rancuniers vers le peintre et les toiles d'Isaure entre ses mains.

Cette dernière les contempla aussi. Elles lui avaient paru les plus à même de plaire, assez consensuelles pour gagner tous les suffrages, des paysages typiques d'Yeu. Ces derniers ralliaient à elle les habitants, ravis qu'on mette leur île à l'honneur, ainsi que les vacanciers, heureux de rapporter un souvenir de leur séjour. Comme si les paroles du peintre avaient déteint sur son propre jugement, Isaure eut l'impression étrange que les toiles avaient soudain perdu en qualité. Certes, elle savait manier le pinceau. La scène de mer démontée derrière ce type de maison blanche inséparable de l'île était agréable à regarder, mais vue et revue au final. Pas une once d'originalité dans ce tableau. Rien de vibrant ni de passionné, rien qui pousse un amateur d'art à percevoir tout le potentiel d'un peintre en devenir. Un petit talent au service d'une imagination sans fantaisie.

Tout le monde était-il tombé sous le charme de sa peinture ? Ses parents, gonflés d'orgueil, leurs voisins, trop polis pour oser exprimer ouvertement leur avis, leurs amis, attentifs à ne pas froisser une jeune fille déjà si complexée ? Restait son professeur de dessin, sans doute sincère en affirmant qu'elle excellait dans ce domaine, mais soucieux aussi de poursuivre les cours particuliers qui lui assuraient un revenu supplémentaire et, de toute façon, assez peu au fait de ce qui se passait dans le milieu pictural en dehors de son microcosme vendéen. Se serait-elle fourvoyée ? Elle avait des dispositions qu'elle pouvait mettre à contribution lors de ses moments de loisirs, mais pas ce don si rare, précurseur d'une grande carrière artistique. La jeune fille songea alors qu'elle pourrait aussi devenir professeur de dessin. Cette perspective amena un sourire amer sur ses lèvres tandis qu'elle prenait congé de Régis Varon, à qui elle en voulait confusément. Il avait cependant déclaré que l'avenir lui appartenait, rien n'était perdu. Isaure se perfectionnerait jusqu'à devenir une artiste à part entière.

Ainsi tentait-elle de se rassurer tout en suivant sa mère qui marchait d'un bon pas, les tableaux transportés sans douceur sous son bras droit, les épaules frémissantes de colère. Quand Isaure parvint à sa hauteur, elle daigna quelques mots :

— Inutile de persévérer dans cette folle idée d'être un jour peintre, Isaure. Tu as entendu ce qu'a dit cet homme ? Il te manque de la maturité.

— C'est normal, à seize ans. Je vais travailler d'autant plus. A ma majorité, lorsque nous reviendrons le voir, il confirmera si j'ai progressé...

— Ne t'obstine pas, tu risques une plus grande déconvenue.

Isaure s'éclaircit la gorge. Elle avait presque peur et considérait sa mère avec perplexité, cherchant à comprendre et craignant en même temps d'entendre la vérité.

— Que veux-tu dire ? Je souhaite continuer, tu le sais bien...

Elle la scrutait, anxieuse. Mais le visage de sa mère était à la fois dur et indéchiffrable. Et elle ne répondit pas.

Avait-elle conscience de l'importance que revêtait désormais la peinture dans la vie de sa fille ? Une place primordiale, la première. Celle d'un plaisir jamais égalé. Une fois de plus, sa mère avait commis une erreur en soumettant ce qu'elle avait de plus cher au monde au verdict de Régis Varon.

A présent, le mal était fait, et il était impossible de revenir en arrière.

Le passé reflua en une vague amère dont la force la fit presque vaciller. Alors qu'elle faisait tout son possible pour l'éloigner, l'acte de peindre à nouveau, après tant d'années sans avoir touché un pinceau, l'avait ranimée comme si elle avait soufflé sur des braises ardentes. Le vent s'était levé, il lui cinglait le visage. Tous ses membres étaient engourdis. Elle était restée trop longtemps immobile à regarder surgir les images de sa vie antérieure, désarçonnée au point qu'elle en avait oublié de poursuivre son travail. Preuve qu'elle se trompait, que même la pratique de son art n'avait plus le pouvoir d'abolir les sortilèges de jadis.

Les traits inaboutis sur la toile évoquaient sa tentative avortée. La lumière fléchissait sur la citadelle déserte, quelques gouttes de pluie incitèrent la jeune femme à ranger ses affaires. Elle reprit la route en sens inverse, résolue à ne pas se laisser abattre par cet échec. Peut-être serait-il préférable de peindre à l'intérieur même de la maison, tout en surveillant Noé, qu'elle ne pouvait négliger ainsi trop souvent ? Et pourquoi ne pas choisir le nourrisson pour modèle, une façon de concilier devoir et plaisir ? Elle n'était plus l'Isaure de seize ans, impressionnée par un artiste parisien et sous la coupe d'une mère abusive. Elle était Lucille, et jamais cette dernière n'aurait accepté que ses émotions prennent le pas sur ses désirs.

Une fois rentrée, Isaure fila dans la chambre de Noé vérifier que tout allait bien. Il dormait mais ne tarderait pas à réclamer son biberon, aussi demeura-t-elle vigilante à ses pleurs. Elle se rendait soudain compte de sa folie d'avoir abandonné le bébé pendant une heure. Difficile de croire que ce nourrisson si facile soit celui de Lucille. Isaure aurait plutôt imaginé un petit être faisant plier tout le monde à ses nombreuses exigences, se jouant d'elle jusqu'à tester ses limites avec une intelligence diabolique. Elle s'interrogea sur ce Matthias dont il avait peut-être hérité le caractère placide. La pensée du père de Noé l'amena à reconsidérer la pile de courrier qui gisait toujours sur le buffet, tels les rebuts d'une soirée festive. Sauf qu'elle était certaine que sa lecture ne lui procurerait aucun divertissement, voilà pourquoi elle la différait. N'ayant plus rien à faire en attendant le réveil de Noé, elle se résigna pourtant à en prendre connaissance. Elle contempla le premier pli d'un air morne sans même tenter de savoir qui en était l'expéditeur.

Déterminée à faire face à son destin, Isaure s'empara d'une enveloppe qu'elle déchira d'un geste vif pour en parcourir le contenu sans faiblir. Ses yeux s'écarquillèrent à mesure qu'il se révélait à elle.

Deuxième partie

ÎLE D'YEU

Avril 2010

6

En embarquant sur le bateau qui reliait Saint-Gilles-Croix-de-Vie à l'île d'Yeu, Matthias Guérin eut l'impression de laisser sur le quai derrière lui de lourds bagages, le poids de la fatigue et d'innombrables désillusions. Et tandis que l'embarcation prenait la mer, son esprit s'allégea comme si le vent emportait ses soucis. Ce mois d'avril était particulièrement chaud et Matthias choisit de s'installer à l'extérieur pour profiter du soleil ; le trajet durait près d'une heure, il aurait le temps d'admirer l'océan tout en réfléchissant à la tournure que prendrait son séjour chez Lucille. Sous sa casquette au nom de son bateau amarré à Saint-Gilles et ses lunettes dernier cri, il espérait échapper aux coups de soleil. Matthias jeta un œil sur les autres passagers, des personnes âgées qui voyageaient en groupe et monteraient dans un car climatisé à Port-Joinville afin de faire le tour de l'île. Le meilleur moyen d'appréhender Yeu était de la parcourir à vélo, mais Matthias doutait que ces octogénaires en soient capables. Quelques familles transportaient des sacs à dos remplis de victuailles ; elles comptaient pique-niquer à l'ombre d'un bois. Les membres de l'équipage étaient reconnaissables à leur uniforme, sur lequel trônait le logo de la compagnie.

Plus de quatre mois que Matthias n'avait pas revu son fils. L'idée de le serrer dans ses bras et d'en profiter durant une semaine le rendait euphorique. Conscient qu'il s'en occupait peu, il était partagé entre bonheur et culpabilité à chaque fois qu'il bénéficiait d'un moment de tranquillité pour se consacrer à lui. Rien n'avait été simple depuis sa naissance, puisque Lucille avait arrêté la pilule sans le lui avouer, le mettant devant le fait accompli, passé les trois premiers mois de grossesse. Il avait été furieux, lui qui ne souhaitait pas d'enfant si tôt, mais la jeune femme s'était montrée claire : elle ne réclamait rien, pas même qu'il reconnaisse le nourrisson. Matthias avait vite compris que, les années passant et son désir de maternité ayant atteint son paroxysme, Lucille avait choisi le futur géniteur avec une lucidité redoutable : un homme agréable à regarder et doté d'une intelligence plutôt au-dessus de la moyenne. Ce n'était même pas l'appât du gain qui l'avait guidée, la jeune femme faisant fructifier un patrimoine qui lui assurerait de solides revenus jusqu'à la fin de ses jours. Si elle ne lui avait pas fait part de son désir d'enfant, lui avait-elle expliqué de cette voix grave, un tantinet nonchalante, particulièrement énervante dans une telle circonstance, c'est qu'elle craignait qu'il ne refuse d'endosser le rôle de géniteur. Elle l'avait dit avec un air si calme, si confiant, visiblement persuadée de son bon droit, qu'il en était resté pantois. Même si elle ne lui demandait rien, il n'était pas homme à ignorer ce bébé à naître et à fuir en oubliant l'existence de cet enfant dont il était tout de même le père.

Six mois avaient passé depuis l'accouchement. Matthias espérait que la jeune femme n'avait pas pris sa décision à la légère, qu'elle serait une bonne mère. Elle paraissait heureuse de s'occuper du nourrisson, qui était facile, à l'en croire, un petit ange. Par peur qu'il lui arrive quelque chose, Matthias avait reconnu Noé. Il ne vivait plus avec Lucille, et son emploi du temps restait dédié au travail et aux plaisirs de toutes sortes, du sport aux soirées festives et arrosées. Cela semblait arranger Lucille, qui ne lui en faisait jamais reproche. Il avait passé plusieurs week-ends avec elle à la naissance de Noé, curieux de cet être entré dans sa vie par effraction. Il était ainsi venu fêter Noël avec elle et son fils, alors âgé de deux mois.

Depuis le début 2010, il avait été débordé par son travail ; c'était sa première visite de l'année, puisqu'il avait dû reporter à avril sa venue prévue initialement en février, pour des raisons pas très claires de séjour à Chamonix que Lucille avait annulé au dernier moment. Il se réjouissait donc de les revoir tous les deux. Sa conception de la paternité ne semblait poser de problème à personne, ni à la mère ni à l'enfant, et pas davantage à l'homme qu'il était.

Seule ombre au tableau, Lucille lui avait paru un peu étrange au téléphone et il espérait que sa réserve n'était pas liée à un problème de santé de Noé. Il refoulait cette pensée pour ne songer qu'aux joies des retrouvailles et profiter d'ici là de la traversée. Après tout, Lucille avait toujours été imprévisible. Elle lui ressemblait, centrée sur elle-même, c'est pourquoi la nouvelle de sa grossesse l'avait stupéfié. Différente des autres femmes, elle n'abordait jamais le sujet de la maternité, ne s'extasiait pas sur les bébés dans les poussettes, et il en avait conclu qu'elle désirait continuer à vivre sans entraves jusqu'à un âge avancé. Mais elle avait pourtant accepté de recueillir un chat perdu, premier pas vers la sédentarisation, le conformisme, et peut-être la sagesse, qui aurait dû l'alerter !

A ce jour, Matthias ne regrettait rien. Papa à quart temps, en attendant que son fils atteigne l'âge de lui faire des reproches, il bénéficiait d'une situation plutôt avantageuse. La naissance de Noé le stimulait davantage si c'était possible ; l'image de son fils hantait son esprit quand il travaillait, amassait de l'argent, tentait de faire grandir son entreprise de construction de bateaux de plaisance, de voiliers de luxe, monocoques et multicoques, basée à Nantes. Il était l'unique héritier de Grand Ouest, que son grand-père avait fondé en 1932. Une entreprise modeste à ses débuts, que son père avait réussi à faire connaître au niveau national. Tourné maintenant vers l'international, Matthias cherchait des contrats à l'autre bout du monde, en particulier en Asie, et multipliait les voyages d'affaires. Grand Ouest était déjà présent dans une vingtaine de pays et l'entrepreneur espérait une introduction en Bourse dans moins de cinq ans.

Hyperactif, n'ayant besoin que de six heures de sommeil par nuit, Matthias pratiquait aussi le golf, l'équitation et le tennis, sans compter qu'il adorait naviguer sur son propre voilier. Avec Lucille, il avait appris à aimer la vitesse à moto plutôt que dans le confort de sa Mercedes classe S, sans cependant poursuivre cette activité après leur séparation. Pour une fois, il avait trop conscience du danger ; la venue de Noé n'était sans doute pas étrangère à cette appréhension contraire à sa nature. Il avait même conseillé à Lucille d'être prudente, sans résultat pour l'instant.

La jeune femme avait accepté de le loger comme à chacun de ses séjours sur l'île, mais il avait deviné une note de réticence dans sa voix. Avait-elle rencontré quelqu'un ? La présence de Matthias allait-elle gêner son histoire naissante ? Lucille n'était pas du genre à s'embarrasser de tels principes, néanmoins elle pouvait encore le surprendre. Matthias devait s'attendre à tout de sa part, et la réciproque était vraie également. Voilà pourquoi, malgré leurs différends et l'inévitable rupture, ils s'appréciaient encore beaucoup, n'hésitant pas à partager quelques ébats nocturnes à l'occasion.

La traversée touchait à sa fin. Beaucoup de passagers s'étaient déjà levés dans l'espoir d'être les premiers à fouler le sol de l'île pour se rendre chez le loueur de bicyclettes, qui ne désemplissait pas durant la saison. Il fallait parfois attendre plusieurs heures avant d'être servi, quand deux bateaux, celui de Saint-Gilles et celui de Fromentine, déchargeaient leurs flots de touristes en même temps. Matthias était impatient mais pas pressé. Il sortit parmi les derniers et s'attarda même sur le quai à humer les senteurs de la célèbre poissonnerie de Port-Joinville et à contempler l'animation des boutiques et des restaurants. Traînant sa valise à roulettes, il s'installa à la terrasse du BDM Café et commanda un espresso. Une musique rock lui parvenait de l'intérieur, un cadre contemporain et un peu baroque qu'il appréciait, mais aujourd'hui le soleil l'invitait à demeurer dehors. Il entreprit de prévenir Lucille de son arrivée par SMS. Il n'était pas surpris qu'elle ne l'attende pas sur le quai, elle ne le faisait jamais.

Au bout d'un quart d'heure, il se leva et parcourut à pied les quelques centaines de mètres qui séparaient le centre-ville de la maison de Lucille, une promenade très agréable sur un chemin longeant la plage de Saint-Aubin. La côte restait sauvage, la plage seulement animée de quelques chiens et de leurs maîtres, la mer encore froide désertée par les baigneurs, une période idéale pour se rendre à Yeu. Le portail chez Lucille était fermé, ce qui l'étonna car elle le laissait toujours ouvert, les vols ou le vandalisme étant rares sur l'île même en période estivale. Il sonna, se présenta, et le portail automatique lui souhaita la bienvenue en lui permettant d'entrer.

La maison blanche aux volets bleus, de plain-pied, était toujours aussi agréable à l'œil ; elle faisait naître des images plaisantes de siestes à l'ombre d'un pin, en partie grâce à sa terrasse et sa piscine encore recouverte de sa bâche d'hiver. Elle ne possédait pas le cachet de certaines bâtisses anciennes de l'île et offrait plutôt un confort fonctionnel correspondant bien à la nature de Lucille.

Cette dernière sortit par une porte-fenêtre, Noé niché contre sa poitrine. Elle lui sourit avec chaleur. Le regard de Matthias effleura la silhouette de la jeune femme, qu'il jugea un peu amaigrie, et vint se poser sur la bouille grassouillette de son fils, qui le frappa au cœur. En cet instant, il ne comprenait pas comment il avait pu le négliger depuis Noël. Laissant sa valise sur place, il hâta le pas. Quand il fut tout près d'eux, il tendit les bras pour se saisir de Noé, le serrant contre son torse, respirant cette odeur de bébé si unique. Son fils ! Matthias ignorait si Noé le reconnaissait ; il gazouillait comme un pinson en portant ses doigts à sa bouche.

Après quelques minutes à s'extasier face à la bonne mine du bébé, Matthias se tourna vers Lucille, qu'il embrassa sur les joues sans pour autant lâcher Noé.

— Tu vas bien ?

— Oui, très bien, et toi ?

— Merveilleusement bien, puisque je vous retrouve tous les deux, répondit Matthias en s'asseyant sur une des chaises disposées le long de la terrasse, Noé calé sur ses genoux.

Il ne cessait de le contempler avec un sentiment de profonde fierté, comme s'étonnant lui-même d'avoir pu engendrer une telle splendeur. *Ce doit être le sentiment de tous les parents*, se dit-il avec réalisme, et il se sentit un tantinet ridicule, tout en convenant que Noé possédait quelque chose de spécial que les autres nourrissons n'avaient pas. Voilà la vérité et toute la différence entre les autres pères qui bêtifiaient et lui !

— Veux-tu boire quelque chose ? lui demanda Lucille.

— Un café, s'il te plaît. J'en ai déjà bu un au BDM. Mais j'en prendrai volontiers un second avec toi.

Il s'attendait à ce que Lucille réagisse à la mention de cet endroit, autrefois leur QG, au moins qu'elle sourie, mais elle demeura de marbre. Il avait le sentiment qu'elle lui en voulait pour une raison obscure. Certes, il avait été absent mais cela ne la dérangeait pas, d'habitude. Que se passait-il ? Une nouvelle fois, il craignit que la santé de Noé ne soit à l'origine du changement d'humeur de Lucille, toutefois l'enfant donnait l'impression d'être en pleine forme. Pour penser à autre chose, il observa la maison en forme de U, cernée par les hortensias roses. Son toit en tuile luisait sous le soleil et Lucille avait même ouvert le parasol. Il se rendit compte que le gazon avait besoin d'une tonte et se promit d'y remédier puisque la jeune femme avait négligé ce soin, ce qui n'était pas dans ses habitudes. Non pas qu'elle aimât particulièrement s'occuper de son intérieur et de son jardin, mais tout ce qui lui valait de l'exercice trouvait grâce à ses yeux. Sportive dans l'âme, elle considérait n'importe quel acte nécessitant un effort et une dépense probante de calories comme jouissif.

Elle revint avec les cafés et se laissa tomber sur une chaise à ses côtés pour boire son espresso tout en chatouillant le ventre du petit, devenu un peu nerveux depuis qu'elle avait disparu dans les profondeurs de la maison.

— Il va bien ? s'enquit Matthias, le cœur pétri d'anxiété.

Lucille le considéra avec surprise.

— Oui, aucun problème. C'est un bébé adorable, très calme.

Matthias se prit à rire tout seul de soulagement et de joie.

— Tu as raison, c'est un amour. Toi, en revanche…

— Je ne suis pas un amour ?!

— Si, si, mais tu as maigri.

Il avisa son expression presque traquée et se raidit à nouveau d'appréhension. Qu'allait-elle lui annoncer ?

Ses muscles se détendirent quand elle répondit, d'une façon peut-être un peu trop évasive :

— J'ai pris quelques kilos cet hiver, dont j'ai souhaité me débarrasser. J'ai retrouvé mon poids normal.

Il n'était qu'à demi convaincu mais préféra ne pas insister. Lucille pouvait se montrer très distante et même désagréable si elle estimait que ses proches devenaient trop intrusifs. Il l'interrogerait plus tard, quand les quelques jours passés ensemble auraient ranimé le passé… avec la même intensité, l'espérait-il, que quatre mois auparavant, quand ils étaient retombés dans les bras l'un de l'autre.

— Alors, quoi de neuf ?

Sa propre question l'étonna. Il se rendait compte combien leur lien avait été distendu ces derniers temps. Sa froideur pouvait s'expliquer par une rencontre qu'elle aurait faite, mais il ne comprenait pas qu'elle ne lui en eût pas fait part. Depuis leur rupture, elle prétendait se consacrer à son fils et se désintéresser des hommes gravitant autour d'elle. Il ne doutait pas qu'elle se serait confiée si les choses avaient changé.

Leur couple avait bien fonctionné durant plusieurs années car ils se laissaient une liberté leur permettant de se retrouver toujours avec plaisir, le manque agissant favorablement. Non pas qu'ils en aient profité pour être infidèles, mais ils avaient besoin de respirer loin l'un de l'autre pour mieux s'apprécier lorsque la vie les réunissait à nouveau. Ni elle ni lui n'étaient du genre à prôner les rapports fusionnels et le sentiment amoureux porté à son paroxysme. Il serait vraiment stupéfait s'il apprenait que la jeune femme y avait succombé au point de vouloir garder secrète cette histoire de cœur.

Pourtant, cela expliquerait la réserve qu'elle manifestait à son encontre, peut-être par respect pour le nouvel homme de sa vie. Cette idée lui déplaisait quelque peu, mais elle était nettement préférable à celle qui l'avait effleuré, que Noé souffre de problèmes de santé.

— Oh, la routine… Tiens, j'ai vendu ma moto.

— Pour t'en acheter une plus puissante ?

— Pour circuler à vélo et en voiture. Je prends sans doute conscience de mes responsabilités de mère.

— Oui, tu as raison, reconnut-il.

Il était soulagé qu'elle ait abandonné cet engin dangereux avec lequel elle prenait bien trop de risques. Que deviendrait Noé si elle était victime d'un accident ? En dépit de tout son amour pour lui, Matthias savait que son emploi du temps était incompatible avec la présence continuelle d'un enfant. Ce dernier serait alors élevé par les parents de Matthias ou une nounou.

— Qui l'a achetée et à quel prix ?

— Oh, un type de Challans… J'ai su négocier.

— Et la maison de Noirmoutier, tu as trouvé preneur pour l'été ?

Il la vit hésiter.

— Justement, je voulais t'en parler : j'ai décidé de vivre sur Noirmoutier et de vendre ou de louer ici.

Encore une fois, elle le déconcertait.

— Mais tu as toujours préféré l'île d'Yeu !

— Mes priorités ne sont plus les mêmes depuis la naissance de Noé. Ce sera plus facile à Noirmoutier avec un enfant. Je pourrai aller sur le continent avec le passage du Gois ou le pont, pas en bateau comme ici, avec les dangers que cela comporte en cas d'urgence.

— Oui, tout cela est cohérent, logique… concéda Matthias. Mais venant de toi, ces mesures de prudence ne me semblent pas naturelles !

Lucille sourit avec douceur.

— Je sais. La venue de Noé m'a modifiée en profondeur, d'une façon que tu ne peux même pas imaginer.

— Eh bien, quel scoop ! Je crois que j'ai besoin de quelque chose de plus fort, suggéra-t-il en montrant sa tasse de café vide.

— Je vais t'accompagner, dit-elle en se levant.

Durant son absence, Matthias médita sur ses récentes décisions, admettant l'altération de sa personnalité liée à la venue de Noé. Il se sentait déjà plus détendu et résolut de couper son portable, qui avait sonné à plusieurs reprises depuis son départ sans qu'il réponde. Il ne prit même pas la peine d'écouter ses messages. Après tout, il était en vacances pour une semaine et il refusait de s'infliger des sources de stress et de tracas en raison de ce stupide appareil toujours en lien avec son travail. Une urgence pouvait survenir, mais il se contenterait de prendre connaissance des appels ce soir après dîner.

Lucille revint quelques minutes plus tard avec une bouteille de rosé et des amandes qu'ils se partagèrent. Ayant pris son petit déjeuner très tôt, Matthias avait faim et il se jeta dessus avec une avidité qui la fit tiquer.

— La naissance de Noé nous a changés tous les deux, avoua-t-il en espérant qu'elle n'allait pas le taquiner sur la réaction négative qu'il avait eue quand elle lui avait annoncé sa grossesse.

Avec le recul, il souhaitait l'oublier.

— La raison première de mon séjour ici est de revoir mon fils…

— Merci pour moi ! maugréa-t-elle en souriant pour atténuer sa remarque.

Il tendit une main, l'autre tenant son verre d'alcool, pour lui effleurer le dos avec tendresse. Aussitôt, elle se raidit dans une attitude de refus. Après un regard stupéfait dans sa direction, elle se décala légèrement, de façon à échapper à de nouvelles avances. Il s'agissait d'un simple geste d'affection de la part de Matthias, bien qu'il puisse être mal interprété. Certain à présent que Lucille le fuyait, il désira éclaircir tout de suite une situation pour le moins inconfortable.

— Tu m'en veux pour quelque chose ?

— Pas du tout !

— Alors, tu as rencontré quelqu'un ?

Le regard étonné de Lucille croisa le sien. Outre la surprise, il y lut quelque chose de nouveau, un sentiment étranger à la Lucille qui lui était coutumière, un trouble, un émoi qu'il eut du mal à définir tant cela ne lui ressemblait pas : de l'angoisse, oui, et même de la peur, comme s'il était son ennemi, comme si elle se méfiait de lui.

— Qu'est-ce qui te fait dire ça ?

— Tu n'as pas l'air d'apprécier ma tendresse… La situation a peut-être changé…

Matthias vit Lucille rougir jusqu'à la racine des cheveux. Elle qui ne rougissait jamais ! La sonnerie du téléphone fixe les tira de ce moment d'embarras. Son soulagement fut visible ; elle bondit sur ses jambes et se rua à l'intérieur de la maison comme si elle attendait les résultats d'un entretien d'embauche.

Matthias soupira. Il renonça à se servir à nouveau du rosé et rassembla verres et bouteille sur le plateau pour les rapporter dans la cuisine. Il connaissait cette maison par cœur. Pendant que Lucille exprimait ses excuses au téléphone à propos d'un rendez-vous oublié, il inspecta les alentours, heureux de constater que rien n'avait changé. Les bouleversements dans la vie de Lucille ne s'étendaient pas au décor, à part quelques objets nouveaux et d'un style moins moderne qu'il remarqua soudain, bougies, étoiles, coussins… Elle avait aussi gardé son parfum, reconnaissable entre tous. Il réalisa cependant qu'elle offrait une apparence plus négligée avec son jean, ses tennis et son tee-shirt ; là encore, l'influence de Noé avait dû jouer, la présence d'un bébé étant souvent incompatible avec une tenue sophistiquée.

Il était en train de mettre les verres dans le lave-vaisselle quand la jeune femme raccrocha avec une mine contrariée.

— Tout va bien ? s'enquit-il gentiment.

Elle prit une profonde aspiration.

— L'hôpital, j'ai zappé.

Il ne put s'empêcher de rire.

— Il faut vraiment que tu sois dans la lune pour oublier cette maudite opération du genou.

Elle le contempla d'une manière curieuse et il regretta d'avoir encore fait allusion à sa variation d'humeur. Pourtant, elle parut soudain plus sereine.

— Opération inévitable.

— En effet. Tes souffrances ont-elles augmenté ?

— En fait, non.

— Quand je pense qu'avec tous les risques que tu prends, à moto ou à cheval, tu as trouvé le moyen de tomber bêtement d'un rocher.

Elle l'écoutait avec attention.

— Oui, c'est idiot.

— Il faut dire que tu étais si mal chaussée… Quand je t'ai vue glisser, j'ai eu très peur. Si tu étais tombée sur la tête, les conséquences auraient pu être bien plus graves.

— C'est vrai, j'ai eu de la chance.

Tout à coup, Matthias se rendit compte qu'il avait laissé sa valise dans le jardin alors que le portail était demeuré ouvert. Il s'empressa d'aller la chercher et constata que Lucille l'avait refermé. Bien que Noé ne marchât pas encore, elle s'entourait de multiples précautions. Peut-être craignait-elle l'irruption d'un chien montrant ses crocs au bébé.

De retour dans la maison, comme il se dirigeait vers l'escalier, la jeune femme l'intercepta :

— Je t'ai préparé la chambre de l'aile gauche.

— Ah bon ?

Il s'agissait de la pièce la plus éloignée de la propre chambre de Lucille, celle qu'on réservait aux invités les moins proches ou les plus indépendants. Matthias en fut conforté dans l'idée que Lucille avait entamé une relation sérieuse. Elle aurait aussi bien pu lui dire la vérité et lui demander de descendre à l'hôtel pour ne pas provoquer de malentendu. Résigné, il prit possession des lieux. Délicate attention, la jeune femme avait disposé sur la table de chevet quelques jonquilles du jardin dans un petit vase. Elle lui conservait son amitié mais il ne pouvait plus espérer d'étreintes passionnées, et cette déception le rendait maussade. Néanmoins, profiter de Noé durant une semaine était le but principal de ce séjour, et il ravala sa rancœur en rangeant ses affaires dans l'armoire.

7

Cela faisait plusieurs jours qu'Isaure dormait mal à l'idée d'affronter le père de Noé. Comment réussir à le duper, en dépit de l'intimité qu'il avait partagée avec Lucille ? Malgré quelques bémols, le bilan de cette première entrevue était positif : Matthias ne soupçonnait rien. Il avait soulevé des questions légitimes sur les changements intervenus dans sa vie, et des détails l'avaient frappé, qui ne cadraient pas avec les habitudes de Lucille : le portail fermé ou la chambre prête à le recevoir, mais elle avait plutôt fait bonne impression et la présence de Noé était une diversion bien pratique dans cette situation épineuse. Concernant les rapports qu'entretenait encore le couple en dépit de sa séparation, elle devait se montrer ferme. Avec le recul, elle regrettait d'avoir nié une nouvelle rencontre, justification plausible à sa soudaine froideur. Décidément, sa sœur aimait le sexe et n'hésitait pas à multiplier les expériences, passant d'un homme à une femme, puisque Diane aussi semblait avoir bénéficié de ses faveurs ; elle était en cela tout le contraire d'Isaure, capable de rester chaste durant des années sans ressentir de frustration.

Il allait falloir se montrer à la hauteur durant une semaine. Finalement, le mimétisme devenait facile, la supercherie fonctionnait et son cœur ne s'emballait plus désormais à chaque péripétie. Le sang-froid dont elle témoignait la rendait fière, sentiment qu'elle avait rarement eu l'occasion d'éprouver. Elle continuerait sur cette voie, confiante, naturelle, le temps jouant en sa faveur. Dans un an, ses souvenirs d'Isaure se seraient estompés, son passé aurait reflué dans un coin obscur de sa mémoire, elle serait devenue Lucille à part entière.

En attendant que Matthias finisse de s'installer, la jeune femme prépara le déjeuner. Elle ignorait ses goûts culinaires et espérait ne pas avoir la malchance de lui servir un plat qu'il détestait. Aussi avait-elle joué la prudence en limitant les risques avec des pâtes au saumon. Certes, l'ex-compagnon de sa sœur pouvait ne pas apprécier ce poisson gras, mais personne n'avait les spaghettis en horreur… Amusée, Isaure eut un sourire en jetant les pâtes dans l'eau bouillante. Oui, elle avait bien changé depuis ce jour fatidique de février durant lequel elle s'était décidée à ouvrir le courrier et avait découvert la lettre de Matthias. Inquiet de son silence, il s'était mis en relation avec Diane, qui l'avait rassuré. Isaure se souvint alors de la scène entre Diane et elle, quand l'amie de Lucille lui avait reproché d'avoir oublié son rendez-vous chez le coiffeur. Avait-elle une raison plausible pour ne pas honorer son engagement ? Isaure avait bafouillé des excuses pitoyables. Elle ne devait plus agir ainsi, sinon elle éveillerait la curiosité. Sa métamorphose avait commencé ce jour-là.

Isaure perçut du bruit dans le séjour. La cuisine ouverte lui permit de voir arriver et d'observer Matthias. Toute à son obsession d'endosser la personnalité de Lucille, elle n'avait guère prêté attention à son apparence. A présent, elle se rendait compte combien il était séduisant, ce qui n'avait rien d'étonnant, Lucille ayant toujours jeté son dévolu sur des hommes au physique avantageux. Son visage respirait la santé sous ses cheveux bruns coupés très court, à l'image d'un militaire dont il possédait aussi la silhouette longue et musclée, celle du sportif accompli. Ses yeux noirs avaient ce côté pétillant et presque coquin propre à rajeunir un quadragénaire. Isaure éprouva un pincement de jalousie, dont elle eut aussitôt honte.

— Où est Noé ?

— Il s'est rendormi.

— Ça sent bon ! s'écria Matthias avec un sourire jovial.

— Oh, je n'ai pas fait de grands efforts. Mais il y a un plateau de fromages et une tarte aux pruneaux.

Cette spécialité de l'île était souvent servie lors des déjeuners dominicaux car les pruneaux constituaient les ingrédients de nombreux plats du cru. Ils étaient incontournables lors des repas de noces. Jadis, les parents des mariés offraient ce dessert aux personnes n'ayant pu se rendre aux épousailles de leurs enfants.

— Parfait !

Elle n'avait donc pas commis d'erreur, Matthias aimait au moins ce fruit sec.

Pendant que son invité faisait un tour dans le jardin, Isaure ayant refusé son aide en cuisine, la jeune femme entreprit de dresser une jolie table sur la terrasse, à l'ombre. Elle savait devoir demeurer sur ses gardes, il ne s'agissait pas de tout gâcher par une bévue fatale, tout en profitant de ce que la vie lui offrait : de l'argent, une belle maison, un enfant, des amis… C'est pourquoi elle avait expliqué au banquier éberlué qu'elle renonçait à vider ses comptes. Trop content de conserver une cliente aussi aisée, il n'avait pas cherché à en savoir davantage. En revanche, elle avait vite réalisé que l'existence sur l'île, coupée du continent par la mer sans la commodité d'un pont, lui paraîtrait vite étriquée. Elle adorait la beauté sauvage d'Yeu, mais elle avait besoin de se fondre dans l'anonymat de Noirmoutier, où le danger d'être confondue était moindre. Elle avait déjà prévenu Jean Fabri qu'elle emménagerait la saison terminée, puisque la maison du Bois de la Chaise était louée tout l'été, et avait contacté une agence d'Yeu pour louer ou vendre celle-ci.

A chaque fois qu'elle serait confrontée à sa mystification, face à des personnes familières à Lucille, Isaure ne serait jamais complètement à l'aise. Néanmoins, cet embarras s'atténuerait avec le temps, jusqu'à disparaître.

— A table !

Elle remplit généreusement l'assiette de Matthias et se servit à son tour. Depuis février, elle avait perdu deux kilos et son corps lui apparaissait plus présentable, elle se sentait moins complexée par ses rondeurs ou ce qu'elle considérait comme tel.

— Comment va Diane ? s'enquit Matthias en parsemant ses spaghettis de parmesan.

Observant son geste, Isaure mémorisa cette habitude. Elle se demanda s'il fumait. Il n'avait pas encore sorti une cigarette mais il appartenait peut-être à cette catégorie de fumeurs occasionnels qui attendent un moment de paix, le terme d'un déjeuner par exemple, pour savourer leur clope.

Le chat pointa son museau sur la terrasse, huma les odeurs de nourriture puis fila vers la cuisine. Il avait fini par s'habituer à Isaure et ne feulait plus à chaque fois qu'elle l'approchait, sans pour autant s'abandonner à ses caresses. Il la tolérait, sans plus.

Matthias n'avait pas remarqué Domino et Isaure en fut soulagée. La source de complication s'étant évanouie à l'intérieur de la maison, elle pouvait répondre à la question.

— Pas très bien. Elle se sépare de Thierry.

— Cela devait arriver… Néanmoins, c'est dommage. Elle va s'en sortir, avec le commerce ?

— C'est ce qu'elle faisait jusqu'à présent puisque Thierry la laissait presque toujours seule.

— C'est exact, mais avait-il le choix ?

— Diane ne désirait pas quitter son île et Thierry son travail. Aucun des deux n'a voulu faire de concession.

— Ce n'est pas une simple embrouille géographique qui a provoqué la rupture…

— Sans doute. Je fréquente moins Diane depuis la naissance de Noé. Nous devions aller ensemble à Nantes, mais elle a annulé en raison de ses problèmes conjugaux.

Gênée, Isaure fit une pause. Si la jeune femme était sincère avec elle-même, elle devait reconnaître que ce triste événement avait servi ses intérêts. D'abord parce que Diane, comme tous ceux qui avaient côtoyé Lucille, risquait à tout moment de nourrir des soupçons, ensuite parce qu'elle craignait d'être l'objet d'une convoitise qui, contrairement à sa sœur, ne l'attirait pas du tout. Matthias était-il au courant des inclinations de sa compagne ? Les encourageait-il, partageant son lit avec deux femmes ? A cette pensée, Isaure se sentit rougir et elle plongea le nez dans son assiette, les joues cachées par ses cheveux, afin que Matthias ne se doute de rien.

Soudain, une préoccupation vint chasser les autres :

— Tiens, tu ne portes plus ton anneau ?

Isaure considéra Matthias avec perplexité. Son cerveau tentait de vite comprendre la question, il attendait une explication. S'agissait-il bien d'un bijou ayant valeur de symbole ? Elle répondit, d'une voix altérée par l'émotion :

— Je l'ai perdu en nageant.

L'image de Lucille s'enfonçant dans les eaux profondes du lac du Jaunay, l'anneau au doigt, s'imprima dans son esprit, provoquant une sorte de choc qui lui arracha un gémissement.

— Ça va ? s'enquit Matthias, inquiet.

— Oui. Je suis encore bouleversée. Tu sais combien j'y tenais.

Employait-elle les bons mots, ceux qui reflétaient les sentiments de sa sœur à l'égard de cet anneau ? N'y avait-il pas trop d'emphase dans ses propos, qui ne s'apparentait pas à la nature endurcie, résistante, de

Lucille ? Versait-elle dans une exagération théâtrale ? L'attitude et les paroles de Matthias lui ôtèrent ses craintes :

— Je suis désolé pour toi, je sais combien ce bijou t'était cher. Comment est-ce arrivé ?

Isaure se souvint alors de Lucille entrant dans l'eau glaciale de l'Atlantique lors d'un 21 mars, jour du printemps, en sorte d'orienter tous les regards vers sa performance.

— C'était mon premier bain de l'année. J'ai un peu maigri, tu ne l'as pas remarqué ? Il a glissé…

— Il symbolisait nos plus belles années… remarqua Matthias, le regard rêveur. Mais tu sais, j'ai envie de t'en offrir un autre pour la naissance de Noé. Avec quelques mois de retard !

Ainsi, le bijou englouti dans le lac était un cadeau de Matthias à Lucille. Isaure en ressentit de la peine, comme si elle avait réellement égaré ce précieux présent dans l'océan. A cet instant, elle se disait qu'elle aurait aimé qu'un homme ressemblant à Matthias lui fasse une telle offrande, pensée incongrue qui la rendit mélancolique. Elle se prit en pitié et décida de réagir avant de sombrer dans une neurasthénie dont elle était coutumière quand elle s'appesantissait sur ses malheurs.

— Alors, quelque chose de pas trop féminin, que Noé pourra porter plus tard.

— Ou qu'il léguera à sa fille.

Ils rirent de concert en s'observant d'un air complice.

— Après sa sieste, je pourrai le promener ?

— Oui, bien sûr. Je t'accompagnerai. Nous longerons la mer.

— Nous passerons chez Fabienne... Je vais faire le tour des copains. Qui est sur l'île, en cette saison ?

Un grand froid descendit sur Isaure. Elle ignorait qui était cette Fabienne, quelle place elle avait tenue dans la vie de Lucille. Elle ne savait quoi répondre à Matthias sur les fréquentations de sa sœur, leurs amis communs, dont les noms ne trouvaient en elle aucun écho. Toutefois, grâce à cette assurance qu'elle avait acquise depuis deux mois, elle parvint à repousser sa frayeur pour finasser avec adresse :

— Je n'ai pas rencontré grand monde depuis cet hiver, Noé requiert tout mon temps. Qui as-tu envie de revoir ?

— Outre Diane et Thierry, tu as sans doute prévu d'inviter Fabienne et Paul, ainsi que Chantal et Didier ?

— Oui, en effet.

La situation se compliquait. Elle avait beau chercher dans sa mémoire, ces prénoms n'évoquaient rien. Elle serait censée organiser un dîner composé de personnes étrangères. Comment entretenir une conversation avec six inconnus en faisant mine d'avoir été leur intime pendant vingt ans ? Une expérience des plus éprouvantes qui nécessitait de garder un esprit en alerte constante. Et pourtant, si elle voulait devenir définitivement Lucille, elle devait surmonter cette nouvelle épreuve.

— Pour commencer, tu as raison, allons dire bonjour à Fabienne. A propos, Thierry a loué une petite maison à Port-Joinville. Difficile de le convier chez nous en compagnie de Diane, désormais.

Elle était contente de lui donner cette information qui l'enracinait dans la peau de Lucille, effaçant la mauvaise impression de ses hésitations précédentes.

La tarte aux pruneaux obtint les suffrages de Matthias. Après le café, Isaure gagna la chambre de Noé afin de vérifier s'il dormait toujours. Elle le nourrirait à son réveil, l'heure de la promenade. Inutile d'avouer à Matthias qu'elle sortait rarement, privant le bébé de découvertes et de rencontres nécessaires à sa sociabilité. Confinée dans la maison, elle s'ennuyait souvent. Lucille possédait peu de livres, elle n'appréciait pas la lecture, alors qu'Isaure en était friande. Néanmoins, elle n'osait acheter des romans chez le libraire de Port-Joinville, de peur qu'il s'étonne de ce brusque engouement. Aussi en avait-elle téléchargé, bien qu'elle préférât la version papier. En revanche, les DVD ne manquaient pas, des films à grand spectacle ou d'horreur, des polars, parfois violents, qu'elle avait tous visionnés pour passer le temps. Elle regardait beaucoup la télévision et finissait par s'endormir devant l'écran. Il était temps qu'elle s'installe à Noirmoutier et reprenne une vie normale.

Matthias était assis sur le canapé, où justement il lisait un gros bouquin qu'il avait dû apporter dans ses affaires. Curieuse, Isaure essaya d'en déchiffrer le titre. Elle ne fut pas surprise de son choix, *Nymphéas noirs*, de Michel Bussi, un auteur normand qu'elle appréciait aussi. Quelle idée géniale de situer l'action d'une intrigue policière au sein des jardins de Monet, à Giverny ! De plus, la grand-mère paternelle des sœurs Martineau était normande et Isaure affectionnait cette région où elle avait souvent séjourné, dans un village près de Honfleur, lieu de résidence de la vieille dame. La mort de Christiane avait bouleversé Isaure parce qu'elle avait toujours été la préférée de sa grand-mère, qui dissimulait mal ce favoritisme. D'ailleurs, la mère des jumelles lui en voulait et Lucille en personne se montrait vindicative à son encontre, quand elle ne refusait pas tout bonnement de lui rendre visite en Normandie. Christiane était une des rares personnes de l'entourage d'Isaure qui n'étaient pas tombées sous le charme de sa sœur.

Depuis deux mois, Isaure avait réussi à nouer des liens avec Sylvie, la mère de l'adolescente qui avait gardé Noé durant l'absence, devenue définitive, de Lucille. Sylvie s'était substituée à elle à deux reprises, quand elle avait eu besoin de se rendre sur le continent. Il n'y avait pas eu de nécessité impérieuse la poussant à quitter l'île pour la journée, simplement le désir de changer d'air, de se fondre dans l'anonymat d'une ville où personne ne la connaissait. Rassurée par les entrées régulières d'argent sur son compte, la jeune femme s'était rendue à Nantes pour acheter des vêtements, produits de beauté et même objets de décoration, afin de ne pas totalement se perdre en tant qu'Isaure. Certes, elle souhaitait oublier son triste passé et devenir sa jumelle au point qu'il soit impossible de la démasquer, mais elle en avait assez d'être contrainte de porter les affaires de Lucille, qui correspondaient à une femme plus extravertie qu'elle ne pourrait jamais l'être. Aujourd'hui, elle avait choisi une tenue assez neutre dans laquelle elle se sentait bien et elle espérait que Matthias n'avait pas remarqué la différence.

De même, par petites touches, elle avait commencé à rendre plus chaleureux l'intérieur design de la maison.

Après avoir nourri Noé, elle le cala dans sa poussette avec l'aide de Matthias, qui se posta derrière sans dissimuler son plaisir. Isaure en fut émue, comme s'ils formaient tous les trois une vraie famille. Elle jugeait Matthias sympathique, le seul reproche qu'elle pouvait lui faire était d'avoir jeté son dévolu sur une créature aussi immorale et égoïste que sa défunte sœur. A moins qu'elle n'ait considérablement changé durant ces années de séparation, ce dont Isaure doutait. Le caractère des gens pouvait évoluer avec le temps, pas se modifier d'une façon radicale.

Le soleil opérait sa magie sur le paysage de l'île. La mer s'étant retirée, les rochers se découpaient sur un horizon dégagé et une légère brise atténuait la chaleur, stupéfiante en ce mois d'avril. Le chemin était encore désert en ce début d'après-midi et le panorama époustouflant s'offrant à leurs yeux aurait pu appartenir à quelque archipel lointain et paradisiaque. Pas plus tard que la semaine précédente, alors qu'elle ne pouvait se rendormir à cinq heures du matin, Isaure avait enfilé son maillot de bain et tenté de plonger dans l'eau alors toute proche. Ce qui n'aurait posé aucun problème à Lucille lui avait demandé plus d'efforts et elle n'était pas restée longtemps immergée. Néanmoins, elle avait réussi à nager un peu avant de remettre son peignoir et de courir prendre une douche chaude. Très fière d'elle, Isaure était même partie pédaler tôt le matin jusqu'à la pointe du But en longeant la côte, presque sûre de n'y rencontrer aucun fâcheux. L'alternance de plages et de pointes rocheuses, conjuguée à la lande privée d'arbres et d'ombrage et à la présence récurrente d'algues, éloignait les amateurs de baignades et de siestes. En contemplant ce cadre à la beauté sauvage, Isaure regrettait que l'île ne soit pas dotée d'un pont lui permettant de s'échapper avec une commodité qui faisait défaut au bateau, tributaire de la météo et d'horaires précis.

La maison de Noirmoutier étant occupée durant les vacances de Pâques, elle ne l'avait pas encore visitée, mais elle se promettait d'y remédier très vite afin de s'assurer qu'elle pourrait y vivre avec Noé. Pendant toutes ces semaines, elle s'était attachée à Noé au point de ne plus pouvoir envisager de le laisser derrière lui si elle devait fuir un jour. Si rien de tel ne se produisait, elle resterait en France, à jamais la mère du bébé. Si elle était contrainte de s'exiler encore de sa terre natale, elle avait résolu d'emmener Noé.

Sans crier gare, Matthias fit pivoter la poussette vers la droite et s'engagea dans une ruelle qui aboutissait sur la route menant au centre-ville. Isaure le suivit sans marquer de surprise, déjà inquiète pourtant. Il lui avait dit que Fabienne logeait dans les environs et elle allait échanger avec une femme qui était censée être son amie depuis des années et dont elle ne savait rien, à part le prénom. Matthias stoppa face à un portail bleu clair ceinturé de murs blancs et une façade de maison tout aussi blanche avec les mêmes volets bleus que chez Lucille, le tout offrant un espace et une apparence plus modestes que l'habitation un peu tape-à-l'œil de sa sœur. Il sonna sans une hésitation et Isaure pria pour que personne ne réponde, pour que Fabienne soit absente ce jour-là, un répit qu'elle accueillerait avec soulagement dans cette journée trop riche en émotions. Son vœu demeura sans effet. La porte s'ouvrit sur une silhouette fine ainsi qu'un visage qui s'éclaira à la vue des arrivants. Isaure reconnut la jeune femme qui l'avait abordée dans la rue quelques semaines plus tôt et avec laquelle elle avait parlé une dizaine de minutes sans même deviner qui elle était. Elle allait en découvrir un peu plus à présent.

— Matthias, quelle bonne surprise ! s'exclama Fabienne en l'étreignant longuement.

Elle embrassa Isaure avec plus de réserve puis se pencha vers Noé, qui se pâma sous ses cajoleries. Isaure sourit de satisfaction ; certes, tous les nourrissons attiraient les flatteries mais elle était persuadée que Noé en particulier les méritait davantage puisqu'il était si mignon.

— Entrez, entrez ! Paul est parti à la pêche, il ne revient que ce soir, c'est dommage.

— Je suis là pour une semaine, expliqua Matthias. Nous comptions d'ailleurs vous inviter à dîner.

— Avec plaisir, répondit Fabienne en jetant un regard interrogateur à Isaure, qui s'empressa de renchérir :

— Je serai si contente de vous revoir !

Fabienne parut soulagée et son attitude à l'égard d'Isaure se détendit. Tous trois s'installèrent sur des chaises dans la cour, à l'abri d'un parasol, et Fabienne leur proposa des cafés qu'ils acceptèrent volontiers. Trop énervé pour dormir, Noé s'agitait sur les genoux d'Isaure, qui comptait sur sa présence et les soins qu'il exigeait pour se donner une contenance. Elle éprouvait un léger sentiment d'oppression dans cet espace réduit aux hauts murs d'un blanc immaculé, égayé par des hortensias roses. Alors que Fabienne s'affairait dans la cuisine, une petite fille déboula près d'eux et se jeta au cou du bébé, sur les joues duquel elle plaqua deux baisers passionnés. En dépit de son amusement, Isaure voulut protéger Noé des assauts de la gamine, qui la foudroya d'un œil rancunier.

— Ça fait longtemps que j'ai pas vu Noé ! fit-elle remarquer d'une voix revêche.

— Anaïs, tu dis bonjour, s'il te plaît ! intervint Fabienne par la fenêtre.

— Bonjour, Lucille, bonjour, Matthias, obéit la fillette.

— Ça va, l'école ? s'enquit Matthias.

— Bof…

Celle qui devait être la fille de Fabienne semblait hypnotisée par Noé. S'arrachant à regret à cette emprise, elle rentra dans la maison, où sa mère l'appelait pour aider au service. Isaure appuya son dos endolori par le stress sur le dossier de sa chaise et ferma les yeux quelques secondes en une vaine tentative de s'accorder une pause.

Fabienne et Anaïs réapparurent avec un plateau contenant trois espressos, un jus d'orange et un petit monticule de caramels au beurre salé sur lequel l'attention de la fillette semblait maintenant focalisée. Matthias en dégusta un tandis qu'Isaure, que sa ligne obsédait, se contentait de porter les lèvres à son breuvage. Elle avait toujours bu beaucoup de café comme sa sœur, au moins quelque chose qu'elles possédaient en commun.

— Tu es arrivé quand, Matthias ? s'enquit Fabienne.

— Aujourd'hui.

— Et ta première visite est pour moi ! Merci…

Isaure eut l'impression que ce commentaire était un moyen de mettre la lumière sur son propre détachement envers son amie. Elle se souvenait très bien que, lors de leur rencontre dans la rue, Fabienne l'avait encouragée à l'appeler afin qu'elles organisent un déjeuner entre filles dans un restaurant du Port. Isaure avait reçu la proposition avec indifférence, et Fabienne lui avait laissé un message sur son répondeur, message auquel elle n'avait pas donné suite, comme d'ordinaire.

— Tu es partant pour une journée en mer ?

— Je n'attends que cela !

Les écoutant, Isaure en déduisit que Paul devait avoir un bateau. La pêche était la principale activité de l'île, à laquelle se greffaient tous les corps de métier qui lui étaient liés. Un tiers des habitants en vivaient, en comptant les familles. Bien qu'elle ait grandi en côtoyant les pêcheurs, Isaure n'aimait pas pêcher, même si elle appréciait de manger du bon poisson. Le savourer préparé dans son assiette et l'attraper pour le tuer étaient deux choses bien distinctes dans son esprit.

— Après-demain, ça vous dirait ? demanda Fabienne à l'adresse du couple.

La réponse d'Isaure ne se fit pas attendre, provoquant la stupeur :

— Oh, sans moi ! Vous savez combien je déteste voir tuer les poissons.

Elle comprit aussitôt qu'elle avait parlé trop vite, sans réfléchir, en contemplant leurs visages éberlués. Cependant, Isaure n'était pas capable d'apprécier à sa juste mesure le cocasse de la situation. La panique lui nouait le ventre. Comment vivre en pesant chacun des mots que l'on s'apprêtait à prononcer ? Avec la même précipitation que précédemment, elle enchaîna, espérant effacer son erreur :

— Je blague, voyons ! Vous savez bien que je viendrai…

Une salve de sourires lui répondit, sans qu'elle réussisse à démêler la courtoisie de la sincérité. Un filet de sueur coulait le long de sa colonne vertébrale. A l'affût des moindres fluctuations de sentiments venant de sa mère, Noé commença à montrer les prémices d'un gros chagrin. Isaure saisit ce prétexte pour demander à s'isoler avec lui de façon à le nourrir et le changer ; elle avait pris soin de transporter biberon et couches dans la poussette.

A l'intérieur de la petite maison, Isaure crut devenir folle en réalisant qu'elle ignorait où se situait la salle de bains. Fabienne n'avait pas cru bon de le lui indiquer puisqu'elle était censée être familière des lieux. Néanmoins, personne ne l'épiant, elle poussa plusieurs portes sans se faire remarquer avant de trouver la bonne. Noé était propre et il ne manifestait aucun appétit ; elle se contenta de le bercer dans ses bras en lui chantant une comptine, tout en réfléchissant. Il faisait chaud dans la minuscule pièce où des produits de beauté bon marché s'entassaient sur les étagères. Isaure entrouvrit la fenêtre afin de mieux respirer. Elle entendait Matthias et Fabienne discuter sur la terrasse, percevant assez leurs propos pour suivre une conversation qui l'avait prise pour cible. Concevaient-ils des soupçons à son encontre ? Angoissée, elle tendit l'oreille.

— … que ce soit un baby blues, disait Fabienne à voix basse. Après tout, Noé a déjà presque six mois ! Lucille m'a paru se remettre très bien de sa grossesse et de son accouchement. Elle n'a pas subi de problèmes de santé particuliers. Regarde comme Noé a l'air épanoui. Cela ne serait pas le cas si sa mère était dépressive. Tu sais bien qu'un bébé ressent tout avec des sens décuplés…

— Lucille m'inquiète un peu. Cependant, elle m'a avoué combien elle avait changé depuis la venue de Noé.

— C'est normal. L'arrivée d'un bébé modifie une femme, d'autant plus que Lucille a été mère assez tard. Ne te tracasse pas. De toute façon, tu auras l'occasion d'approfondir les choses durant cette semaine. Pour ma part, je vais me rapprocher de Lucille pour vérifier que tout va bien. Je n'emploie pas le mot « surveiller », cela me gêne.

Le rire de Matthias résonna jusqu'à Isaure.

— Nous ne surveillerons pas Lucille, nous veillerons sur elle, rectifia-t-il d'un ton complice.

Un tourbillon de sentiments contradictoires emporta Isaure, mélange de joie à la pensée que Matthias et Fabienne se préoccupaient d'elle et de frayeur en comprenant qu'elle ne parvenait pas à se substituer à sa sœur. Il existait entre les jumelles trop de dissemblances pour ne pas éveiller le doute chez les proches de Lucille. Aussi éprouvait-elle de la gêne quand elle retourna sur la terrasse, Noé dans les bras.

— Il est propre et il n'a pas faim, expliqua-t-elle d'un ton qu'elle espérait naturel. C'est vraiment un bébé facile.

— Je peux le prendre ? demanda Anaïs, cette question s'adressant plus à sa mère qu'à Isaure.

— Contente-toi de lui chatouiller le ventre, répliqua Fabienne en levant les yeux au ciel. Anaïs veut six enfants quand elle sera mariée !

La remarque détendit l'atmosphère, bien que la fillette parût mécontente et vexée. Isaure ne la jugeait pas très sympathique, pourtant elle se prêta de bonne grâce à la suggestion de Fabienne, d'autant plus que Noé semblait ravi des chatouillis dont il faisait l'objet et devint le plus gracieux des poupons.

La conversation porta sur leurs amis communs, dont Matthias désirait des nouvelles. Isaure ayant été dans l'incapacité de lui en donner de récentes, il se tournait vers Fabienne, qui fournissait des informations précieuses aux oreilles d'Isaure. Sa mémoire s'efforçait d'enregistrer un maximum de détails, mais elle se perdait dans le flot de paroles de la jeune femme, sur lesquelles se greffaient les commentaires de Matthias. Plus que jamais, elle se sentait mise à l'écart. Afin de ne pas s'enfermer dans un silence ombrageux, elle cajolait Noé comme si désormais son univers se limitait à son fils. Quand Matthias donna le signal du départ, elle dut se retenir pour ne pas se lever la première. Prenant congé de Fabienne, elle eut l'impression qu'une ombre passait sur son visage, comme si elle continuait à s'inquiéter pour elle. On se souciait d'elle alors qu'elle rêvait de solitude et de tranquillité.

Ils rentrèrent en échangeant sur des sujets anodins, Matthias souhaitant manifestement ne pas mettre l'accent sur le comportement étrange d'Isaure. De retour dans la maison, elle s'occupa de Noé, répit salutaire, tandis qu'il proposait de tondre le gazon. Elle acquiesça, le jardin avait besoin d'entretien. Là encore, elle ignorait si Lucille s'en chargeait ou faisait appel à une entreprise. Ne sachant pas comment fonctionnait le petit tracteur prévu à cet effet, elle avait abandonné l'idée de l'utiliser.

Alors que retentissait le vrombissement de la machine, Isaure se laissa tomber sur un fauteuil du salon, en proie au découragement : arriverait-elle à tenir son rôle sans fausse note une semaine entière ?

8

Le lendemain, Matthias avait prévu de se lever tôt afin d'aller faire du vélo avant de profiter de son fils toute la journée. Le jour n'était même pas levé et déjà il s'affairait en silence. Lucille avait besoin de dormir, se disait-il, Noé ayant pleuré plusieurs fois pendant la nuit. Matthias, en dépit de sa bonne volonté, n'avait pas réussi à s'extirper de son lit. Il s'en voulait un peu et résolut d'acheter du poisson à Port-Joinville, sur le chemin du retour, pour le déjeuner. Vêtu comme un coureur du Tour de France, il sortit sur la terrasse et contempla le gazon bien tondu d'un air satisfait. Il se révélait au moins utile pour cette tâche. Un bruit attira son attention ; il émanait de la dépendance au fond du jardin. Cela ressemblait aux pleurs d'un bébé et, l'espace d'un court instant, la pensée absurde le traversa que quelqu'un avait séquestré Noé dans l'abri. A chaque pas qui le rapprochait du petit chalet, le soulagement le gagnait : il s'agissait d'un chat, peut-être Domino, enfermé par mégarde et dont les miaulements plaintifs cherchaient à donner l'alerte. Un matou blanc lui fila entre les jambes quand il ouvrit la porte et il reconnut Gaspard, le félin du voisin.

Curieux, Matthias examina les lieux. Ce n'était pas l'endroit où il avait remisé le tracteur la veille, cet espace servant plutôt d'appentis ; de nombreux outils pendaient au mur ou étaient rassemblés sur un établi auquel était fixé un étau. Foulant le sol bétonné, il inspecta l'endroit sans vraiment savoir ce qui le motivait. Plusieurs toiles à même le sol, posées contre le mur à l'envers, si bien qu'il ne voyait pas quel en était le sujet, attirèrent son attention. Pour la première fois depuis très longtemps, il songea à Isaure, la jumelle de Lucille, qui n'avait pas reparu depuis vingt ans. Il ne l'avait pas connue, mais Lucille l'avait évoquée devant lui, regrettant qu'elle n'ait jamais donné signe de vie. Matthias se souvenait que Lucille avait parlé du don d'Isaure pour le dessin. A sa connaissance, elle ne possédait pas d'œuvre de sa sœur, et il s'étonna d'en trouver là alors qu'il n'en avait jamais vu lors de ses précédents passages. Lucille aurait-elle eu des nouvelles d'Isaure, après tant d'années de silence ? Mais dans ce cas, pourquoi le taire ?

Matthias s'accroupit et retourna la première toile. Ce n'était qu'une ébauche dans laquelle il reconnut la citadelle de Pierre-Levée. Ou l'auteur n'avait pas eu le temps d'achever, ou il avait abandonné, mécontent de son travail. Deux autres toiles se trouvaient derrière. Il les manipula avec précaution, une légère angoisse le saisissant. Ce qu'il vit le rassura. Sur la première, le visage d'un homme blond d'une quarantaine d'années, plutôt séduisant, un inconnu pour lui. Sur la seconde, une maison caractéristique de l'île, entourée de son jardin d'hortensias. S'il s'agissait bien des tableaux d'Isaure, elle savait manier le pinceau, sans pour autant briller par un talent époustouflant. Selon lui, c'était bien mieux qu'un amateur mais cela nécessitait encore de l'apprentissage avant d'acquérir cette grâce propre aux grands artistes. Pour ce qu'il en savait, Isaure n'avait d'ailleurs jamais tenté d'exploiter cette prédisposition, se contentant de pratiquer son activité par plaisir. Matthias chercha une signature, et peut-être même une date, mais rien de tel n'apparaissait, comme si les œuvres n'étaient pas terminées. Après son tour à vélo, il poserait des questions à Lucille concernant cette étrange découverte.

Matthias était parti depuis une heure quand Isaure se leva à son tour. Il lui avait laissé un mot sur la table de la cuisine expliquant son emploi du temps et prévenant qu'il rapporterait du poisson pour le déjeuner. Parfait ! Toute une matinée de tranquillité s'offrait à elle. Après avoir nourri Noé, elle s'attabla pour le petit déjeuner puis prit une douche rapide et enfila une combinaison en lin qu'elle avait achetée à Nantes lors de sa virée shopping. Enfin elle sortit dans le jardin pour boire un espresso. Une sensation de malaise l'envahit soudain. Cela ressemblait à un signal d'alarme interne qui l'aurait avertie d'un danger, à un sombre pressentiment, à un instinct bien féminin la poussant à la méfiance. Elle vérifia aussitôt que le portail était bien fermé. Matthias avait compris la leçon et veillé à respecter sa solitude en obéissant à ses consignes. Survolant les extérieurs du regard, elle se rendit compte que la porte de la dépendance était entrouverte. Domino ne pouvait s'être faufilé dedans, il était affalé sur un coussin du canapé, ivre de fatigue après une nuit de vagabondage. Posant sa tasse, Isaure se dirigea vers le chalet puis, tout à coup, s'immobilisa sur le gazon avec un hoquet de frayeur.

Mon Dieu ! Elle avait laissé les tableaux là ! Elle avait commis l'erreur de ne pas camoufler, ou même détruire, les trois toiles peintes depuis son retour. Et quelqu'un s'était sans doute introduit dans l'abri de jardin et les avait contemplées en se posant des questions sur l'artiste qui en était à l'origine. Matthias… qui sinon lui ? Il ne manquerait pas de l'interroger à son retour. Comment avait-elle pu se montrer si étourdie, se rendre coupable d'une telle bévue, risquant d'éveiller la suspicion chez celui qui avait partagé la vie de Lucille ? Ses quelques heures de calme se transformaient en tempête. Elle allait pourtant devoir les mettre à profit pour trouver une explication cohérente à la présence de ces tableaux.

Après le fiasco de son premier essai face à la citadelle de Pierre-Levée en février, Isaure était restée plusieurs semaines sans toucher un pinceau. Plus hardie avec le temps, elle avait surmonté ses appréhensions afin de renouer avec son art et sorti à nouveau son chevalet. Néanmoins, consciente qu'en la surprenant en train de peindre quelqu'un pouvait faire le lien avec Isaure, Lucille ne s'étant jamais prêtée à cette activité, la jeune femme s'était cantonnée à la maison. De mémoire, elle avait commencé à esquisser les traits de Régis Varon, puis sa petite maison ceinte d'hortensias, visage et habitation que Matthias ne pouvait reconnaître puisque Régis avait quitté l'île depuis longtemps quand il avait rencontré Lucille. Pas de danger qu'il fasse le rapprochement avec le célèbre peintre, à moins qu'il ne soit féru de cet art. Cependant, Lucille avait pu lui parler de cette sœur qui se targuait d'être une artiste. Dans ce cas, elle ne pouvait s'attribuer le mérite des toiles sans compliquer encore une situation déjà épineuse. Mieux valait prétendre qu'elle en avait fait l'acquisition chez un brocanteur à Nantes tout en concevant des doutes sur le fait que sa jumelle en soit l'auteur. Elle croyait déceler son empreinte, son univers, sans en avoir une certitude absolue. Ces éclaircissements paraissaient crédibles, Matthias serait sûrement convaincu par son explication.

Le jour où elle s'était rendue à Nantes, elle était d'abord passée par le lac du Jaunay. Ses motivations n'étaient pas claires, elle désirait surtout se rassurer, vérifier que les lieux étaient aussi calmes que le jour où elle était venue constater la disparition de la moto. A quoi s'attendait-elle ? A ce que le cadavre de Lucille ait rejoint la surface et, dans un état cauchemardesque, flotte là, à la vue de tous ? Rien de semblable ne s'était produit, seuls le silence et la solitude régnaient sur le décor encore prisonnier de l'hiver. Elle avait inspecté le ponton et ses alentours en frissonnant, le froid n'étant pas uniquement responsable. Là reposait Lucille Launay. Isaure espérait que personne ne troublerait son repos. Pour la paix de la défunte mais surtout pour celle de sa sœur, Isaure, bien vivante, elle… Soulagée, elle se promit de revenir quand même à la belle saison.

La jeune femme devait faire face à un nouveau péril, mais elle le vaincrait grâce à sa nouvelle assurance, celle de Lucille. Il ne fallait surtout pas déplacer les tableaux, encore moins les cacher. Elle laissa la porte entrouverte afin de ne pas révéler à Matthias qu'elle était au courant de sa démarche et avait préparé un plaidoyer visant à la disculper. Elle se demandait quels étaient les sentiments de Lucille. Elle en avait eu un aperçu lors de sa rencontre dans la rue avec une habitante de Port-Joinville, mais elle voulait croire que sa sœur n'était pas si mauvaise.

Lucille lui en voulait-elle encore ? Avait-elle compris ses mobiles et accordé son pardon en conséquence ? Ou au contraire s'exprimait-elle avec rancune à son sujet, pleine de rancœur envers celle qui les avait laissés dans l'ignorance de son sort pendant deux décennies ? Il aurait été important de le savoir pour employer le bon ton et les mots justes face à Matthias. Elle s'efforcerait donc de demeurer le plus neutre possible.

Il n'était là que depuis la veille et, malgré les tourments que sa présence engendrait, Isaure ne pouvait s'empêcher d'éprouver de l'attirance pour lui. Outre qu'elle le jugeait attrayant, il était le seul homme digne d'intérêt qui cherchait à la séduire depuis des années. A force de déchéance, elle ne fréquentait que des êtres tombés dans la misère, pour lesquels le jeu de la séduction ne faisait pas partie des priorités. Souvent sordides, les relations avec ces pauvres hères, à son image, ne lui donnaient pas envie de poursuivre sur une voie plus intime. Elle n'avait pas davantage le désir de se substituer à sa sœur dans les bras de Matthias, l'acte en lui-même lui paraissait révoltant, mais elle était sensible à son charme et éprouvait même un certain trouble en sa présence. Pour cette raison parmi d'autres, elle avait hâte de voir s'écouler cette semaine.

A son retour, Matthias posa sur le plan de travail de la cuisine plusieurs filets de dorade qu'il se proposa de cuisiner. Isaure accepta et il apparut que l'ex-compagnon de Lucille savait accommoder les épices à merveille. La jeune femme se régala, jusqu'au moment où son voisin de table aborda le sujet redouté :

— Ce matin, avant de partir, j'ai libéré un chat qui était enfermé dans le chalet. Et là, je suis tombé sur des tableaux posés contre le mur…

Il l'interrogea du regard, sans poursuivre. Isaure prit une profonde inspiration.

— Ah, tu les as trouvés ? Je ne voulais pas t'en parler avant d'être certaine que je ne me trompais pas. C'est chez un brocanteur de Nantes que je les ai dénichés, et j'ai tout de suite pensé à ma sœur. C'est pourquoi je les ai achetés. Mais ils ne comportent ni date ni signature, alors j'ai des doutes.

— Comment le brocanteur se les est-il procurés ?

Isaure hésita quelques secondes. Puis :

— Sur une foire à tout, dans un village, près de Nantes.

— Tu devrais te renseigner là-bas. Quel est le nom de ce village ?

— Je l'ai noté quelque part… Tu sais, je n'ai guère de temps à consacrer à une enquête au sujet d'Isaure. Cela fait si longtemps qu'elle est partie, elle peut même ne plus être en vie aujourd'hui.

— Mais elle est encore jeune…

— Elle se met toujours dans des situations impossibles… Pour en revenir à ces œuvres, je pense qu'elle les a peintes, s'il s'agit bien d'elle, lors de son adolescence, qu'elles ont été achetées par des gens du cru qui s'en sont séparés quand Isaure n'a plus donné signe de vie. Ils ne les appréciaient pas vraiment, probablement. Elles auront atterri chez des habitants de ce village et fini dans une brocante.

— Tu as reconnu l'homme et la maison sur les toiles ?

— Non, mentit Isaure en se sentant soudain très vulnérable.

— A présent qu'Isaure a un neveu, il faudrait envisager des recherches plus poussées, suggéra Matthias, non sans prudence.

Isaure se trémoussait sur sa chaise avec nervosité et son dessert était toujours intact dans l'assiette.

— Il est aussi envisageable qu'Isaure ait fondé une famille, et elle n'a pas cherché pour autant à me revoir. On peut tout imaginer, qu'elle est heureuse avec quatre enfants, ou qu'elle est morte et enterrée…

— Tu parles bizarrement de ta sœur.

— Je n'ai plus de sœur, murmura Isaure d'un ton las et triste.

Elle réalisa subitement combien c'était vrai. Pour une fois, elle exprimait bien la vérité, même si ce n'était pas celle que Matthias comprenait.

Face à l'expression d'Isaure, ce dernier n'insista pas et enchaîna sur un sujet plus joyeux, du moins le croyait-il. Elle ne finirait décidément pas sa tartelette aux fraises tant son estomac était noué.

— J'ai rencontré Chantal au marché. Elle nous invite à dîner demain.

— D'accord.

— Tu n'as plus faim ?

Elle acquiesça en contemplant la crème avec dégoût. Elle commençait à s'étaler, aussi avachie que son moral en ce moment précis.

— Je cale un peu…

Après le café, Isaure coucha Noé. Comme la veille, ils avaient prévu une promenade tous les trois dans Port-Joinville. La jeune femme se disait que leur entourage devait se répandre en commentaires sur la complicité régnant au sein de ce couple séparé. Certes, mieux valait une telle situation que des déchirements, intolérables pour un enfant, fût-il encore bébé. Néanmoins, Isaure savait désormais que les liens intimes entre Lucille et Matthias avaient perduré en dépit de leur rupture. Elle se demandait si leurs proches étaient aussi au courant ou s'ils avaient usé de discrétion de façon à ne pas provoquer de médisances. Connaissant sa sœur, Isaure supposait que ce genre de ragots ne la touchait pas et pouvait même l'amuser, cependant la naissance de Noé avait tempéré la nature de cette créature rebelle et indifférente au jugement d'autrui. A son avis, ils avaient dû se comporter de manière à ne pas prêter le flanc aux commérages.

Isaure songea à nouveau aux tableaux restés dans la dépendance et à ce qu'ils représentaient à ses yeux. Méfiante, elle avait fait mine de ne pas identifier l'homme du portrait ni la maison ceinturée d'hortensias…

Le comportement de ses parents changea après cette visite à Régis Varon. La certitude que leur jumelle était douée dans un domaine si flatteur l'avait soudain rendue plus attirante, objet de fierté. Le jugement du grand peintre les avait tant déçus, peinés et même blessés qu'ils traitèrent Isaure comme si elle s'était rendue coupable d'une grave trahison. Sa souffrance fut terrible mais elle s'efforça de la masquer sous des couches d'indifférence afin de ne pas voir triompher sa sœur, enfin libérée du sentiment d'infériorité qui l'avait dévorée quand les louanges pleuvaient sur Isaure. Cette dernière ne s'avoua pourtant pas vaincue. A la faveur d'un séjour sur le continent, elle convainquit sa mère de prendre un second avis : après tout, c'était aussi valable que pour la médecine, nul ne s'arrêtait à un premier diagnostic qui, de surcroît, n'était pas complètement négatif. Emilie Martineau y consentit. Peut-être espérait-elle encore être détrompée ? Hélas, l'entrevue qu'elles obtinrent auprès du directeur de l'école des beaux-arts de Nantes déboucha sur un constat pas plus optimiste. L'homme se montra respectueux du travail de la jeune fille, sans pour autant l'encourager à en faire son métier.

— Les élus sont si rares, tempéra-t-il en voyant son visage se décomposer.

Il faillit ajouter que, même chez les personnes douées d'un réel talent, la réussite n'était pas toujours au rendez-vous, mais il se ravisa à temps. Il avait pourtant l'habitude d'asséner ce genre de nouvelles dans son métier ; son établissement était réputé pour recruter les meilleurs. D'ailleurs, d'ordinaire, il ne choisissait dans un premier temps que sur dossier mais Emilie Martineau possédait quelques appuis parmi les élus qui l'avaient fait déroger à la règle. En revanche, il se refusait à accepter sa fille sous prétexte qu'elle connaissait le préfet. Cette intégrité lui avait valu quelques inimitiés parmi ceux dont les rejetons avaient été écartés de sa prestigieuse école. Tant pis, il était de ces êtres que ni l'argent ni les honneurs ne corrompent. En ce qui concernait cette jeune fille, nul n'avait tenté de le soudoyer. La mère avait insisté pour entendre ses explications sous le regard consterné d'Isaure réalisant que, après cette entrevue, il n'y aurait plus d'échappatoire, plus aucun moyen de récupérer une once de fierté... Peintre du dimanche, voilà l'expression qui dorénavant lui conviendrait...

— Inutile de s'obstiner, je pense que tu es d'accord avec moi ? déclara sa mère, vibrante de colère et d'amertume. Continue à peindre si cela te plaît. Mais cherche-toi une autre voie à l'avenir. Nous avons fondé de grands espoirs en toi, ton père et moi, et nous avons eu tort. Je ne t'en veux pas, tu n'y es pour rien. Je regrette, c'est tout. Tout le monde s'est trompé.

Isaure la contempla avec une expression fataliste. Jamais Emilie Martineau n'avait abordé l'injustice dont elle se sentait victime depuis la plus petite enfance, cette comparaison constante entre les jumelles en sa défaveur. Jamais elle ne lui avait dit que son amour était équitable, jamais elle ne l'avait prouvé non plus, sauf justement quand elle avait cru en son talent de peintre. Jamais elle n'avait reconnu l'égoïsme forcené de Lucille, son besoin d'être dans la lumière aux dépens des autres, son ego surdimensionné, sa sécheresse de cœur, son insensibilité qui atteignait des sommets en cette période complexe et fragile de l'adolescence.

Ce fut très difficile pour Isaure durant les mois suivants. Elle renonça à peindre, se concentrant sur ses études pour oublier échec et désillusion.

Demeurée en marge des autres invités, Isaure plongea les lèvres dans sa coupe de champagne pour se donner une contenance. En sonnant à la porte des Roussel, Chantal et Didier, dont elle avait enfin appris le nom en le déchiffrant sur la boîte à lettres, la jeune femme avait pourtant décidé de faire preuve d'assurance et de profiter au maximum de cette soirée certes un peu étrange mais conviviale. Sa confiance avait décliné face au jardin rempli d'une vingtaine de convives.

« Tu aurais pu me prévenir », avait-elle attaqué face à un Matthias étonné.

Stupéfaction, inquiétude, angoisse, voilà les sentiments qu'elle faisait naître chez les autres à présent.

« Tu sais bien que nous sommes toujours nombreux à ces dîners… »

Eh bien non, elle l'ignorait, et pour cause !

Attachée à Matthias comme un chien à son maître, elle ne tarda pas à comprendre que les rapports fusionnels n'avaient pas cours dans le couple formé par lui et Lucille. Il se mêla bientôt à la foule sans plus lui prêter attention ; l'anxiété la paralysa sur place et, dans l'espoir de s'en débarrasser, elle n'hésita pas à boire plusieurs coupes d'affilée. En attendant que l'alcool fasse son effet, elle devait se montrer naturelle et bavarder avec tous les gens qui l'apostrophaient. Ils étaient nombreux, tout le monde se connaissant sur une île si petite. Des visages inconnus lui demandèrent des nouvelles de Noé. Elle débita des platitudes pratiques au sujet des nuits écourtées et de la fatigue qui en découlait, ce qui pouvait justifier sa récente retraite entre les murs de la maison de Port-Joinville. Son nouveau statut de mère lui conférait bien des excuses. Elle expliqua d'ailleurs que Sylvie gardait le bébé ce soir. Nul ne prit des nouvelles de sa santé et elle en déduisit que Lucille n'avait jamais évoqué son problème de genou. Alors qu'elle s'emparait de sa troisième coupe, Diane vint l'embrasser, le visage rougi par la chaleur et peut-être aussi par l'alcool. Elle s'escrimait à terminer un canapé un peu bourratif et, déjà plus détendue, Isaure se mit à rire. Diane resta près d'elle, et la jeune femme récupéra encore une once d'assurance ; au moins, quelqu'un de familier dans cette multitude anonyme. Elle avait l'impression de louvoyer entre les limbes du passé de sa sœur telle une âme en détresse.

— Tu vas bien ? Matthias est arrivé quand ?

— Il y a trois jours. Il reste une semaine.

Un relent de jalousie se faisait sentir dans le ton de Diane quand elle parlait de l'ex-compagnon de Lucille. Depuis la scène scabreuse entre les deux femmes, Diane n'avait pas eu l'occasion de réitérer son geste déplacé ; sans doute secouée par son divorce, elle avait quelque peu délaissé Isaure, ce qui n'était pas pour déplaire à cette dernière.

— Pas trop difficile, la séparation avec Thierry ?

— Heureuse d'entendre que tu te préoccupes encore de mon sort, rétorqua Diane avec une amertume non dénuée d'agressivité.

Les joues d'Isaure s'enflammèrent et elle jeta un œil aux alentours pour vérifier que personne n'avait entendu. Bien qu'en colère et surtout exaspérée par toutes les sollicitations dont elle était l'objet, elle choisit de faire profil bas.

— Excuse-moi, Diane. Je suis si occupée avec Noé… Et je pensais que tu souhaitais être seule, toi non plus tu ne m'as pas appelée…

— Oh, arrête ! Ton bébé est en pleine forme et tu ne travailles pas… Tu n'as pas une minute de libre à me consacrer, ne serait-ce que pour téléphoner ? Je pourrais croire que tu m'en veux pour quelque chose mais je sais que tu t'es comportée de façon identique avec d'autres. Tu t'es renfermée sur toi-même, Lucille, tu ne vois plus tes amis, tu ne parles plus à personne. Que se passe-t-il ?

— Mais je… je suis là ce soir avec vous… bégaya Isaure, qui aurait aimé que quelqu'un approche afin de couper court à l'orage.

— Parce que Matthias t'a poussée à sortir. Tu as tellement changé, et ne me dis pas que c'est la maternité qui en est la cause, tu n'étais pas ainsi après la naissance. Non, je dirais que ta transformation date de deux mois environ…

— Parce que tu fais aussi des calculs, persifla Isaure que la rage gagnait, surpassant la peur. Laisse-moi tranquille, Diane, je n'ai pas de comptes à te rendre ! Et d'abord, ce n'est ni le moment ni le lieu pour se disputer. Nous allons gâcher la fête de Chantal.

Diane allait répondre quand la maîtresse de maison annonça qu'il était temps de dîner. En quête d'un prétexte pour s'éloigner de Diane, Isaure fut la première à obtempérer. Une longue table avait été dressée sous la véranda, il faisait encore trop frais le soir pour manger dehors. Isaure espérait que Matthias s'installerait à ses côtés mais elle l'aperçut entraîné par une grande brune, encore une inconnue. Et Isaure vit avec consternation Diane s'asseoir en face d'elle. Si cela avait été possible, elle aurait changé de place, cependant tous les invités entamaient l'entrée déjà disposée sur l'assiette. Alors, elle se leva afin de se rendre aux toilettes pour échapper quelques instants à cette déplaisante promiscuité. La nuit était tombée, les insectes voletaient autour de la suspension allumée et par instants le murmure de la mer toute proche pénétrait le bruit des conversations.

Dans la maison si silencieuse après le brouhaha de la tablée, la jeune femme contempla le décor tout blanc et cossu, un peu froid, à l'image de celui voulu par Lucille dans leur maison de famille. Sur une commode, des photos attirèrent son attention et elle ne résista pas à la curiosité de les observer de près. Là encore, à l'exception de Chantal et Didier, elle n'identifia personne. Des visages rieurs de gamins auxquels il manquait des dents s'exposaient sous la lumière du lustre Vertigo, la réplique de celui du salon de Lucille. Et soudain, Isaure sursauta en remarquant sa sœur avec Noé. Une peur irraisonnée s'empara d'elle en constatant combien Lucille regardait son fils avec adoration. Jamais, durant toutes ces années à la côtoyer, elle n'avait surpris chez Lucille un tel élan d'amour envers quiconque. La maternité avait dû en effet la transformer et d'une manière qui aurait été durable si elle n'avait pas succombé à ce stupide accident de moto. Tout à coup, Isaure avait l'envie presque insoutenable de serrer Noé dans ses bras comme si elle allait le perdre. La complicité et la tendresse émanant de cette photo corroboraient presque les liens qu'elle avait réussi à instaurer entre le bébé et elle, finissant par se convaincre qu'elle était sa mère biologique.

Une main se posa alors sur son épaule. Elle eut l'impression d'être prise en flagrant délit, surtout qu'il s'agissait de Diane. Puis elle songea qu'il n'y avait aucun mal à contempler une photo.

— Noé devait avoir deux mois…

Le ton de Diane n'était plus entaché par un accent de vindicte. Elle semblait résolue à faire la paix.

— Oui, approuva Isaure, qui ajouta sans réfléchir : Je n'ai jamais vu Lucille si épanouie.

Elle serra le cadre à le briser, consciente qu'elle venait de commettre une terrible erreur. Que dire pour la réparer ? Son cerveau était vide. Les mains tremblantes, attendant de Diane une réponse qui ne venait pas, elle reposa la photo sur le meuble et se racla la gorge.

— Je dois aller aux toilettes.

Sans même jeter un œil sur son amie, elle se dirigea vers un couloir au hasard, les jambes flageolantes. La voix de Diane retentit dans le silence comme un coup de feu :

— Les toilettes sont au premier, tu ne t'en souviens donc pas ?

Et elle sut qu'elle était perdue.

9

Deux jours avaient passé depuis la scène qui avait opposé Diane à Isaure. Quarante-huit heures durant lesquelles la jeune femme avait dû faire preuve d'un grand courage pour présenter à Matthias un visage aussi neutre que possible. Des dizaines de fois, elle avait cru entendre les pas des gendarmes dans son jardin, des hommes de loi prêts à lui demander de les suivre pour l'interroger au sujet de sa sœur disparue. Au fil des heures, un peu rassurée par l'inertie de Diane, elle avait réfléchi. Il était peu probable que l'amie de Lucille se rende à la gendarmerie pour l'accuser d'avoir usurpé l'identité de Lucille, au prétexte d'une phrase ambiguë lâchée lors d'une soirée festive et alcoolisée. En revanche, elle s'attendait à une visite de Diane en personne venant lui demander des explications. En fait, elle ne savait même plus si la coiffeuse avait prononcé ces mots à propos des toilettes pour lui montrer qu'elle l'avait percée à jour. C'était peut-être le hasard ou bien, dans son désarroi, Isaure avait mal compris. Sans doute s'inquiétait-elle sans raison. Mais dans ce cas, pourquoi Diane avait-elle échangé sa place avec Matthias quand, de longues minutes après l'esclandre, Isaure était revenue à table ? Quoi qu'il en soit, cette dernière ne parvenait pas à retrouver son équilibre et l'effort qu'elle fournissait afin de se comporter normalement l'épuisait. Plus que jamais, elle aspirait au départ de Matthias.

A ce moment de la journée, ils se détendaient dans le salon avant de promener Noé comme tous les après-midi. Isaure faisait mine de s'intéresser à un ouvrage sur l'histoire des naufrages. Cela faisait trois fois qu'elle lisait celui du cargo hollandais *Bordeaux*, en 1875 à la pointe du But. Le capitaine et son équipage s'étaient enfuis vers Noirmoutier, laissant derrière eux leur navire, dans lequel les îliens découvrirent un tigre enfermé dans une cage et destiné à une ménagerie. Les rugissements du félin les poussèrent tout d'abord à déguerpir. Puis ils revinrent avec du renfort pour tomber sur la bête folle de rage, qui fut ramenée à terre avant que la mer n'engloutisse le bateau.

Isaure s'identifiait au navire échoué, elle avait la sensation qu'une immense vague allait la submerger comme cette épave abandonnée, disparue à jamais. Pourtant, rien ne survenait. Elle eut alors la conviction que Diane attendait le retour à Nantes de Matthias pour régler ses comptes avec elle. Prétextant la fatigue, Isaure avait demandé à ce dernier de ne pas organiser de nouveau dîner. Perplexe et soucieux, il avait cependant obéi sans poser de questions. A présent, elle s'efforçait, durant ses absences, d'organiser son déménagement sur Noirmoutier ; Diane ne la pourchasserait quand même pas jusqu'au Bois de la Chaise. Elle avait fait annuler toutes les réservations de l'été, acceptant de rembourser les estivants et même de leur verser un chèque supplémentaire de dommages et intérêts. Jean Fabri était furieux, malgré la somme qu'elle avait envoyée à son agence pour pallier le non-respect du contrat. Elle avait prié Matthias de garder Noé toute la journée du lendemain pour pouvoir se rendre à Noirmoutier et visiter la maison. Une fois certaine qu'elle pouvait lui convenir, elle mettrait en vente celle-ci. Elle avait pris la décision de ne pas la louer, comme pour se débarrasser à jamais de ses souvenirs.

Les jambes bien plantées sur la terre continentale, Isaure se sentait revivre. Elle avait laissé toutes ses préoccupations derrière elle et surtout elle plongeait dans un anonymat délicieux, une parenthèse enchantée dont elle avait l'intention de profiter jusqu'à l'embarquement du soir. Tributaire d'un taxi, elle se dit qu'elle achèterait une voiture une fois installée à Noirmoutier. Son autonomie deviendrait une réalité, masquée jusqu'à présent par les contraintes qu'imposait la vie sur une île accessible seulement en ferry. Elle se fit déposer à l'adresse exacte et demanda au chauffeur de venir la chercher à seize heures. Il avait opté pour le passage du Gois, la marée basse autorisant les voitures à circuler. Isaure retrouvait les paysages si particuliers d'une île qu'elle avait déjà visitée avec ses parents et sa sœur autrefois. Un lieu qu'on prétendait double, évoquant par endroits la Méditerranée avec ses pins et ses mimosas, par d'autres les Pays-Bas avec leurs terres plates et leurs polders. A ses yeux, il ne possédait qu'un seul visage, celui de la liberté qui avait fini par se dérober à Port-Joinville, avec sa mer omniprésente, sa promiscuité, où personne n'ignorait les agissements de son voisin.

En stoppant devant la somptueuse propriété en pierre du Bois de la Chaise, le taxi émit un sifflement admiratif un peu déplacé. Stupéfaite par la vision de cette demeure cossue, Isaure réprima un sentiment de culpabilité ; elle n'avait pas l'habitude d'être riche. Comme pour compenser, dans un geste d'excuse, elle laissa un très généreux pourboire à son chauffeur. Alors qu'elle s'attendait à une habitation du même style que celle de l'île d'Yeu, typique aussi de Noirmoutier, elle se retrouvait face à une demeure ancienne, sans doute du XVIIIe siècle, constituée d'une maison de maître et de son extension de plain-pied, une surface gigantesque pour une personne seule, entourée d'un parc arboré. Elle manipula plusieurs clés avant de trouver celle qui ouvrait la majestueuse grille noire en fer forgé qui ne cachait cependant pas suffisamment à ses yeux la demeure où elle avait choisi de vivre. Celle-ci se situait sur une route peu fréquentée en cette saison mais très passante l'été, à quelque cinq cents mètres seulement de l'océan.

Le portail avait grincé d'une manière théâtrale. Elle espérait que personne ne l'avait vue hésiter avec son trousseau, comme si elle était la femme de ménage. Le parc était superbe, une entreprise devait être chargée de son entretien à l'année. Isaure savait que le défunt mari de sa sœur était aisé, mais elle ne se doutait pas à quel point. Lucille ne remboursait aucun crédit, ce bien avait donc été payé comptant, à moins qu'il ne fasse partie de son héritage. Difficile d'interroger son entourage, Matthias en particulier, sur le passé de Lucille…

qui était censé être le sien ! Le dépit et l'exaspération la gagnaient en songeant qu'elle en était réduite à de telles extrapolations. Pourtant, son admiration tarissait à mesure qu'elle se représentait la pauvre Isaure, béate face à ce témoignage d'une vie rêvée. Peut-être, à force de côtoyer la médiocrité, embellissait-elle tout ? Mais non, certainement pas, le chauffeur de taxi en personne avait affiché son enthousiasme par une démonstration lyrique.

Et elle n'était pas au bout de ses surprises. Pour une location de vacances, elle offrait un décor haut de gamme et des matériaux de très bonne qualité qu'un palace n'aurait pas reniés. Isaure comprenait mieux le virement de cinq mille euros reçu la première semaine d'avril de la part de clients privilégiés qui avaient loué les lieux une semaine. Mais peut-être étaient-ils assez nombreux pour partager raisonnablement les frais. Toutefois, l'esprit baroque qui dominait ici ne séduisait pas davantage la jeune femme que le design régnant à Yeu, même si elle devait reconnaître le soin porté à la décoration. Son nouveau « nid » était tout en noir et blanc, brillant, avec quelques touches élégantes de prune, l'ensemble évoquant presque une scénographie de cinéma. Elle avait soif de douceur et d'authenticité, deux notions qui faisaient cruellement défaut à l'endroit. L'antagonisme entre la vénérable demeure en pierre et son intérieur clinquant la gênait beaucoup. Oubliant cette mauvaise impression, elle se concentra sur l'agencement des pièces. Elle ne manquerait pas de place, seule avec Noé. Il lui fallait déménager le plus vite possible puis entamer les transformations dans la foulée. Enfin, elle se sentirait bien.

Inutile de fouiller les meubles pour trouver quelque chose sur Lucille l'aidant à mieux connaître son passé récent. Il n'y avait rien de personnel dans cette location. Toutefois, poussant la porte d'une chambre, elle tomba en arrêt devant un tableau accroché au mur, au-dessus du lit. L'émotion s'empara d'elle en reconnaissant une de ses œuvres. Elle l'avait peinte à quinze ans, d'après une photo tirée d'un livre sur Noirmoutier, dans sa chambre de jeune fille solitaire. Ainsi, en dépit de la jalousie qu'elle avait manifestée à l'époque et des critiques émises, Lucille appréciait assez l'une de ses toiles pour l'exposer. Certes pas au sein de son propre logis à Yeu mais, le tableau évoquant Noirmoutier, il était normal qu'il figurât là, même si sa sœur n'en profitait pas. Le plaisir d'être adoubée par Lucille fit monter les larmes aux yeux d'Isaure, qui se rapprocha de l'œuvre pour mieux en voir les détails.

Elle avait choisi de reproduire l'un des nombreux moulins de l'île ayant conservé ses ailes, qui se découpait sur un ciel d'un azur méditerranéen. Des branches de pins se déployaient au premier plan et l'on apercevait aussi le toit de tuiles d'une habitation avec sa cheminée. La perspective était intéressante et le rendu habile pour une adolescente sans autre expérience que l'instruction donnée par un professeur de dessin zélé. Observant ses coups de pinceau de plus près, Isaure se rappela la griserie éprouvée autrefois en peignant, quand le verdict sans appel n'était pas encore tombé…

Et soudain, elle crut être victime d'une hallucination.

— Non, ce n'est pas possible !

Sa stupeur était si grande qu'elle s'exprimait à voix haute.

La jeune femme scrutait la signature figurant dans un coin de la toile. Il ne s'agissait pas de la sienne… Bien qu'elle fût certaine d'être l'auteur de cette œuvre, la signature qui s'affichait ne laissait pas le moindre doute : quelqu'un d'autre avait feint d'être à l'origine de ce paysage, et la personne en question n'était autre que sa sœur, Lucille ! Son prénom, suivi de son nom, s'étalait en lettres blanches en bas, à droite.

Isaure était scandalisée et blessée. Elle se demandait aussi pour quelle raison Lucille avait voulu s'approprier ce tableau. Une mesquine revanche sur Isaure pour un talent qu'elle ne posséderait jamais ? Elle essuya avec rage les larmes qui coulaient sur ses joues : même morte, Lucille avait le pouvoir de la faire souffrir. Pour autant, ne sombrait-elle pas dans la démesure ? Lucille était peut-être très jeune quand elle avait commis ce que sa jumelle considérait comme un sacrilège, en réalité une faute pardonnable à cet âge. Néanmoins, elle aurait pu par la suite effacer la souillure. Isaure oublia sa mansuétude en s'emparant de la toile, qu'elle observa sous toutes les coutures. En existait-il d'autres dans la maison dont Lucille se serait glorifiée devant ses locataires ? Isaure avait du mal à en supporter l'idée. C'était une trahison qui s'ajoutait à tant d'autres. Elle écarquillait les yeux face à ces traits de pinceau énergiques dont elle faisait preuve jadis.

Et soudain, un bruit au rez-de-chaussée interrompit son examen. Tous les sens en alerte, elle posa doucement le tableau par terre et marcha en silence jusqu'au palier, où elle se posta pour vérifier que personne n'était entré. Elle posa un regard anxieux sur le vaste séjour, sans rien apercevoir que son sac à main gisant sur une console. Elle ne craignait rien. Ce ne pouvait être que la femme de ménage ou le jardinier, au pire Jean Fabri, qui ne lui avait pas rendu tous les jeux de clés. Elle imaginait mal un cambrioleur pénétrant dans les lieux précisément au moment où elle s'y trouvait. D'ailleurs, si c'était le cas, il détalerait en emportant son sac. Quelle que soit l'identité de l'inconnu, il devait déjà s'interroger sur le fait que la porte ne soit pas fermée à double tour. Sans lâcher la salle du regard, elle affermit sa voix pour crier :

— Il y a quelqu'un ?

A sa grande surprise, le timbre bien reconnaissable de Matthias lui répondit :

— C'est moi, Lucille.

Dévalant l'escalier à toute vitesse au risque de chuter, la jeune femme se précipita vers lui, le cœur étreint par l'angoisse.

— Il est arrivé quelque chose à Noé ?

— Non, pas du tout, la rassura Matthias d'un air désolé. Excuse-moi de t'avoir effrayée. Noé va très bien, je l'ai laissé à la garde de Sylvie.

Isaure se laissa choir sur la chaise la plus proche, ses joues blêmes reprenant peu à peu des couleurs.

— Ne me fais plus jamais ça ! Qu'est-ce qui te prend de me suivre ainsi ?

La mine penaude de Matthias disparut ; son visage se durcit.

— Tu m'as parlé d'un rendez-vous chez le médecin…

Plusieurs sentiments se disputèrent les traits d'Isaure, entre la colère face à la conduite de cet homme et la prudence par rapport aux mensonges dont elle avait usé pour justifier son absence.

— Oui, dans deux heures. En attendant, j'avais besoin de rechercher quelques papiers…

Elle n'avait pas trouvé mieux.

Matthias hocha la tête, l'air tracassé à présent.

— Lucille, si tu as un problème de santé, il faut me le dire. Je peux t'aider.

Isaure le considéra quelques secondes en silence, l'esprit en déroute. Certes, elle avait évoqué une visite chez un spécialiste, sans autre précision, en espérant qu'il serait discret. Elle comptait sur le mystère des maux féminins, souvent impénétrables aux hommes, pour lui fermer la bouche. Mais il avait dû y réfléchir et s'inquiéter à son sujet, l'ombre de l'opération du genou accentuant l'angoisse qui le gagnait à l'idée qu'elle puisse être malade et ait résolu de lui dissimuler la gravité de son état. Matthias se souciait de son sort. Quelqu'un, enfin, se préoccupait d'elle. Ses défenses se brisèrent. Elle contempla Matthias avec tendresse et gratitude.

— Je te jure que je suis en forme. Je te le jure sur la tête de Noé. Voilà, tu es rassuré ?

Un sourire éclaira son visage sombre.

— Oui, bien sûr. Je sais que c'est vrai puisque tu viens de jurer sur la tête de notre fils. Tu n'étais pas obligée, d'ailleurs.

— Mais m'aurais-tu crue ?

Il hésita.

— Tu as eu raison. Je n'ai plus de craintes. Pardonne-moi de t'avoir espionnée.

— Tu as bien laissé Noé à Sylvie, pas à Diane ?

— Oui. Pourquoi ?

— Pour rien. Merci de ta sollicitude, Matthias.

Soulagée que Diane n'ait pas été mise à contribution, Isaure s'abandonna à l'émotion de voir Matthias si prévenant, lui prodiguant des égards qu'elle n'avait pas connus depuis longtemps de la part d'un homme. Mais cette délicate attention ne s'adressait pas à elle. Il y avait erreur sur la personne. Une fois de plus, sa sœur lui volait la vedette. Isaure croyait l'emporter alors que son apparent triomphe reposait sur une supercherie. Matthias était persuadé d'avoir face à lui la brillante Lucille ; s'il avait su ce qu'il en était, il n'aurait pas daigné s'intéresser à elle.

Pourtant, elle ne le repoussa pas quand il l'approcha jusqu'à mêler son souffle au sien. Son but était clair, même si une certaine interrogation se lisait dans ses yeux. Il ne souhaitait en aucun cas la brusquer.

Cela faisait des années qu'Isaure n'avait plus dérogé à la règle : ne pas laisser un homme la posséder. Ce terme s'appliquait aussi bien à son corps qu'à son existence. Par le passé, elle avait accordé sa confiance à trop d'individus sans scrupule et sans cœur ; rester chaste et solitaire lui semblait à présent un bon compromis pour s'éviter désillusions et souffrances. S'il lui arrivait de regretter de ne pas avoir fondé de foyer, elle songeait alors aux épreuves qui n'avaient pas épargné sa vie sentimentale et demeurait convaincue d'avoir eu raison d'obéir à ce code de conduite. Mais ces derniers mois avaient été si tempétueux qu'elle était prête à faire une entorse à sa stricte discipline. Puisqu'elle avait changé d'identité, pourquoi ne pas renier aussi ces règles désuètes, étrangères à la nature de Lucille ?

Elle ne soufflerait mot à Matthias de son peu d'attrait pour le charnel et se laisserait guider par lui comme une novice. Elle se doutait bien que Lucille avait été habile et active au lit, une femme très libérée, à l'opposé de son tempérament. Tant pis si Matthias en concevait un nouveau sujet d'étonnement. Elle ne pousserait quand même pas le subterfuge jusqu'à devenir une bête de sexe pour ressembler à sa sœur ! En fait, elle en était tout bonnement incapable, la tragédie ayant entaché son expérience de la sexualité. Mais jamais elle ne pourrait l'avouer à son frivole partenaire.

Deux heures s'étaient écoulées quand Isaure tenta de s'extirper des draps, retenue aussitôt par la poigne ferme de Matthias. Bénéficiant de l'expérience et de la douceur de son amant, elle avait peu à peu abandonné ses réticences pour se livrer tout entière. L'état du lit, ainsi que les vêtements épars sur le parquet, attestait de la fièvre passée. Mille images tournoyaient à présent dans sa tête, où les souvenirs affleuraient. L'étreinte avec l'ex-compagnon de Lucille avait été une bénédiction, comparée aux aventures sordides du passé. Jamais elle n'avait connu un tel embrasement des sens et, si le fait d'avoir oublié toute maîtrise d'elle-même la gênait un peu, elle était heureuse de renouer avec un plaisir qu'elle n'avait presque jamais connu.

Matthias s'était finalement rendormi. Elle le contempla quelques secondes avec une tendresse qui fit renaître ses peurs. Elle ne devait pas tomber amoureuse ! Ils étaient séparés. Lucille aurait sans doute succombé aussi, mais cette histoire s'arrêtait là. La pensée du départ proche de Matthias balaya ses ultimes doutes.

Si elle avait trouvé un homme dont la prévenance égalait le savoir-faire, en aucun cas il ne s'agissait d'un partenaire à long terme. *Cesse de rêver comme une gamine !* se morigéna-t-elle en se levant pour couvrir sa nudité.

Le froissement du drap éveilla Matthias. Il tendit à nouveau la main pour essayer de la rattraper mais Isaure se déroba en riant, embarrassée. Elle se hâta de s'habiller comme si elle était pressée de rentrer dans un foyer où une mère ombrageuse s'alarmait de son absence. De toute façon, il lui fallait se hâter, le chauffeur de taxi n'allait pas tarder à sonner à sa porte pour le retour vers Fromentine.

Le regard de Matthias voltigea de sa montre à Isaure.

— Tu as manqué ton rendez-vous chez le médecin à cause de moi.

Elle réprima un tressautement puis se concentra sur les boutons de son chemisier pour réfléchir avant de hausser les épaules.

— Comme je te l'ai dit tout à l'heure, rien de grave. Simplement, je vais devoir encore attendre quatre mois avant d'obtenir un nouveau rendez-vous.

Elle s'étonna qu'il ne réponde pas. Quand elle abaissa les yeux vers lui, il fixait le tableau au sol. Tout à l'heure, ils étaient montés au premier étage et avaient choisi une chambre au hasard. Isaure se rendait compte à présent qu'il s'agissait de celle où Lucille avait exposé sa toile. Que Matthias l'ait découverte ne comportait pas de danger. Il penserait qu'elle provenait du brocanteur de Nantes. A moins qu'il ne remarque la signature erronée…

Pour détourner son attention, elle posa la première question qui lui vint à l'esprit :

— Comment as-tu réussi à me suivre jusqu'ici ? Je t'aurais remarqué, sur le ferry.

La ruse fonctionnait. Il ne se préoccupait déjà plus de son œuvre.

— J'ai emprunté le bateau de Paul. Tu sais, il a été déçu que tu ne sois pas présente lors de la sortie en mer.

Isaure avait réussi à y échapper en prétextant une migraine.

Elle n'ignorait plus que les activités de Paul et de Matthias étaient maritimes. Cependant, elle n'était pas au courant de tous les détails et, ce sujet se révélant tout aussi périlleux, elle enchaîna vite :

— Et tu as pris un taxi.

— Exact. C'était facile, tu sais. Je m'inquiétais vraiment pour toi.

Il avait l'air sincère. Après tout, elle était la mère de son fils.

— Merci, cela me touche.

Cette scène lui paraissait surréaliste. A ses yeux, quelque chose d'important venait de se passer. Pour Matthias, ce n'était qu'un interlude agréable et banal, rien qui mérite qu'on s'y attarde ; il pensait déjà à autre chose alors qu'Isaure sentait son cœur se déchirer à l'idée qu'il retournerait bientôt à sa trépidante existence, loin de Noirmoutier. Comment le retenir ?

10

Isaure était partie, elle avait quitté l'île avec Noé sans se faire remarquer, laissant la maison meublée derrière elle, et personne n'était capable de dire où elle s'était réfugiée… ou cachée. Derrière cette fuite, Diane devinait beaucoup de panique. Depuis qu'elle avait compris que Lucille était en réalité Isaure, cette dernière devait vivre l'enfer, la peur chevillée au corps à l'idée d'être dénoncée. Mais, outre qu'un léger doute subsistait dans l'esprit de Diane, elle ne parvenait pas à se rendre à la gendarmerie. Elle s'inquiétait pour Lucille, mais elle hésitait à accuser Isaure d'un acte qui signifiait de longues années de prison.

A force de réfléchir, Diane en était venue à la douloureuse conclusion qu'Isaure avait tué sa jumelle. Comment expliquer qu'elle ait pris sa place, sinon ? Lucille ne lui aurait jamais cédé son statut privilégié de mère et de rentière. Les deux sœurs se détestaient. Isaure avait dû réapparaître sans prévenir, se disputer violemment avec Lucille et l'assassiner. Diane penchait en fait plutôt pour la malchance, une scène qui aurait mal tourné, Lucille qui serait tombée dans l'escalier ou sur une pierre, suivant l'endroit où l'altercation aurait eu lieu. En revanche, elle se demandait comment Isaure avait dissimulé le corps. Mais elle refusait de croire qu'elle ait pu tuer sa sœur de sang-froid, encore moins préméditer son geste. Même s'il y avait beaucoup d'argent à la clé.

Malgré toute l'horreur de la situation, Diane nourrissait encore des réticences à ébruiter la sordide affaire. Isaure s'occupait bien de Noé. Elle ne s'en prendrait jamais au bébé, qu'elle semblait chérir. Ce nourrisson avait déjà perdu sa vraie mère et serait confié à un Matthias qui bénéficiait de peu de temps pour s'en occuper. Noé serait élevé par une nourrice. Il saurait plus tard que sa tante s'était débarrassée de sa mère, accident ou pas. Si Diane parlait, le scandale serait énorme. Tout le monde en voudrait à Isaure, et Diane connaissait assez la mentalité des insulaires pour savoir qu'ils n'aimeraient pas qu'un fait divers entache la réputation de leur terre jusque-là préservée. La presse déferlerait sur Yeu. On parlerait d'eux pour de mauvaises raisons. Leur courroux s'étendrait fatalement à Diane, à défaut d'Isaure, enfermée entre les murs d'une maison d'arrêt sur le continent. Pour ces deux raisons, l'une honorable, le bien-être de Noé, l'autre plus lâche, la peur des conséquences, Diane avait gardé ses soupçons, presque des certitudes à présent, pour elle.

Tourmentée par ses propres problèmes de couple, elle avait attendu longtemps avant de contacter à nouveau Isaure, attendant aussi le départ de Matthias, qu'elle n'appréciait guère. Or, Isaure ne répondait pas au téléphone et laissait ses messages sans retour. Diane s'était donc décidée à venir frapper à sa porte, plusieurs jours d'affilée, à des heures différentes, sans voir aucune lumière derrière les rideaux, rien qui indiquât la présence d'une femme et d'un enfant. Puis elle avait sonné chez les voisins, qui lui avaient confirmé que la propriétaire était absente. Tenaillée par la suspicion, Diane avait alors sauté par-dessus le portail et regardé au travers des vitres. Si la demeure était toujours meublée, elle paraissait dépouillée de toute présence humaine, comme éteinte. Quelques jours plus tard, la jeune femme se rendit compte que tous les volets avaient été fermés. Isaure avait pris la fuite avec Noé. Bien qu'elle jalousât Matthias depuis son concubinage avec Lucille, Diane se résolut finalement à l'appeler, pour obtenir la nouvelle adresse d'Isaure. Mais la connaissait-il seulement ? Durant son séjour ici, avait-il conçu des soupçons à son encontre ? Diane était prompte à le juger, toutefois elle devait reconnaître qu'elle-même avait été abusée, en dépit des liens très étroits, charnels par moments, qu'elle entretenait avec Lucille. C'était Isaure en personne qui l'avait aiguillée vers la vérité. Si elle n'avait pas commis semblable erreur avec Matthias, sans doute la prenait-il encore pour sa sœur.

Ce dernier décrocha tout de suite et, bien que vexée de devoir avouer son ignorance, Diane lui demanda d'emblée où se trouvait Lucille, veillant à utiliser le bon prénom.

— Elle ne t'a pas prévenue de son déménagement ? fut sa réponse.

— Eh non… Nous sommes un peu brouillées, vois-tu…

Diane perçut l'hésitation de Matthias et s'empressa d'ajouter :

— Justement, je voudrais me réconcilier avec elle.

— Elle n'a pas changé de numéro de portable, souligna-t-il d'un ton sarcastique.

— Exact, mais je préférerais lui rendre visite.

— De toute façon, tu finiras par l'apprendre : Lucille est partie vivre dans sa maison de Noirmoutier.

Diane se maudit : elle aurait dû y penser.

— Merci du renseignement. Et pourquoi ce changement ?

— Elle trouvait plus pratique avec Noé d'habiter une île reliée au continent.

— Oui, je comprends. Je vais l'appeler.

Elle raccrocha, pensive. Elle n'avait pas la moindre intention de prévenir Isaure de son arrivée. L'effet de surprise créerait la panique et Isaure serait à sa merci. Il fallait qu'elle explique dans quelles circonstances elle s'était retrouvée dans la peau de Lucille, et surtout ce qu'était devenue cette dernière. Alors, Diane pourrait faire intervenir la police avec assez d'informations pour rendre son discours crédible. La pensée obsédante de Lucille morte l'empêchait de dormir. Elle l'avait tant aimée…

Lors de son adolescence, Diane avait senti que ses pulsions sexuelles la poussaient autant vers les femmes que vers les hommes. Elle avait réfréné ses envies et suivi la voie traditionnelle d'une union avec un ami d'enfance. Au début de son mariage, jamais elle n'avait trompé Thierry, même si parfois elle se sentait attirée par des personnes de son sexe. Lucille, qui à l'époque venait de perdre son mari, avait su la séduire en lui présentant la vie commune avec un homme comme un bonheur fictif. Le plaisir insensé éprouvé avec elle avait définitivement perdu Diane. Elle avait beaucoup souffert des infidélités de sa maîtresse, et le pire avait été atteint quand Lucille s'était mise en couple avec Matthias, témoignant pour la première fois des sentiments forts qui pouvaient l'enchaîner à un homme, contrairement à ses dires. Puis il y avait eu une histoire avec un certain Simon. A ses reproches, ses cris, ses suppliques, Lucille répondait que son désir d'enfant ne pouvait être comblé avec Diane. Cependant, cette dernière avait l'impression que Matthias n'était pas uniquement ce procréateur que Lucille s'efforçait de dessiner pour calmer ses crises de jalousie. Un lien d'amour réciproque les liait, qui la rendait malade. La naissance de Noé fut vécue comme un calvaire par Diane. Puis le couple se sépara et la jeune coiffeuse reprit espoir, jusqu'à ce que Lucille lui explique que, devenue mère, elle était résolue à s'assagir ; plus question de multiplier les liaisons. Diane en avait eu le cœur brisé.

Meurtre ou accident, ce crime ne devait pas rester impuni. Lucille avait droit à une sépulture. Diane n'avait jamais apprécié Isaure, son caractère solitaire et timoré, sa paranoïa galopante, son existence dans l'ombre de sa sœur, sa mine toujours affligée. Durant ses jeunes années, juste avant son départ, elle avait nourri l'espoir de réussir dans un domaine artistique. Quand son talent n'avait pas été reconnu suffisant pour intégrer une prestigieuse école de Nantes, Lucille s'était chargée de répandre la mauvaise nouvelle sur toute l'île. Une fois de plus, Isaure avait dû faire face à un échec, plus misérable encore du fait qu'il avait été rendu public par sa rivale de toujours.

Diane n'avait jamais compris pourquoi les deux sœurs se détestaient. On prétendait pourtant que les jumeaux formaient deux êtres indissociables, unis durant leur vie entière, et cela aurait dû être d'autant plus vrai pour Lucille et Isaure qu'elles étaient de vraies jumelles. Enfants, déjà, elles se chamaillaient. Et Diane avait remarqué que, dans la plupart des cas, sans même chercher à démêler le fondement de la dispute, leur mère prenait parti pour Lucille en réprimandant Isaure. Cette injustice récurrente était en grande partie responsable du manque de confiance d'Isaure. Comment parvenir à s'estimer quand, durant son enfance, la mère a contribué à donner une image négative de l'enfant moins favorisé ? Par moments, Diane regrettait de s'être rangée à ce schéma arbitraire en préférant à son tour Lucille à Isaure. Elle aurait dû intervenir ou du moins consoler la petite persécutée, mais elle n'était qu'une fillette démunie face à la tyrannie d'un adulte. Bien que choquée parfois, elle avait réprimé sa révolte par solidarité envers Lucille, par lâcheté aussi car elle craignait de perdre ses bonnes grâces.

Peu avant la fuite d'Isaure pour l'étranger, il s'était passé quelque chose. En dépit de ses questions pressantes à Lucille, Diane n'avait jamais obtenu d'explications. Un événement grave s'était produit, que Lucille ignorait peut-être, elle qui s'épanchait sans remords d'ordinaire dans le but de salir la réputation de sa jumelle. Le mutisme le plus total avait régné sur cette sombre affaire de famille. Le nom de Régis Varon avait bien circulé quelque temps et d'ailleurs, à la suite d'Isaure, le peintre avait déserté l'île avec sa compagne. Une rumeur s'était alors propagée : le célèbre artiste aurait rejoint Isaure. Cela paraissait peu vraisemblable aux yeux de Diane. Celle qu'on prenait pour une romanichelle, cette Carlita dont on ne savait rien, était demeurée à ses côtés jusqu'à son embarcation sur le ferry, sous-entendant qu'ils poursuivraient leur vie commune une fois sur le continent. On ne les avait plus jamais revus sur l'île. L'habitation avait été vendue quelques années plus tard à un jeune couple de Parisiens.

Le dimanche et le lundi étaient les jours de fermeture du salon de coiffure de Diane. En se rendant chez Isaure sans l'avertir, elle risquait de trouver porte close, la jeune femme absente, néanmoins il n'y avait pas d'autre solution, sachant qu'Isaure ne lui ouvrirait sûrement pas si elle la prévenait de son arrivée. Au cas où sa visite se heurterait à une maison vide, Diane décida de s'octroyer une journée de détente sur Noirmoutier. Elle s'offrirait même le luxe de louer une voiture. Après tout, son activité fonctionnait bien et elle pouvait s'autoriser cette dépense. Elle disposait aussi du bateau de Thierry, qu'il avait laissé au port, mais elle préférait prendre le ferry, au cas où la mer serait houleuse. Si elle n'avait pas été en conflit avec son ex-mari, elle se serait confiée à lui, mais sa confiance avait subi des revers, surtout depuis qu'il partageait la vie d'une fille travaillant dans les marais salants, de quinze ans sa cadette.

Ayant programmé sa sortie et anticipé ses questions à Isaure, Diane se sentit à la fois angoissée et soulagée. Elle était résolue à aller jusqu'au bout : comment concevoir de continuer à vivre avec les soupçons qui la hantaient concernant le sort de Lucille ?

Cela faisait plusieurs années que Diane n'était pas venue à Noirmoutier, à cause de son travail prenant et de l'isolement de son île, qui n'invitait pas aux escapades sur le continent. Ayant fait le choix du passage du Gois avec sa voiture au détriment du pont qu'elle jugeait moins attrayant, elle vérifia les horaires des marées affichés sur un panneau et constata qu'elle devait se hâter avant que la mer ne recouvre la fameuse et unique route qui menait à l'île, bordée par la vase dans laquelle les gens du cru et les touristes, pieds nus ou chaussés de bottes, cherchaient des coquillages. Délaissant le premier village, Barbâtre, elle se dirigea vers Noirmoutier-en-l'Ile et le Bois de la Chaise, son GPS l'orientant vers l'adresse exacte d'Isaure que Matthias avait eu la gentillesse, ou la bêtise, de lui fournir. La jeune femme fit tout de même une halte dans la capitale de l'île pour prendre un café, admirant au passage les élégants hôtels particuliers et les maisons bourgeoises des XVIIIe et XIXe siècles. Elle avait emprunté une route longeant les marais salants avant d'arriver et un sentiment pernicieux de rancœur s'était insinué dans son cœur à l'idée de Thierry filant le parfait amour avec une jeunette qui pouvait vite lui donner un enfant.

Chassant l'amertume qui la consumait à chaque fois qu'elle songeait au bonheur retrouvé de son ex, Diane reprit sa Clio direction le Bois de la Chaise. Les pins maritimes et les chênes verts formaient une masse touffue d'où émergeaient les toits des villas cossues dont les styles contrastés, allant du manoir anglais au chalet en passant par l'habitation basque, présentaient un mélange hétéroclite et charmant, hors de portée de bien des bourses. Diane stoppa non loin d'une demeure en pierre entourée de mimosas et d'arbousiers. A la différence de ses voisines, elle ne portait pas l'un de ces noms fleuris proliférant à l'époque de leur construction, comme « L'Equinoxe » ou « Le Gaillardin ». Fenêtres et portes étaient fermées malgré le beau temps mais, en s'approchant à pied pour plus de discrétion, Diane aperçut une voiture garée sur le gravillon. Elle chercha la moto des yeux jusqu'à comprendre qu'Isaure avait dû se débarrasser de l'encombrant engin de sa sœur, surtout si elle ne possédait pas le permis adéquat.

Après avoir vérifié que personne ne se trouvait aux alentours, Diane tourna la poignée du portail ; comme elle le craignait, il était verrouillé. Elle se vit donc contrainte de sonner, au risque qu'Isaure s'aperçoive qu'il s'agissait d'elle. Elle surveilla donc les fenêtres. Peut-être y découvrirait-elle une ombre témoignant que la jeune femme était bien présente et se soustrayait à son attention. Contre toute attente, au bout de quelques secondes, la porte s'ouvrit sur Isaure, qui s'avança dans sa direction, le sourire aux lèvres. Elle semblait si naturelle et si contente de la revoir que la coiffeuse éprouva un gros doute et même des remords à l'idée de s'être trompée et d'avoir accusé Lucille à tort. Peut-être cette dernière avait-elle un peu abusé de l'alcool lors de la soirée chez Chantal et Paul. La confusion de son cerveau aurait alors entraîné l'erreur de prénom et sa difficulté à retrouver les toilettes. Néanmoins, Lucille était réputée tenir l'alcool, une authentique fêtarde, c'est pourquoi Diane ne parvenait pas à trouver cette explication vraisemblable.

— Quelle surprise, Diane ! Rien de grave, j'espère ? Pourquoi ne m'as-tu pas prévenue de ta visite ?

Elle actionna un bip ouvrant un plus grand portail sur la gauche, que la jeune coiffeuse n'avait pas remarqué.

— Tu es en voiture ? Tu peux la rentrer.

— Merci, je vais la laisser dans la rue, répondit Diane en pénétrant dans le parc.

Les deux femmes s'embrassèrent. Les joues d'Isaure étaient fraîches. Son teint avait bronzé, elle resplendissait et ne semblait pas le moins du monde troublée par sa présence. Diane en était désorientée. Elle ne s'attendait pas à une attitude si décontractée, presque désinvolte. Elle évitait de trop la dévisager tout en s'efforçant de déceler sur ses traits un indice qui conforterait ses doutes, un grain de beauté, une tache de rousseur, une cicatrice, invisibles sur la peau de Lucille. Mais rien ne frappait son esprit, ni dans son apparence, ni dans son maintien. Puis soudain, elle prit conscience que quelque chose se singularisait par rapport à sa maîtresse : le timbre de voix moins grave. Certes, cela ne suffisait pas à appuyer ses accusations mais c'était un bon début.

— Tu passais par hasard ?

— J'ai eu ton adresse par Matthias. Et comme j'avais envie d'un peu de loisirs, j'ai eu l'idée de venir… Je souhaitais te parler.

L'espace d'une seconde, l'expression d'Isaure se rembrunit puis très vite refléta à nouveau l'amabilité.

— Tu as eu raison. Nous devons rester amies en dépit des malentendus qui ont pu dissoudre nos liens ces derniers temps. Je t'en prie, assieds-toi. Tu veux un café ?

— Non, merci, j'en ai déjà bu un à Noirmoutier-en-l'Ile, répondit Diane en prenant place sur la terrasse. Quelle demeure magnifique !

— Je la louais à des vacanciers mais j'ai décidé d'y vivre. C'est plus pratique et rassurant avec un bébé d'habiter sur une île reliée au continent par un pont et le passage du Gois. Pour ne pas perdre de revenus, je vais proposer à la vente celle d'Yeu.

Sa volonté de démasquer Isaure ne faiblissant pas, Diane entreprit d'utiliser la ruse :

— Tu aimais tellement cette maison de famille, je ne comprends pas. Tu m'avais dit tant de fois que tu ne supporterais pas que des touristes en prennent possession.

Elle vit l'incertitude se peindre sur les traits d'Isaure, renforçant sa suspicion. La jeune femme hésitait apparemment entre abonder dans le sens de son amie et nier en bloc, de peur que cette dernière ne lui ait tendu un piège. Cela se révélerait assez facile au final de déjouer ses manœuvres, se dit Diane. Décontenancée, Isaure se trahirait vite. Diane retrouvait sa certitude.

— Je ne me souviens pas de t'avoir dit cela, dit Isaure. Mais de toute façon, il est évident que la naissance d'un enfant modifie toutes les perspectives. Je ne suis plus la même qu'avant, conclut-elle avec une expression indéchiffrable.

Isaure cédait-elle au plaisir espiègle de se moquer de Diane en lui assénant une vérité à double sens ? Si c'était vrai, elle faisait preuve d'une témérité sans bornes.

— Où est Noé ?

— Ici, dans sa chambre. Il dort. Où veux-tu qu'il soit ?

Dans sa voix perçait une note d'agressivité qui mit Diane mal à l'aise. Soudain, elle s'alarma pour le bébé, alors même qu'elle avait pensé jusque-là qu'Isaure ne lui ferait jamais aucun mal. L'inexprimable la foudroya : la vision d'Isaure faisant disparaître la descendance de sa sœur de façon que plus rien de Lucille ne subsiste sur cette terre… à l'exception d'elle-même, sa jumelle ! Diane afficha à son tour un visage impassible pour demander à embrasser Noé, ou ne serait-ce que le contempler afin de ne pas risquer d'interrompre sa sieste.

— Bien sûr, consentit Isaure, en se levant comme si elle n'attendait que cela.

Le cœur cognant contre ses côtes, Diane la suivit dans la maison sans même observer le décor, encore moins s'extasier sur sa sophistication. Elle ne pensait qu'à Noé et une rigole de sueur due à l'angoisse se mit à couler le long de sa colonne vertébrale. Puis Isaure l'invita à entrer dans une pièce où elle reconnut le nourrisson dans son berceau, souffle régulier, visage serein. Bien que rassurée au-delà du possible, Diane paniqua à l'idée de perdre pied. Voilà qu'elle se mettait à attribuer à Isaure les pires turpitudes, à l'image d'une personne atteinte du délire de persécution. Se pouvait-il qu'elle se fourvoie sur toute la ligne ? Encore sous le choc, elle se pencha pour frôler de ses lèvres la joue rebondie de Noé, qui ne réagit pas sous la caresse, plongé dans un sommeil dont seuls les enfants de cet âge sont capables. Avant tout, elle devait recouvrer ses esprits. Tout à l'heure, elle avait compris comment agir à l'encontre d'Isaure en se servant du passé pour la désarçonner, la pousser dans ses retranchements puis triompher pour de bon des précautions dont elle usait afin de masquer son crime. Là encore, pas de preuves concrètes à faire valoir auprès d'un tribunal, mais au moins Diane serait convaincue de ce qu'elle avançait. Certaine qu'une injustice avait été commise, elle poursuivrait ses investigations sans remords.

— Attention que le chat ne rentre pas, murmura Isaure.

Quittant la chambre en silence, les deux femmes rejoignirent la terrasse ensoleillée.

— Tu aurais quand même pu me prévenir de ton départ, déclara Diane. Tu m'as joué un vilain tour et je ne le méritais pas.

— Excuse-moi. Je me suis mal conduite envers toi, j'en suis consciente. Tant de choses sont arrivées… Il est probable que je me remette en couple avec Matthias, avoua Isaure en rougissant comme une débutante du XIXe siècle à son premier bal.

Face à cette nouvelle stupéfiante, Diane en oublia son rôle. Ce fut tout naturellement à Lucille qu'elle adressa cette exclamation :

— Non, ce n'est pas possible !

Jalousie et amertume s'emparèrent de tout son être. Sous ses yeux se tenait la cruelle Lucille d'autrefois, si familière et si lointaine à la fois, qui possédait le pouvoir de la jeter dans les affres de la souffrance, pas cette fade Isaure qu'elle essayait de tromper la minute précédente.

— Tu ne peux pas recommencer avec cet homme !

— Et pourquoi pas ?

— Mais parce que… parce que… bafouilla Diane, en proie à une émotion si forte qu'elle ne trouvait plus ses mots. Parce que, Lucille, c'est moi que tu aimes !

Isaure en demeura interdite. Ce qu'elle soupçonnait sans y croire venait de se révéler juste. Lucille avait bien eu une aventure avec Diane et cette dernière s'était éprise de sa maîtresse au point d'éprouver de la rancœur à l'encontre de Matthias. C'était l'occasion de faire comprendre à Diane que leur histoire s'achevait avec le retour de Matthias dans l'existence de Lucille.

Même si, en quittant l'île d'Yeu, Isaure s'était sentie plus en sécurité, les nombreux messages de Diane, auxquels elle ne répondait pas, lui faisaient redouter une visite. Elle n'avait pas été surprise de la découvrir derrière le portail. Elle s'y préparait depuis son installation à Noirmoutier.

Depuis plusieurs semaines, Isaure répétait la scène qui l'opposerait à Diane, anticipant questions et répliques comme si elle était l'avocate de son propre procès. Décidée à tout nier en bloc si Diane l'accusait, elle ne varierait pas de son plaidoyer élaboré avec soin : elle avait consommé beaucoup d'alcool lors de la soirée chez Chantal et ne se souvenait même plus de l'échange qu'évoquait Diane. Une erreur de prénom ? Bah, elle devait avoir bu une coupe de trop… ce que confirmait son impossibilité à retrouver les toilettes au sein d'une demeure qu'elle connaissait de fond en comble. Qu'est-ce que Diane allait imaginer ? Une histoire extraordinaire digne d'un esprit de romancier. Elle n'avait pas eu de nouvelles d'Isaure depuis des années, comme Diane le savait, et ne désirait pas évoquer une femme qui, de toute évidence, ne pensait plus à sa famille ou était peut-être même décédée dans des circonstances troubles, sans que sa propre sœur en ait été informée. Diane manquait vraiment de diplomatie et de finesse en inventant une fable à ce point rocambolesque…

Après le cri de rage blessée poussé par celle-ci, Isaure était sûre que Lucille se serait montrée sarcastique et cruelle, peut-être même aurait-elle éclaté de rire. A l'opposé, sans chercher à imiter sa jumelle, Isaure prit la main de son amie dans la sienne en témoignage d'une affection dénuée d'ambiguïté.

— Pour Noé… commença-t-elle.

— Tu n'as que le nom de ton fils à la bouche ! la coupa Diane, qui éclata en sanglots et libéra sa main d'un geste brusque en se levant. Arrête cette comédie ! Je sais très bien qui tu es et combien je suis ridicule de me comporter ainsi puisque je ne m'adresse pas à la bonne personne. Celle qui fut mon amour pendant des années et qui doit être morte par ta faute à cette heure. Réponds-moi, Isaure… Réponds à cette question qui m'obsède depuis que j'ai compris que tu avais pris la place de ta sœur : as-tu tué Lucille ?

11

Dans le rétroviseur intérieur de sa voiture, Diane soutint son propre regard halluciné ; elle se fit peur et appuya sur la pédale du frein par crainte d'un accident. Elle se devait d'être prudente, calme et déterminée en avançant sur cette route qui la ramenait à Noirmoutier-en-l'Ile, où elle était bien décidée à trouver une gendarmerie. Désormais convaincue qu'elle avait affaire à Isaure, torturée de chagrin et d'incertitudes concernant le sort de Lucille, il était de son devoir de ne plus rester passive.

Elle se fendit d'un sourire presque démoniaque. Isaure allait payer. Même si l'idée que l'insignifiante Isaure ait pu triompher de sa conquérante jumelle lui semblait inconcevable, il lui fallait admettre que, pour une fois, la victoire, une revanche même, revenait à Isaure. Après avoir tergiversé pendant des semaines, Diane avait le sentiment qu'il lui fallait agir très vite, comme si des vies étaient en danger. Même si, selon toute vraisemblance, le sort de Lucille était déjà scellé et qu'Isaure s'était attachée à Noé au point d'oublier qu'il était le fils de sa sœur. Néanmoins, l'usurpatrice souffrait peut-être de problèmes psychologiques ; après tout, elle avait toujours été bizarre, enfermée dans un monde auquel les autres n'avaient pas accès.

Avivé par le sentiment d'un péril imminent, le cerveau de Diane bouillonnait quand elle se gara face à la gendarmerie. Consciente de n'être plus maîtresse de ses nerfs, elle s'efforça de prendre de longues inspirations pour se calmer avant de parler à un militaire, mais en vain ; elle déboula au guichet comme si une meute de loups était à ses trousses.

— Bonjour, je souhaiterais faire une déposition…

— A quel propos, madame ?

— Au sujet d'une femme qui habite Noirmoutier, Isaure Martineau. Enfin, elle se fait appeler Lucille Launay mais justement, c'est pour cette raison que je désire porter plainte contre elle.

La femme blonde de l'accueil la considéra d'un air pensif, comme si elle jaugeait son état mental. Puis elle soupira d'une façon imperceptible. Sans doute avait-elle l'habitude de gérer ce genre de situation, cependant l'heure du déjeuner approchait et elle aurait préféré que cette déséquilibrée se présente plus tard dans l'après-midi.

— C'est donc pour porter plainte, déclara-t-elle d'un ton calme. Cette Mme… Martineau vous a agressée d'une façon quelconque ?

— Pas vraiment. C'est beaucoup plus compliqué… Puis-je parler à un supérieur, s'il vous plaît ? Je vous assure que c'est très important.

La gendarme hésita quelques secondes. Puis elle répondit favorablement à sa demande et passa un coup de téléphone pour prévenir un collègue. Diane s'abstint du moindre commentaire, sa voix tremblait trop et elle se contenta de la remercier d'un hochement de tête.

Elle fut invitée à s'asseoir sur une chaise inconfortable pendant qu'elle entendait la personne de l'accueil parler d'elle en termes neutres et diplomates. *Je suis sûre qu'elle prévoit déjà d'appeler les urgences psychiatriques...* se dit Diane. Au mur s'affichaient les visages angéliques d'enfants disparus qu'un spécialiste avait vieillis ; elle pensa à toutes ces familles qui attendaient un signe, un indice, depuis des années, peut-être des décennies, et se demanda comment il était possible de continuer à vivre avec cette absence et un espoir de plus en plus ténu. Voilà pourquoi elle avait eu raison de réagir sans trop tarder, avant qu'il ne soit trop tard, comme cela l'était probablement pour ces pauvres gamins.

Au bout de quelques minutes, un homme d'une quarantaine d'années, un brun au visage sévère, s'avança vers elle.

— Je suis le capitaine Ablon. Puis-je vous être utile ?

— Oui, capitaine. Je me présente, Diane O'Cahan, j'habite Port-Joinville. Je suis d'origine irlandaise, expliqua-t-elle devant son air étonné. Si je suis venue à Noirmoutier, c'est pour voir une amie… une femme que je croyais être Lucille Launay mais qui s'avère être une usurpatrice. Comme je l'ai dit à votre secrétaire, c'est une histoire longue et complexe… Peut-être serait-il préférable que je la relate ailleurs qu'ici ?

Non sans un regard circonspect, Ablon la pria de le suivre dans son bureau, une pièce fonctionnelle qui n'en était pas moins encombrée de dossiers, jusque sur le siège où Diane était censée prendre place. Il se hâta de l'en débarrasser en proférant des excuses d'une voix un peu lasse. Elle allait devoir se montrer convaincante.

— Je vous écoute, madame.

Et Diane commença par raconter les premiers changements intervenus chez Lucille plusieurs mois auparavant. Il l'écoutait sans montrer le moindre signe d'incrédulité ou d'exaspération. Elle termina en narrant la scène survenue le matin même. Quand elle eut achevé son récit, fébrile, elle attendit sa réaction. Ablon affichait une expression insaisissable, toujours aussi austère. Diane était à présent assez lucide pour s'apercevoir qu'il pouvait mettre en doute son histoire alambiquée, mais l'éconduirait-il s'il existait le moindre risque qu'elle soit vraie ? C'était son métier de tout vérifier, même les fables les plus extravagantes. Diane ignorait si un simple test ADN corroborerait ses dires, mais cet examen ne pouvait de toute façon avoir lieu sans de sérieuses présomptions qui, pour le moment, n'existaient pas.

— Je vais prendre votre déposition par écrit. Puis j'enquêterai avec discrétion à ce sujet. Mais comprenez qu'en l'état je n'ai aucun moyen de démasquer Mlle Martineau, si elle est coupable, puisque vous vous fondez sur des suppositions.

— C'est exact, j'en suis consciente. Merci de prendre mes propos au sérieux. J'espère avoir bientôt quelque chose pour les étayer.

A ces mots, sur les traits impassibles du capitaine apparut un peu d'inquiétude.

— Laissez-moi faire, madame, n'intervenez en aucun cas. Si Mlle Martineau a quelque chose à se reprocher, nous le découvrirons vite. Alors que vous vous mettriez en danger sans pour autant progresser.

— Très bien, je suivrai votre conseil.

Diane était sincère. Elle ne tenterait plus de confondre Isaure et laisserait agir les professionnels.

Son soulagement était immense. Elle n'avait pas provoqué l'accès de colère ou de sarcasme qu'elle appréhendait. Ses craintes avaient trouvé un écho chez cet homme pointilleux qui ne se fiait pas aux apparences. A son arrivée, en quête de soutien, elle avait mesuré la faiblesse de sa plaidoirie. A présent, elle se félicitait d'avoir été assez avisée pour déceler quelque chose d'équivoque dans celle qui se faisait passer pour Lucille.

Une fois que le capitaine eut tout tapé sur son ordinateur et qu'elle eut signé la feuille imprimée, Diane sortit de la gendarmerie libérée. Elle avait fait son devoir. On ne pourrait lui reprocher d'avoir gardé le silence sur une affaire peut-être criminelle. Elle avait la conscience tranquille. La police mettrait tout en œuvre pour retrouver Lucille.

Elle ignorait que le capitaine Yves Ablon avait rangé sa déposition dans un tiroir avec un soupir, n'ayant pas la moindre intention de donner suite à cet exposé rocambolesque.

Prostrée dans sa maison après le départ de Diane, Isaure s'exhortait au calme. Elle avait rassemblé toutes ses forces pour faire face à la visite de son amie, visite qui avait plutôt bien commencé. L'apaisement semblait de mise, aucune question embarrassante n'était posée. C'est alors qu'Isaure avait eu la malencontreuse idée, rassurée par le comportement de Diane, d'avouer avec un éclat de triomphe au fond des yeux qu'elle et Matthias étaient à nouveau ensemble. Le teint blême, l'œil agrandi par le désespoir et la fureur, Diane avait alors perdu tout contrôle. Un moment, Isaure avait même cru qu'elle allait se ruer sur elle et la frapper. Mais elle s'était contentée de hurler des imprécations. Face à l'attaque, incapable de la parer ou d'y répondre, Isaure avait feint la stupéfaction la plus totale et tout nié. Diane avait perdu la tête, elle inventait n'importe quoi. Le visage baigné de larmes, la voix hystérique, tout en elle prouvait combien elle souffrait. Néanmoins, elle n'avait pas hésité à porter un coup fatal en demandant à Isaure si elle avait tué sa sœur. Formée à une discipline d'enfer depuis plusieurs mois, celle-ci s'était bien gardée de se défendre comme l'aurait fait une coupable. Elle avait considéré Diane avec une froideur proche du mépris.

« Sors d'ici ! Et ne t'avise plus de revenir ou j'appelle la police et je porte plainte pour harcèlement. Tu es devenue complètement folle, ma pauvre Diane. Ta douleur, suite à notre rupture, ne te donne pas tous les droits. Surtout pas celui de m'accuser. Je t'ordonne de partir, et vite !

— Je t'obéis, avait grincé Diane en commençant à s'éloigner, mais ne compte pas sur moi pour en rester là. Je vais prévenir les flics. Quoi que tu prétendes, cette histoire n'est pas claire et je campe sur mes positions. Tu es Isaure. Je le prouverai, et tu paieras pour ce que tu as infligé à Lucille.

— Je ne te retiens pas, va donc parler aux gendarmes. Ils t'interneront d'office. »

Le portail avait claqué sur la silhouette frémissante de rage de Diane. En dépit de son dernier trait d'humour bravache, Isaure était épouvantée à l'idée qu'elle avertisse les autorités, mais comment l'en empêcher ? C'était trop stupide, cette obsession de Diane à son égard, alors que tout semblait rentrer dans l'ordre et qu'elle goûtait enfin le bonheur de vivre le rêve de sa sœur, débarrassée de tout souci financier, mère d'un bébé adorable et maîtresse de Matthias ! Et voilà que Diane réapparaissait avec ses soupçons qui pouvaient la perdre, mais avait-elle seulement des preuves ? La jeune femme ne savait pas comment se sortir de cette situation périlleuse.

Isaure appréciait beaucoup son quotidien à Noirmoutier. Cette île ne possédait peut-être pas le charme sauvage de sa rivale, elle aussi vendéenne, en contrepartie elle n'avait pas le pouvoir de réveiller de tristes souvenirs. Ici, peu de monde connaissait Lucille, qui avait dû, en achetant ce bien, faire une opération immobilière rentable. Elle devait probablement se désintéresser de la location dont s'occupait l'agence du Port, se contentant des loyers que les vacanciers lui versaient et y séjournant de façon épisodique. Aussi Isaure jouissait-elle d'un anonymat confortable, très loin de la promiscuité et de la sollicitude embarrassantes dont elle avait été l'objet dans la maison familiale d'Yeu. Quand le passage du Gois était recouvert par l'océan, elle empruntait le pont, dont la construction datait de 1971, et se sentait enfin libre d'évoluer et d'agir sans être tributaire d'horaires de bateaux.

Forte de son assurance péniblement acquise, Isaure avait même déboursé la somme nécessaire pour s'offrir une voiture : une Mini crème, comme elle en rêvait. De longs calculs avaient préludé à cet achat dispendieux afin de ne pas courir le moindre risque de voir ses revenus mis à mal. Mais les sommes placées par sa défunte jumelle lui permettaient d'engranger chaque mois un revenu dont l'importance lui donnait le vertige. Elle pouvait bien s'offrir une automobile dernier cri. En attendant sa livraison, Isaure avait loué une petite Fiat afin d'être autonome. Sous le prétexte de promener Noé tous les jours, elle faisait le tour de son territoire. Piquée par la curiosité, elle avait entrepris de tout visiter, de savourer chaque moment, d'assouvir son besoin de découvertes sans les affres de la culpabilité. Car elle avait acquis la conviction qu'elle devait élever Noé du mieux possible, lui témoigner l'amour d'une mère, mission très facile et même devenue essentielle tant elle s'était attachée au bébé. Elle ne supporterait plus qu'on les sépare et il n'était pas question que Diane brise ce lien désormais indéfectible.

Un autre lien, bien différent, lui tenait aussi à cœur, celui qui s'était tissé après ce fol abandon dans les bras de Matthias. Si elle s'interrogeait sur la force des sentiments de ce dernier, au moins ne cultivait-elle plus le moindre doute sur l'intérêt qu'il lui portait. Depuis leur première étreinte, il était revenu plusieurs fois à Noirmoutier, prenant même quelques jours de congé pour les passer avec elle et Noé. Dans ses moments de lucidité, Isaure se tourmentait à l'idée qu'il s'offre d'agréables parenthèses sans pour autant lui vouer un amour sincère. Mais, la plupart du temps, elle se refusait à l'imaginer et préférait même ne pas s'interroger sur son amant, de peur de se retrouver dévorée par l'angoisse. Sa solitude, entrecoupée de conversations téléphoniques et d'échanges d'e-mails, lui faisait trop souvent imaginer le pire.

Matthias l'avait révélée à elle-même. D'abord réservée à cause de ses longues années d'abstinence, elle avait fini par céder au plaisir. Et à présent, force lui était d'avouer qu'elle était tombée amoureuse de Matthias. Elle se torturait l'esprit à se demander s'il partageait ce sentiment. Certes, il était tendre et attentionné, toutefois il n'avait jamais évoqué devant elle la possibilité de renforcer leur relation. La raison la réduisait au silence ; elle savait que la moindre allusion à une vie commune pouvait tout briser. Leur liaison se poursuivrait par intermittence, laissant à Isaure un goût amer. Sans doute devrait-elle s'en contenter. Matthias n'était pas homme à se laisser fléchir lorsqu'il s'agissait de sa liberté. Déjà, du temps de Lucille, la fusion ne faisait pas partie de sa notion du couple.

Aujourd'hui, l'urgence était Diane. Si elle n'avait pas changé d'avis durant le trajet, elle devait être à la gendarmerie à cette heure, l'accusant d'un crime dont elle n'était pas responsable. Isaure avait bien pris la place de sa sœur, mais jamais elle n'aurait été capable de se transformer en meurtrière. Dans le cas où la police viendrait l'interroger, elle nierait tout, accusant à son tour Diane de harcèlement et même d'être une déséquilibrée. Isaure n'ignorait pas qu'elle et sa jumelle possédaient des empreintes digitales très semblables, si elles n'étaient pas parfaitement identiques. Ces différences pouvaient s'expliquer par les objets qu'elles avaient touchés durant leur enfance et la manière dont chacune d'elles l'avait fait. C'est ainsi que les empreintes se façonnaient et se modifiaient. Isaure n'était donc pas certaine que cette disparité soit susceptible de prouver sa véritable identité. Encore fallait-il que les gendarmes prennent Diane suffisamment au sérieux pour entamer une telle procédure.

Aussi Isaure ne s'inquiétait-elle pas trop. Il lui suffisait de penser à Matthias ou de poser les yeux sur Noé pour que l'espoir renaisse, que la confiance se ranime, intacte. Il était d'ailleurs temps de promener son bébé. Le sien. Qu'elle n'abandonnerait à personne.

Le téléphone sonna. Il était loin le temps où Isaure ne répondait pas aux appels de peur de se confronter à un inconnu inquisiteur.

— Madame Lucille Launay ?

— Elle-même.

— Ici, le lieutenant Manneville, de la gendarmerie de Noirmoutier. Je vous appelle car nous avons retrouvé une moto vous appartenant… Allô ? Vous êtes toujours là ?

— Oui, lieutenant. Je vous écoute.

— Il s'agit bien de votre moto, madame Launay ?

— En effet.

— Et pourtant, vous n'avez jamais signalé son vol…

Le lieutenant Manneville raccrocha, pensif. Au vu de cet appel, ses doutes trouvaient matière à s'exprimer, de sorte qu'il était résolu à ne pas lâcher l'affaire, même contre l'appréciation de son supérieur. Ablon avait jugé les dires de Diane O'Cahan pas du tout crédibles, à la limite de l'absurde. Encore une qui lisait trop de romans policiers, avait-il ricané après son départ, et se voyait bien dans le rôle majeur du personnage aiguillant les forces de l'ordre vers le dénouement d'une enquête laborieuse dont elle se targuerait toute sa vie d'avoir été à l'origine. Il avait déjà eu affaire à ce genre de mythomanes et n'entendait pas perdre un temps précieux à tenter d'élucider une énigme inventée de toutes pièces.

Raoul Manneville aurait été du même avis que son collègue si le nom de Lucille Launay, perçu par hasard en passant dans le couloir, n'avait retenu son attention. Il était sûr de l'avoir entendu ou lu quelque part. De retour dans son bureau, il n'avait pas été long à comprendre où. Une semaine plus tôt, un accident de la route impliquant une voiture et une moto avait eu lieu à Noirmoutier. Le conducteur de la moto, mineur et donc dépourvu de permis, avait réussi à s'enfuir après avoir provoqué la collision. En revanche, son passager, qui avait perdu connaissance, avait été l'objet de soins de la part du SAMU. Son état jugé non préoccupant, il avait été interrogé par le lieutenant Manneville et n'avait pas tardé à avouer le nom de son comparse. Quant au puissant engin, une Kawasaki, le gendarme s'était rendu compte qu'il appartenait à une certaine Lucille Launay, d'où l'écho que ce patronyme avait éveillé dans son esprit quand Diane l'avait prononcé en parlant à Ablon.

Le mieux était de se renseigner sur cette femme… Il vérifia en premier lieu qu'elle ne possédait pas de casier judiciaire. Une fois le conducteur de la moto interpellé, il en saurait un peu plus sur les circonstances du vol qu'ignorait le passager mais, en attendant, il lui fallait apprendre pourquoi Lucille Launay n'avait pas porté plainte à la suite de la disparition de son engin. Ce dernier était bien déclaré, sa conductrice possédait le permis requis, rien ne permettait de penser que la jeune femme était une suspecte potentielle. Sauf si, comme l'affirmait cette Diane O'Cahan, elle n'était pas Lucille Launay mais sa jumelle, Isaure Martineau. Une histoire abracadabrante, qui intéressait le lieutenant sans pour autant le convaincre totalement, tant elle comportait d'invraisemblances et de zones d'ombre. Il était justement là pour les clarifier au plus vite car il n'avait pas l'intention de se laisser mystifier.

Après l'appel à Lucille Launay, il dissimula de son mieux la jubilation qui le gagnait à l'idée d'avoir flairé l'enquête de sa vie, quelque chose qui, s'il avait raison de croire en sa véracité, pouvait lui valoir une promotion inespérée. Lucille n'avait guère été crédible au sujet des causes qui l'avaient poussée à ne pas déclarer le vol de sa Kawasaki. Elle semblait en proie à l'inquiétude ; pour avoir interrogé de nombreux suspects, le lieutenant savait reconnaître les premiers signes de la panique, même au téléphone. Il lui avait demandé un rendez-vous pour le lendemain matin, qu'elle lui avait accordé à contrecœur. Exprès, il avait choisi de se déplacer à son domicile plutôt que de la convoquer à la gendarmerie, où sa présence risquait de tout compromettre. Il n'avait pas l'intention d'offrir ce cadeau à son supérieur hiérarchique, sachant que celui-ci en tirerait toute la gloire.

Au lieu de demander à un subalterne de récolter des renseignements sur Lucille, Manneville s'en chargea lui-même, afin que personne ne soit au courant de ses investigations. Lucille Launay avait un profil Facebook. C'était une belle femme à l'expression audacieuse, aux yeux frondeurs, aux lèvres pleines, affublée d'une chevelure de tigresse. Ses goûts la portaient vers les sports extrêmes. Elle ne postait rien de trop personnel, juste des photos d'activités sportives, de paysages vendéens, en particulier de l'île d'Yeu, et de ses vacances en France et à l'étranger. Son dernier message datait de février 2010, du début de l'année, donc. Depuis, plus rien. Stimulé par cette découverte, Raoul entreprit de lire la déposition laissée par Diane O'Cahan. Il saurait alors si les soupçons de cette dernière avaient commencé à germer au moment où Lucille avait cessé d'actualiser sa page. Puis il entreprendrait des recherches sur la sœur, cette Isaure Martineau qui ne faisait qu'une avec Lucille, d'après les dires de Diane. Ce stupéfiant mystère allait-il se révéler passionnant à élucider ?

Il n'existait rien au sujet d'Isaure sur Internet, pas la moindre mention de la jeune femme sur Facebook. Sa nature devait être opposée à celle de Lucille, qui, en revanche, apparaissait à maintes reprises, citée lors de tournois sportifs ou en photo durant des soirées assurément festives. Le décolleté avantageux, la main tendant vers l'objectif un verre d'alcool déjà bien entamé, le visage rose et parfois grimaçant, elle n'avait plus rien de la créature envoûtante de son profil Facebook. Un recruteur aurait éliminé son CV de sa pile pour bien moins que ces postures peu raffinées.

Alors qu'il allait arrêter ses recherches, Raoul trouva ce qu'il n'attendait plus : une information sur Isaure Martineau. Il s'agissait d'un article d'*Ouest-France* sur une exposition de peinture ayant lieu à l'office de tourisme de Port-Joinville. Sur la photo en noir et blanc, la jeune fille d'environ dix-sept ans n'était pas seule : d'autres peintres amateurs l'entouraient, plus âgés qu'elle, six en tout. La légende évoquait l'un d'entre eux, Régis Varon, artiste de renom qui possédait une résidence secondaire sur l'île et avait accepté de prêter plusieurs toiles pour cette occasion. Raoul Manneville scruta la photo à la recherche d'un indice quelconque.

Isaure ressemblait évidemment à la Lucille d'Internet, en plus jeune et moins aguichante. Elle se tenait, un peu intimidée, aux côtés de Régis Varon, qu'elle couvait d'un œil adorateur. Il regardait droit devant lui sans prêter attention à sa voisine.

Raoul Manneville reporta son intérêt sur la jeune fille ; il devinait, sous une apparence timorée, un cœur gonflé d'espoirs. Espoirs qui ne se focalisaient pas uniquement sur une carrière prometteuse, comme semblait le penser le journaliste. Ce dernier insistait sur le jeune âge de l'artiste et son don précoce, qui n'avait pas échappé à Régis Varon. Sur la photo, en raison du regard adorateur qu'elle posait sur la célébrité, il apparaissait néanmoins que l'adolescente lui vouait une admiration aux frontières du béguin.

Après avoir lu la déposition de Diane O'Cahan, Raoul prépara son entrevue du lendemain avec Lucille… ou Isaure. Il était plongé dans ses réflexions quand un de ses collègues entra dans son bureau pour lui annoncer qu'il avait retrouvé le conducteur de la moto accidentée. Il se tenait assis dans le couloir, entre deux gendarmes, attendant d'être interrogé.

— Très bien, j'arrive, répondit le lieutenant, tout excité.

Il avait le sentiment enivrant d'être tombé sur une affaire déterminante qui le changerait de son quotidien plutôt routinier à Noirmoutier. Parfois, il songeait avec un vague sentiment de regret à l'une de ses collègues, Célia ou Emma, il ne se souvenait plus, partie tenter sa chance à Paris… Mais supporterait-il la vie dans la capitale, ou, pire, sa banlieue ?

12

L'angoisse était revenue, elle galopait dans son cerveau comme un cheval fou. Durant ces derniers mois, Isaure avait imaginé toutes sortes de problèmes susceptibles de mettre au jour sa supercherie. Et, étrangement, la perspective que la police retrouve la moto volée ne lui était pas venue à l'esprit. Pas de chance, décidément, puisqu'un banal accident de la route était à l'origine de la découverte. Prise de court quand le lieutenant l'avait appelée, la jeune femme s'était montrée trop peu crédible dans ses explications. Tout d'abord, elle ne sut même pas quoi répondre à cette simple question : pour quelle raison n'avait-elle pas signalé le vol de son engin ? N'importe qui, à sa place, l'aurait fait, ne serait-ce que pour toucher l'assurance. Elle avait commis une grossière erreur en ne prêtant pas attention à cet aspect des choses, trop contente et soulagée que l'encombrante machine ait disparu. Elle avait fait preuve de négligence, et son absence de lucidité risquait de lui coûter très cher.

Au téléphone, elle avait dû trouver une raison plausible à son silence. Comme le lieutenant Manneville lui narrait en quelles circonstances la Kawasaki avait été retrouvée, elle avait compris que le nom du Jaunay serait bientôt révélé par l'auteur de l'effraction. Pour ne pas attiser les soupçons avec des incohérences, Isaure avait aussitôt dévoilé une partie de la vérité, au risque d'orienter les gendarmes vers le lieu où gisait la dépouille de Lucille. Elle avait donc avoué avoir contrevenu à la loi en conduisant sa moto sur le ponton du lac avant de déraper sur le plancher en bois. Impossible de faire redémarrer la Kawasaki. Elle avait alors appelé son ex, le père de son fils, Matthias Guérin, afin qu'il vienne la chercher et, le lendemain, quand elle avait voulu récupérer son engin, il s'était volatilisé. Redoutant qu'on l'accuse de faire du rodéo dans un endroit public en abîmant les infrastructures des berges, elle n'avait pas mentionné le larcin et laissé croire qu'elle avait vendu la Kawasaki. C'était la seule interprétation qu'elle ait réussi à imaginer en moins de quelques secondes, et si elle lui semblait avec du recul bien extravagante, elle espérait que le lieutenant s'en contenterait. Au moins, ses dires rejoindraient ceux du délinquant qui s'était emparé de son bien.

A présent, il allait falloir convaincre Matthias de faire un faux témoignage. Il devrait affirmer avoir répondu à son appel au secours et être venu un certain jour de février la chercher au lac du Jaunay pour qu'elle passe la nuit à Nantes chez lui. Quelle excuse invoquer pour le convaincre de mentir aux forces de l'ordre ?

Songeant combien son amant devait saisir l'importance de sa déposition, Isaure préféra se déplacer à Nantes plutôt que l'appeler sur son portable. Elle lui laissa cependant un message l'avertissant de sa venue avec Noé, puis elle prépara un sac qui contenait surtout des affaires pour le petit garçon. L'avantage d'une île reliée au continent par un pont n'avait jamais été aussi probant qu'à cet instant où la jeune femme prenait la direction de Nantes.

Matthias habitait l'un de ces immeubles neufs qui bordent le cours de l'Erdre, à quelques centaines de mètres du centre-ville. Si Isaure n'était guère sensible à ce type d'architecture contemporaine et froide, dénuée de charme à ses yeux, elle devait reconnaître que le vaste appartement offrait une vue époustouflante sur le cours d'eau, grâce à une terrasse de cent mètres carrés à presque trois cent soixante degrés. Il s'agissait d'un duplex fonctionnel aux murs blancs et aux rares meubles design semblables à ceux qu'affectionnait Lucille. Aussi avait-elle dissimulé son peu d'attrait pour ce genre de décoration la première fois qu'elle était venue, puisqu'elle était censée partager les goûts de Matthias et surtout connaître les lieux.

La jeune femme tourna plusieurs fois autour des immeubles, tous conçus sur le même modèle, avant de dénicher une place qui n'exigeait pas de faire un créneau. Bien que Matthias logeât aux sixième et septième étages, les derniers, elle prit l'escalier avec Noé et son bagage, la sensation d'enfermement en ascenseur lui inspirant de la crainte, surtout si elle s'y trouvait seule. Elle possédait un double des clés depuis quinze jours, mais c'était la première fois qu'elle les utiliserait. D'ordinaire, elle préférait que Matthias vienne à Noirmoutier, et lui aussi disait se sentir mieux sur l'île, où il avait l'impression d'être en vacances et de se déconnecter plus facilement de son travail.

Avant d'ouvrir, Isaure sonna. Elle éprouvait une vague réticence à entrer chez quelqu'un sans prévenir, fût-il son amant. Comme personne ne se présentait, elle tourna la clé dans la serrure avec une satisfaction un peu puérile de propriétaire et pénétra dans le séjour, une seule et grande pièce comprenant cuisine ouverte, salon et salle à manger. Dans un coin un escalier montait vers les chambres, le bureau et les salles de bains. Les baies vitrées offraient un panorama extraordinaire sur la ville, joyau de ce lieu.

Après avoir confortablement installé Noé dans son lit pliant, la jeune femme prit le temps d'admirer la vue. Elle, Isaure Martineau, passant d'une belle maison d'Yeu à une somptueuse demeure de Noirmoutier puis à un luxueux duplex dans un immeuble de standing de Nantes… Qui l'eût cru ? Elle contempla les bateaux amarrés le long du quai avant d'appeler Matthias sur son portable. Sa voix la tira de sa rêverie. A son grand soulagement, il accueillait leur venue avec plaisir et lui suggérait de faire comme chez elle ; il s'efforcerait de rentrer tôt afin de passer une longue soirée à leurs côtés. Tandis que le lait chauffait pour le biberon de Noé dans la cuisine blanche au décor sobre, Isaure passa les pièces en revue, non sans éprouver une pointe de culpabilité. Matthias se révélait un homme soigné, à moins que la femme de ménage ne soit venue récemment. Aucun linge sale ne traînait par terre, nuls restes de nourriture avalés sur le pouce et abandonnés sur la table, l'évier était vide, le plan de travail rutilant, le lit fait, et quelqu'un avait aéré partout. Isaure en conclut que cette absence de négligé devait quand même relever de la compétence d'une employée. Elle n'idéalisait pas son amant au point de croire qu'il puisse être capable de tenir sa garçonnière avec cette méticulosité.

Sur un buffet, elle observa quelques photos, plusieurs de Noé, d'autres de gens qu'elle ne connaissait pas, et puis une de Lucille bien sûr. La jeune femme avait été mitraillée alors qu'elle sortait en maillot de bain d'une piscine, son corps sublimé par le soleil. Elle possédait la beauté du diable et Isaure se demanda comment elle-même avait pu duper Matthias ; elle se sentait si loin de cette créature sexy et provocante. Elle en conçut une tristesse inexprimable. Là résidaient le malentendu, la supercherie. Elle se voyait en faussaire. Elle n'était pas Lucille et Matthias aimait une femme qui n'avait presque aucun rapport avec elle, hormis une apparence semblable. Imiter Lucille revenait à la rendre immortelle. Une situation dont elle n'avait pas mesuré le péril pour son équilibre mental.

Un bruit interrompit ses réflexions. En voyant Matthias entrer dans le séjour, son cœur bondit de joie. Elle l'embrassa avec fougue, tandis qu'il protestait sans conviction. Au même moment, elle prit conscience qu'elle avait oublié le lait sur le feu et elle courut dans la cuisine alors que son amant se débarrassait de sa veste. Ils avaient l'air tous les trois, avec Noé, de former une vraie famille et Isaure en oubliait la raison de sa visite. Elle se brûla la main avec le lait bouillant et la douleur raviva son angoisse au sujet du lieutenant trop curieux et du sacrifice qu'elle allait exiger de Matthias.

— Laisse-moi le lui donner, la pria ce dernier comme elle se dirigeait vers le bébé avec le biberon.

— Si tu veux. Mais attends un peu, le lait est beaucoup trop chaud.

Réveillé, Noé manifestait sa joie de découvrir son père en poussant de petits cris stridents. Isaure l'installa sur le canapé en position assise. Bientôt, il serait capable de marcher, mais il lui faudrait davantage de temps pour s'exprimer. Plusieurs fois, elle s'était demandé s'il utiliserait le terme « maman » à son égard. Il n'y avait pas de raison qu'il ne le fasse pas, à présent qu'il s'était acclimaté à sa présence et à son odeur, néanmoins un léger doute subsistait dans l'esprit de la jeune femme. Dans ses pires cauchemars, elle l'entendait même l'affubler du prénom d'Isaure !

Tandis que Matthias s'efforçait de refroidir le contenu du biberon sur la terrasse, Isaure se demandait comment lancer la conversation sur le sujet de la moto. Elle essayait de trouver les mots pouvant expliquer à la fois ses mensonges et la supplique qu'elle lui adresserait. Ce serait le plus sûr moyen de tester la profondeur des sentiments qu'il éprouvait pour elle, mais aussi un énorme risque à prendre. Non seulement elle pouvait réaliser qu'il ne l'aimait pas assez pour travestir la vérité face aux gendarmes mais, en plus, son témoignage, s'il décidait de nier avoir joué un rôle dans cette affaire, était propre à la jeter en prison. Elle aurait bien voulu ne pas le mettre à contribution, toutefois lui seul pouvait la sauver, personne d'autre ne l'aiderait. Elle était seule au monde, avec des amis qui étaient ceux de Lucille et un compagnon s'imaginant être dans d'autres bras.

— Matthias, j'ai un service à te demander... commença-t-elle alors qu'il donnait le lait à son fils.

Le moment, tout auréolé de douceur, lui semblait propice.

— Je t'écoute.

— Voilà, j'ai un petit souci avec la police. Rien de grave. En fait, ma moto a été volée… Je sais, je sais, s'empressa-t-elle de se justifier face à son air surpris, je t'ai fait croire que je l'avais vendue… En réalité, j'ai menti et je te présente mes excuses. Je voulais donner une bonne impression, j'avais peur de paraître stupide en t'avouant tout…

Elle se mordit les lèvres d'angoisse en comprenant combien elle ressemblait peu à Lucille, avec ses explications maladroites et empreintes de culpabilité.

— La vérité, c'est que j'ai déconné. Oui, c'est le mot. Je me suis entraînée sur un ponton du lac du Jaunay avec la Kawasaki et j'ai eu un accident. J'ai dû laisser la moto derrière moi et commander un taxi pour rentrer. Quand je suis revenue le lendemain, la moto avait disparu. La gendarmerie m'a appelée pour signaler qu'on l'avait retrouvée. Je n'avais pas signalé le vol car j'étais en infraction en conduisant sur le ponton. Bref, pour me blanchir, j'ai fait croire que tu étais venu me chercher au Jaunay ce jour-là afin de me raccompagner à Nantes, où je serais restée jusqu'au lendemain. Il est nécessaire que tu corrobores mon témoignage, sans quoi je risque d'avoir des problèmes… C'est une histoire idiote, j'en conviens, mais j'ai besoin de toi. J'espère que tu ne m'en voudras pas trop de ce faux témoignage…

Le visage de Matthias exprimait de la stupéfaction, presque de l'incrédulité. Consciente que son récit était alambiqué, Isaure se demanda s'il avait tout compris.

Elle-même avait du mal à s'y retrouver et elle se sentait très fatiguée, de plus en plus découragée à mesure que les ennuis s'amoncelaient. Comment allait-elle se sortir de ce piège si son amant refusait de collaborer ?

— Quelle histoire ! Pourquoi ne pas avoir simplement répondu aux gendarmes que tu étais repartie en taxi ? Ce dernier aurait pu en attester, je n'aurais pas eu à intervenir et n'aurais donc pas été contraint de livrer de fausses déclarations. Pour quelle raison t'adresser à moi, alors qu'il n'existe aucun danger à te conformer aux faits ?

Isaure en resta bouche bée. Elle n'avait pas réfléchi aux incohérences de son récit. Matthias ignorait qu'elle était arrivée au Jaunay avec une voiture de location dans le but d'espionner sa sœur et avait quitté l'endroit avec ce même moyen de transport. Forcée à réagir vite, elle se trahissait d'une façon stupide en multipliant les absurdités.

Et Matthias n'en avait pas terminé :

— Noé était avec toi sur la moto ?

— Bien sûr que non ! Sylvie le gardait.

— Alors, si la situation s'envenime et donne lieu à une enquête, la déposition de Sylvie va contrer cette nuit passée à Nantes avec moi. Comment veux-tu que j'accepte de t'aider quand tu te places d'emblée en position de coupable avec des inexactitudes en série ?

Incapable de se défendre, Isaure ne savait que répéter qu'elle avait besoin de son soutien ; un soutien si indéfectible que Matthias ne devait poser aucune question… à laquelle, de toute façon, elle se savait incapable de répondre.

Il la considéra quelques secondes avec suspicion avant de lâcher :

— Simon est mêlé à tout ça, n'est-ce pas ?

— Simon ? répéta-elle, désemparée.

— Pour que tu taises tes véritables motivations, c'est que tu désires me cacher quelque chose. Quelque chose susceptible de m'exaspérer, par exemple, ou même de me plonger dans une rage folle. Et je ne vois qu'une personne propre à éveiller ma colère : Simon trempe dans l'affaire, pas vrai ?

Isaure avait le sentiment de perdre pied. Les yeux écarquillés face à Matthias comme s'il parlait une langue étrangère, elle ne tentait même plus, comme elle l'aurait fait dans le passé, d'en apprendre davantage sur ce Simon qu'elle était censée connaître. Elle avait l'impression accablante qu'un problème en entraînait un autre, sans pour autant régler le premier. Sa vie se résumait dorénavant à une succession d'énigmes à résoudre, de plus en plus complexes à mesure que le temps passait, jusqu'au final, qui se conclurait inévitablement par une chute, un échec cuisant ; à ce stade de l'épreuve, l'horizon paraissait si bouché qu'aucun espoir de réussir ne se dessinait. Pire, elle s'envasait de minute en minute. Une migraine s'annonçait et la voix de Matthias lui vrillait les tympans tel un marteau-piqueur. Elle avait trop présumé de ses forces, cru à une chance qui ne lui avait jamais souri. Il lui fallait désormais admettre qu'aucune issue n'était possible. Elle devait s'en aller au plus vite, oublier son amant, vider le compte courant de Lucille, s'envoler pour une destination lointaine et ne plus jamais revenir en France, où elle serait dorénavant considérée comme la meurtrière de sa jumelle. Et le plus insupportable, laisser Noé derrière elle…

Noyée dans ses troubles pensées, Isaure sursauta quand Matthias lui lança :

— Tu m'as bien eu, une fois de plus ! Je n'aurais jamais dû te faire confiance. Tu es assez perverse pour à nouveau te partager entre lui et moi, sans aucun remords. Sors d'ici, Lucille !

— Tu ne témoigneras pas en ma faveur ? demanda Isaure d'une voix tremblante.

— Comment peux-tu encore croire que je te rendrai ce service ? Va-t'en ! Noé a terminé son biberon. Laisse-moi l'embrasser. Et pars vite, avant que nous nous fâchions pour de bon.

Hébétée, Isaure obéit. Elle rassembla ses affaires, par avance épuisée par le trajet qu'elle devrait effectuer avec Noé jusqu'à Noirmoutier. Elle ignorait ce qu'elle allait dire au lieutenant le lendemain matin. Tout s'effondrait.

Et pourtant, dès qu'elle se retrouva sur l'île, la jeune femme oublia sa lassitude. Un regain d'énergie la poussa à chercher dans l'agenda et le portable de sa sœur si le prénom de Simon n'y figurait pas. Elle ne tarda pas à le trouver dans les nombreux numéros de téléphone répertoriés en favoris. Il était aussi noté plusieurs fois sur les pages de l'agenda, ce qui signifiait que Lucille voyait régulièrement cet homme. Selon toute vraisemblance, il s'agissait de son amant, et Matthias en avait pris ombrage : Lucille entretenait-elle une liaison avec ce Simon alors même qu'elle était la compagne de Matthias, ce qui aurait provoqué leur rupture ? Isaure se rappela alors une photo qu'elle avait contemplée dans la maison d'Yeu, montrant Lucille en compagnie d'un homme de son âge devant un paysage de carte postale ; Isaure avait reconnu le spectaculaire village de Rocamadour en toile de fond. Rien ne prouvait que cet individu était le dénommé Simon mais, si c'était le cas, Matthias avait eu des raisons de s'inquiéter puisque Lucille l'appréciait assez pour partir en vacances avec lui. Toute cette histoire n'arrangeait pas Isaure : comment en démêler les fils enchevêtrés à présent que Matthias s'imaginait qu'elle l'avait trahi ? Néanmoins, elle ne pouvait plus rien tenter ; un certain fatalisme s'empara d'elle et elle alla se coucher en espérant parvenir à dormir malgré tous ses soucis.

La petite frappe avait parlé sans que les forces de l'ordre aient eu besoin de faire de gros efforts pour lui sortir les mots de la bouche. Le jeune voyou savait qu'il ne risquait pas grand-chose, malgré son casier judiciaire chargé. Le hasard l'avait placé en face de ce cadeau inespéré, une puissante Kawasaki abandonnée sur un ponton du lac du Jaunay. Rien n'aurait pu le retenir de voler un engin si attirant. Cela n'avait pas été difficile de la remettre en marche malgré l'accident dont avait été victime son propriétaire. Ce récit était en adéquation avec celui de Lucille Launay au sujet de la moto, même si les raisons qui l'avaient poussée à ne pas signaler le vol restaient peu crédibles. S'il n'y avait pas eu le témoignage troublant de Diane O'Cahan, le lieutenant Manneville n'aurait pas donné suite. Après tout, Lucille n'était pas en infraction. C'est pourquoi l'entrevue de ce matin serait capitale. Si Lucille lui soumettait des explications claires et vérifiables, il ne pourrait en toute logique continuer à enquêter sur elle ; cela finirait par le desservir, en donnant l'impression qu'il s'acharnait sur quelqu'un parce qu'il s'imaginait avoir flairé une piste juteuse.

La demeure de Lucille Launay faisait partie de ces habitations du triangle d'or du Bois de la Chaise, là où se trouvaient de nombreuses résidences secondaires d'aisés vacanciers parisiens ou nantais. Elle était très vaste et bien entretenue. Si Lucille se révélait être Isaure, Raoul Manneville n'avait aucun mal à imaginer que cette dernière avait assassiné sa jumelle pour s'approprier son attrayant train de vie. Le mobile était évident. Il n'était pas friand des personnes qui peuplaient ce lieu prisé, entre grandes familles de pure souche noirmoutrine, assez snobs et traditionnelles pour regarder de haut ceux qui n'appartenaient pas au cénacle, et touristes plus bohèmes, arrivés avec leurs tribus d'enfants et d'amis, vivant à l'heure espagnole tout l'été mais ne s'en pliant pas moins aux codes de cette partie de l'île avec le même conformisme que les premières. Le point commun entre les deux communautés était surtout de cultiver les liens entre habitants du Bois de la Chaise, excluant d'emblée toute personne un peu marginale.

S'efforçant de ne pas succomber à l'agacement qui dominait toujours ses rapports avec les gens de ce secteur huppé, le lieutenant sonna au portail et attendit d'être invité à entrer dans la maison cossue. Lucille Launay, ou quelle que soit son identité, était la réplique de son profil Facebook en moins voyant. Un maquillage discret, des vêtements sobres, aucun bijou, et un sourire furtif, une poignée de main brève, ce qui n'avait rien d'étonnant vu les circonstances. Elle le fit pénétrer au sein d'une grande pièce à vivre au mobilier moderne, réchauffé par la présence de plantes vertes et d'un chat lové sur un coussin du canapé. Il y prit place, refusant le café proposé par son hôtesse ; inutile d'instaurer un climat convivial alors qu'il était là uniquement pour la confondre.

— Je n'ai pas bien compris la raison pour laquelle vous souhaitiez me voir, lieutenant, commença la jeune femme en s'asseyant en face de lui. Il me semblait que mes explications hier au téléphone auraient dû suffire à clarifier la situation.

Raoul Manneville secoua la tête en signe de dénégation.

— Clarifier n'est pas le mot que j'aurais employé concernant cette affaire. Et d'ailleurs, il vous faudra passer à la gendarmerie pour une déposition. Mais en attendant, j'avais besoin de vous rencontrer afin de revoir en détail cet intrigant vol de moto. Le coupable a été retrouvé grâce à son acolyte, qui nous a livré son nom.

Il marqua une pause et étudia sa réaction. Lucille demeurait impassible. Elle se permit même le luxe d'avancer une main pour caresser son chat. Le lieutenant fut donc contraint de poursuivre :

— L'individu est tombé sur votre moto au lac du Jaunay.

— Bien sûr. C'est là que je l'ai laissée après l'accident.

— Et donc, le père de votre fils, Matthias Guérin, vous a ramenée chez lui en voiture…

— Oui. C'est ce que je vous ai déjà dit.

— Je l'interrogerai à ce sujet.

— C'est votre droit.

Isaure reprit son souffle.

— Lieutenant, tout cela me dépasse. Cela prend de telles proportions ! On croirait qu'il y a autre chose de plus important… Me cachez-vous le véritable motif de votre interrogatoire ?

— J'y viens, j'y viens… Il se trouve que j'ai aussi certaines questions à vous poser, et ce sur votre sœur…

— Isaure ! s'écria-t-elle d'un ton alarmé. Mon Dieu, vous avez des nouvelles de ma jumelle ?

Si elle simule, c'est réussi, songea Raoul Manneville, dérouté.

— Pas exactement. Mais nous avons des raisons de croire qu'elle est peut-être liée à tout ça…

Elle se pencha alors en avant comme si elle entendait mal. Tout son être se tendait vers les lèvres du lieutenant, dans l'attente de ses paroles. Ses mains se réunirent et se tordirent, trahissant sa nervosité. Ses yeux implorèrent une réponse.

Les folles déductions massées dans le cerveau de Manneville rallièrent tout à coup sa conscience et il se demanda en un éclair pourquoi il tourmentait cette jeune femme. Son intime conviction lui soufflait cependant qu'elle baignait dans le mensonge ou, au mieux, le déni. Il ne pouvait certes pas se targuer d'une longue expérience criminelle ; les meurtres n'étaient pas chose courante sur l'île, on y relevait surtout des infractions liées au déferlement de touristes à la belle saison, quelques trafics de drogue, des cambriolages, du tapage dû à des ivrognes troublant l'ordre public.

Les rares fois où il avait été confronté à un assassinat, la frustration, le dépit et la colère avaient vite remplacé l'excitation à l'idée de résoudre enfin une affaire digne de ce nom. Chaque fois, le parquet des Sables-d'Olonne avait été chargé de l'enquête, écartant les hommes de terrain, jugés trop peu compétents pour effectuer un travail d'investigation, même si sa brigade avait été autorisée à apporter son aide. Aussi, s'il devait déterrer quelque chose d'intéressant, il ne le laisserait pas passer cette fois-ci, et tant pis s'il enfreignait la loi en n'avertissant pas son supérieur.

— Parlez-moi d'Isaure Martineau…

Isaure soupira, le visage empreint de tristesse.

— Que dire sur ma sœur, que je n'ai pas revue depuis presque vingt ans ? Elle était à peine majeure quand elle a quitté l'île d'Yeu, où nous vivions avec nos parents. Nous pensons qu'elle n'est pas restée sur le continent mais qu'elle a pris un vol pour l'étranger. Seuls mes parents ont cherché à la retrouver puisque la police refusait de nous assister, sous prétexte qu'Isaure était adulte.

Elle se tut et lui jeta un regard rancunier. Il s'abstint de tout commentaire.

— Elle a peut-être été enlevée, tuée… Vous vous rendez compte que j'ignore même si elle est vivante ou morte !

Soudain, l'affolement s'empara d'elle.

— C'est la raison de votre venue, n'est-ce pas ? Isaure est décédée ? Répondez !

Raoul s'empressa de la calmer.

— Non, pas du tout ! Continuez, madame Launay.

— Mais continuer quoi ? Que voulez-vous savoir, au juste ?

Il décela un brin d'affolement dans le ton de son interlocutrice et, sans plus de scrupules, décida de continuer à la malmener. Redoublant d'agressivité, il lui asséna d'une traite :

— Certains soupçons pèsent sur vous, madame Launay. Je ne vais pas vous cacher qu'ils m'auraient paru extravagants si ne s'était greffée à eux cette histoire étrange de vol de moto gardé secret. Nous avons des raisons de croire que vous nous dissimulez d'autres faits plus graves… et que la disparition de votre sœur n'est pas étrangère à ce mutisme.

— Je n'ai pas été en contact avec Isaure depuis si longtemps…

Elle devait conserver son calme à tout prix. Manneville était en train d'essayer de la piéger. Il évoquait Isaure mais parlait en réalité de Lucille, la soupçonnant à raison d'avoir pris l'identité de la morte, même s'il ignorait que cette usurpation faisait suite à un accident dont elle n'était pas responsable. Le nom de Diane n'avait jamais été prononcé mais il était évident qu'elle s'était rendue à la gendarmerie, où son témoignage avait frappé la conscience du lieutenant et entraîné l'entrevue en cours. Quelle malchance que le récit de cette dernière ait coïncidé avec la découverte de la Kawasaki ! Elle soupçonnait Raoul Manneville de bluffer et, si elle maintenait son attitude, il finirait sans doute par renoncer à poursuivre ses investigations, faute de mobile crédible. Isaure était peu au fait des lois en ce domaine, mais dans les polars qu'elle avait pu lire, ou les séries vues à la télévision, il lui semblait bien que l'aval d'un juge d'instruction ou d'un procureur était nécessaire pour entreprendre une information judiciaire. Elle se souvenait de l'expression « commission rogatoire », souvent utilisée… A vrai dire, elle n'était plus sûre de rien. Peut-être cet homme avait-il le pouvoir de fouiller son passé sans l'accord de sa hiérarchie…

La voix tranchante du lieutenant coupa court à ses délibérations mentales :

— Madame Launay, que s'est-il passé au Jaunay ? Est-il nécessaire d'envoyer des plongeurs dans le lac à la recherche d'un corps ?

13

Une semaine plus tard, il ne restait que cinquante euros sur le compte courant de Lucille Launay. Les cinquante-neuf mille neuf cent cinquante euros pris par Isaure avaient été placés dans un coffre et enterrés dans le jardin ; la jeune femme avait bien trop peur d'un cambriolage qui la priverait de son unique moyen de subsister à l'avenir. Pour ne pas se faire repérer, elle avait résolu de partir en voiture en direction de l'Europe de l'Est, où elle prendrait un vol pour le Mexique sous le nom de Lucille. Si des poursuites devaient être entamées, il était préférable qu'elle conserve la même identité plutôt que de se trahir avec celle d'Isaure. Néanmoins, elle n'était pas aux abois, persuadée au fond d'elle-même que le lieutenant n'avait pas les moyens d'explorer le lac sans éléments tangibles et déterminants concernant la disparition de Lucille. Par précaution, elle avait cependant préféré prendre possession de l'argent à l'avance, au cas où elle serait amenée à quitter le territoire en urgence. D'ailleurs, peut-être serait-elle déjà partie si la présence de Noé ne l'avait retenue. Elle était au bord des larmes à chaque fois qu'elle évoquait leur future séparation. En fait, pour le moment elle ne pouvait même pas envisager de le laisser derrière elle sans avoir envie de hurler de rage et de désespoir ; ce bébé était devenu le sien, et quelle femme serait assez cruelle pour s'enfuir sans son enfant ? Aussi Isaure était-elle parvenue à se convaincre que Manneville ne représentait pas un réel danger, uniquement pour ne pas s'exiler sans Noé.

Dans le flou, pour ne pas céder à l'angoisse, elle combla le vide en cherchant des informations sur ce Simon Charrier dont elle avait lu l'adresse sur l'agenda de sa sœur. Il habitait Saint-Sulpice-le-Verdon, près du logis de la Chabotterie, là où avaient vécu le général Charette, héros des guerres de Vendée, l'un des grands chefs chouans, et sa famille. Isaure se demandait si elle devait le contacter afin d'obtenir des renseignements sur les liens existant entre lui et Lucille, mais en quoi cela l'aiderait-il ? Il était trop tard pour mettre Simon à contribution en lui demandant de témoigner en sa faveur puisqu'elle avait déjà donné le nom de Matthias. Matthias, qui ne l'aimait pas assez pour mentir aux gendarmes. Matthias, qui croyait à présent qu'elle entretenait deux aventures à la fois, comme une femme dans le genre de Lucille.

Par conséquent, elle fut très surprise, en se présentant à la gendarmerie pour faire la déposition sur le vol de sa moto, d'écouter le lieutenant l'informer d'un ton amer que Matthias avait corroboré ses dires : oui, en février de cette année, il avait bien reçu un appel de Lucille lui demandant s'il pouvait venir en voiture jusqu'au lac du Jaunay afin de la ramener à Nantes, où elle passerait la nuit avec Noé, en attendant de récupérer la Kawasaki le lendemain matin.

— Vous avez de la chance, déclara Manneville, visiblement mécontent.

— Vous trouvez ? fit Isaure, sans se compromettre ni hausser le ton mais en soutenant son regard noir.

Elle souhaitait ne plus jamais croiser le chemin de cet individu. Surtout ne pas triompher, se montrer humble au contraire, presque reconnaissante, afin de ne pas trop ranimer le dépit et le ressentiment qui devaient l'habiter à son égard, s'il conservait le moindre doute la concernant. Cette affaire était manifestement réglée, Diane aussi devrait se résigner à vivre avec ses soupçons. Isaure téléphonerait à Matthias pour le remercier, ou, mieux, se rendrait chez lui afin de lui prouver sa gratitude. Elle commençait à devenir paranoïaque : et si son portable avait été mis sur écoute et qu'elle gâchait tout en révélant la supercherie ? De plus, elle espérait une réconciliation totale incluant la reprise de leur liaison. Après tout, en mentant, il avait trahi ses tendres sentiments à son égard.

La jeune femme soupira de soulagement quand la messagerie de Matthias se déclencha ; sans entrer dans les détails, elle annonça qu'elle passerait chez lui dans la soirée avec Noé, espérant qu'il serait là pour l'accueillir. Elle viendrait avec assez de nourriture pour que le repas soit une fête. Puis elle hésita mais renonça au final à ajouter qu'elle apporterait toutes ses affaires, ainsi que celles de Noé, afin de dormir à Nantes. Elle n'osait pas aborder le sujet de leurs retrouvailles, de peur d'être cruellement rabrouée et de subir une déception dont elle aurait du mal à se remettre. Vu l'heure à laquelle elle arriverait, il devait bien se douter qu'elle ne repartirait pas après le dîner avec leur bébé assoupi.

Elle était en train de plier les vêtements de Noé, une fois de plus, quand son portable sonna. Maintenant, elle répondait toujours aux connaissances de Lucille, adoptant un ton naturel pour expliquer sa nouvelle situation et s'excusant pour le silence dont elle avait fait preuve à leur encontre. Et pourtant, elle tressaillit quand l'homme au téléphone se nomma. Ses mains se crispèrent sur le tee-shirt de Noé qu'elle s'apprêtait à ranger dans le sac.

— Bonjour, Lucille. C'est Simon…

— Bonjour, Simon.

Quelle coïncidence bizarre que cet individu se manifeste quelques jours après qu'elle avait entendu parler de lui pour la première fois !

— Ça fait longtemps, Lucille… Comment vas-tu ?

— Bien, bien… Et toi ?

— Pas trop mal.

Toutes ces banalités ne lui apprenaient rien sur le motif du coup de fil de cet homme qui avait, semble-t-il, joué un grand rôle dans la vie de sa sœur. Il fallait qu'il parle car elle ne savait pas quoi dire à cet inconnu, un intime de Lucille. Elle risquait à tout moment de proférer une bêtise.

— Il se trouve que Matthias m'a appelé.

— Matthias ? répéta Isaure, ahurie.

Au moins, sa stupéfaction était crédible.

— En personne. Et il était plutôt de méchante humeur, m'accusant de t'avoir revue il y a quelques mois et entraînée dans une de mes affaires scabreuses, je le cite. Je lui ai fait savoir que c'était faux, sans le convaincre. Que se passe-t-il, Lucille ?

Elle se mit à réfléchir à toute vitesse.

— Rien de grave…

Elle inspira profondément, en manque d'oxygène. La bougie parfumée à la cannelle qui diffusait sa fragrance de cannelle dans la maison la fit suffoquer. Sur le point de tousser, elle proposa à Simon de patienter quelques instants, sous le prétexte fallacieux que la sonnette de la porte d'entrée venait de tinter. Il y consentit et elle coupa vite la communication. L'air se raréfiait, un poids comprimait sa poitrine. Identifiant une crise d'angoisse, autrefois familière, elle se força à marcher d'un pas tranquille jusqu'à la cuisine, où elle but un verre d'eau en tentant de reprendre ses esprits. Fermant les yeux, elle se concentra plusieurs minutes sur des images riantes comme celle de Noé dormant paisiblement dans son petit lit. Peu à peu, les battements de son cœur s'espacèrent, son sentiment d'anxiété diminua puis disparut. Elle reporta son regard sur les objets familiers de la demeure et sollicita toutes ses forces pour encaisser le nouveau coup du sort qui venait de la frapper.

Son premier réflexe fut de s'adresser à Matthias pour connaître la raison de son geste, mais elle se ravisa en songeant à la jalousie dont il avait fait preuve en évoquant Simon ; pas la peine qu'il apprenne le retour de ce dernier dans sa vie. Si elle s'écoutait, Isaure continuerait à remplir son sac sans plus penser à Simon et au fait qu'elle était censée se remettre en contact avec lui. Néanmoins, cette attitude ressemblait trop à celle des débuts, quand elle était terrifiée par la moindre réminiscence du passé de Lucille. A présent, après tout ce qu'elle avait surmonté, elle était en mesure d'affronter cet individu. Elle aurait fait le tour des connaissances et amis de sa jumelle, elle pourrait enfin profiter du présent sans craindre de le voir brisé en éclats par quelqu'un comme Simon.

Elle s'apprêtait à transporter ses bagages dans la voiture quand son portable retentit encore, affichant le numéro de Simon Charrier. Elle décida de répondre.

— Oui, Simon. Excuse-moi, j'ai eu de la visite…

— Je te dérange ? J'avais peur que tu ne donnes plus signe de vie, comme la dernière fois.

Isaure enregistra l'information ; Lucille ne désirait donc plus fréquenter son amant.

— Pour en revenir à Matthias, il a dû témoigner en ma faveur au sujet du vol de ma moto que je n'avais pas signalée à la gendarmerie. Trop long à t'expliquer. Pour faire court, les gendarmes se demandaient pourquoi j'avais gardé le silence. Pratiquement, il me fallait un alibi ! Bref, Matthias a confirmé que j'avais passé la nuit à Nantes le soir des faits.

— Je n'ai pas tout compris, mais en quoi cela me concerne ?

— Matthias a cru que tu étais mêlé à cette histoire, qu'il jugeait louche.

— Louche, elle l'est, oui. Jure-moi que tout va bien…

— Ne t'inquiète pas. On m'a volé ma Kawasaki, c'est tout. D'ailleurs, les responsables ont été retrouvés et je vais récupérer la moto.

— Alors, ton mec est toujours aussi pénible ? ironisa Simon. Tu lui as dit que tu me battais froid depuis la naissance de Noé ?

— Bien sûr. Il a été rassuré.

— Pas tant que ça, puisqu'il a jugé bon de m'insulter au téléphone.

— Je suis désolée, Simon.

Isaure désirait clore la conversation sans pour autant trahir son embarras ni se montrer impolie.

— J'ai réfléchi, depuis tout à l'heure. Il me semble que le jour du vol de la moto correspond à celui où nous devions dîner ensemble au restaurant Thierry Drapeau. Tu n'es jamais venue au rendez-vous, pas davantage que tu n'as répondu à mes messages. Sans doute étais-tu perturbée par toute cette histoire…

— Exact, répondit Isaure au hasard.

Elle commençait à avoir l'habitude des situations étranges et périlleuses, mais son cœur n'en tressauta pas moins dans sa poitrine.

— Je dois raccrocher, ajouta Simon, mais je serais heureux de te revoir, depuis le temps. Ça te dirait de venir manger à la maison un soir de la semaine avec Noé ?

— Oui, oui… Ecoute, je te rappelle pour parler de tout ça.

— Comme tu veux.

— A bientôt, Simon.

Isaure coupa la communication et fixa le mur face à elle d'un regard éteint. Puis, comme si une décharge électrique lui traversait le corps, elle bondit sur ses pieds et se précipita dans sa chambre, où elle conservait l'agenda de Lucille. Elle l'ouvrit à la funeste date de février et contempla d'un air égaré la note inscrite en noir de l'écriture trop grande et brouillonne de sa jumelle : DINER SIMON. Comment cette information avait-elle pu échapper à son attention ? Ainsi, Lucille avait pour projet de rencontrer Simon quelques heures avant qu'elle ne trouve la mort dans les eaux du Jaunay ? Et, à en croire le nom du restaurant, Simon appréciait encore assez sa sœur pour lui offrir un établissement étoilé. Désemparée, Isaure retourna s'asseoir sur le canapé afin d'écouter tous les messages du portable de Lucille. Elle constata avec dépit que ceux de Simon n'avaient pas été conservés dans la mémoire et elle ignorait la manière de les retrouver, si même cette opération était possible, lui semblait-il. Après avoir jeté un œil sur Noé qui jouait dans son parc, elle entreprit de fouiller les affaires de Lucille, à la recherche d'autres photos de Simon. Qu'elle sache au moins à quoi il ressemblait et s'il s'agissait bien du même homme entraperçu en compagnie de Lucille sur la photo prise du côté de Rocamadour. Au moment de déménager, Isaure avait fait transporter tous les biens de la maison d'Yeu ici puisque Lucille aurait agi de la sorte. Elle se promettait toujours de faire du tri et de porter une partie de ces souvenirs à la déchetterie, cependant elle ne réussissait jamais à rassembler suffisamment de courage pour affronter le passé en fouillant parmi les reliques.

Il lui restait un peu de temps avant de partir pour Nantes, elle persévéra dans sa quête d'un portrait de Simon. Toujours originale, Lucille n'avait pas classé ses photos dans des albums, elle les avait laissées en vrac dans une petite valise ancienne. Il y en avait d'ailleurs assez peu, l'ère du numérique ayant depuis longtemps chassé la version papier. Isaure ne s'attarda pas sur les photos de leurs parents, des jumelles ensemble, enfants puis adolescentes, trop de douleur s'y rattachait. Elle se concentra sur sa recherche et ne tarda pas à dénicher plusieurs clichés de Lucille et de Simon. Le prénom de ce dernier était indiqué derrière, avec le nom du lieu où la photo avait été prise : Deauville, à nouveau Rocamadour, Gruissan, et même le Viêtnam ! Le couple semblait partager le goût des escapades et des voyages.

Soudain, la jeune femme tomba en arrêt sur un selfie montrant sa sœur enceinte. Son ventre rond la rendait plus humaine, presque touchante. Son air serein, aux frontières de l'extase, témoignait de son bonheur d'être bientôt mère. Isaure avait du mal à faire le lien entre cette femme épanouie et fragile à la fois et la sœur que le destin lui avait donnée. Mais ce qui la cloua de stupeur, davantage que l'état béat de Lucille, fut la présence à ses côtés de Simon et surtout l'attitude de ce dernier. Il riait franchement face à l'objectif. Encore une fois, plus que la mine joviale de ce Simon, c'était son geste qui la surprenait : une main posée sur le ventre proéminent de Lucille, comme s'il était le père de l'enfant à naître ! Isaure secoua la tête pour écarter cette vision mais l'image persista, si parlante, celle d'un couple à la veille d'un heureux événement. Se fourvoyait-elle ? Ce n'était peut-être que deux amis chers, heureux d'exprimer joie et complicité. Ou bien tout autre chose… Et dans ce cas, si Matthias l'apprenait, son antipathie envers Simon pourrait bien se muer en haine.

Décidée à en apprendre davantage sur les rapports unissant sa sœur à Simon, Isaure plongea les mains dans le paquet de photos et en trouva une nouvelle sur laquelle le couple posait devant une plage. Lucille était en maillot de bain et Simon en tenue de plongée. Il avait ôté son masque pour lui sourire. La retournant, Isaure lut d'une écriture soignée qui n'appartenait pas à Lucille : *Ile Maurice, été 2005*. La jeune femme se demanda soudain pourquoi Diane n'avait jamais évoqué ce Simon qui semblait tenir pourtant une place importante dans l'existence de son amante. Impossible de se renseigner auprès de cette folle qui ne désirait que sa perte. Aucune charge n'étant retenue contre elle, Isaure souhaitait surtout oublier tout cela. Elle avait une nouvelle fois renoncé au projet de fuir uniquement pour rester auprès de Noé. Elle espérait ne plus faire l'objet de soupçons et demeurer sous l'identité de sa jumelle jusqu'à son dernier souffle. Matthias ayant témoigné en sa faveur, qui mettrait en doute ses allégations ? A l'opposé, le récit de Diane paraissait pure invention. Elle pouvait être tranquille, du moins l'espérait-elle.

Constatant que le temps passait trop vite, Isaure rangea la valise et rassembla ses sacs avant de se rendre chez Matthias.

Son portable sonna au moment où elle s'apprêtait à quitter la maison. Le nom de son amant s'affichait sur l'écran.

— Oui, Matthias.

— Bonsoir, Isaure. J'ai eu ton message. Je ne serai pas chez moi ce soir. Es-tu déjà en route ?

— J'allais partir.

— Ecoute, ce serait mieux d'y renoncer. Ce sera pour une autre fois.

— D'accord.

Elle aurait voulu le remercier mais elle n'osait pas évoquer l'affaire au téléphone.

— Je te suis très reconnaissante pour ton aide.

— Je l'ai fait pour toi mais surtout pour Noé. J'ignore ce qui se passe exactement…

— Parlons plutôt de ça quand on se verra. Puis-je venir demain avec Noé ?

— Je ne suis pas libre non plus. Je t'appelle plus tard.

Elle raccrocha avec un sentiment de tristesse. Matthias l'avait secourue, néanmoins il n'avait pas l'intention de poursuivre leur liaison. Il n'était pas près de lui offrir une nouvelle bague, comme il l'avait promis ! Peut-être même avait-il rendez-vous avec une autre femme. Isaure était devenue *persona non grata*.

Dépité, le lieutenant Manneville ne voulait pourtant pas lâcher l'affaire. Quelque chose lui soufflait à l'oreille que Matthias Guérin mentait pour protéger la mère de son fils, quelque chose de l'ordre de l'intime conviction, malaisé à expliquer mais suffisamment tangible pour lui infliger des tourments, des regrets, et même une certaine colère. Cette enquête, destinée à le propulser vers les sommets, tournait court avant même d'avoir commencé. Certes, il travaillait sur d'autres affaires, mais moins passionnantes, et son esprit revenait toujours à Isaure (il ne l'appelait jamais Lucille), cette femme déroutante, fragile et forte à la fois, touchante parfois mais aussi machiavélique, dont il aspirait à briser l'armure pour connaître ses secrets. Conscient que s'acharner sur elle ne lui apporterait que des ennuis, il avait à nouveau lu tous les documents en sa possession relatifs à elle et à Lucille. Il avait alors décidé de rencontrer ce Régis Varon qui avait connu Isaure. Sa carte professionnelle lui ouvrirait la porte du peintre et il invoquerait la disparition d'Isaure pour justifier ses questions. Il pourrait même se faire passer pour un détective privé que Lucille aurait chargé de retrouver sa sœur. Il ne lui serait pas difficile de se fabriquer une fausse identité et d'inventer le nom d'une société. Après réflexion, Manneville décida en fin de compte de garder son identité de gendarme.

Régis Varon avait depuis longtemps vendu sa maison de l'île d'Yeu. Raoul nota que cette transaction avait eu lieu peu après le départ précipité d'Isaure, ce qui ne manqua pas de l'intéresser. Existait-il un lien entre la fuite de la jeune fille et le célèbre peintre ? Certes, il ne l'avait pas suivie ; il vivait depuis lors une bonne partie de l'année dans son appartement parisien. Quelques années après s'être séparé de sa résidence secondaire de Vendée, il en avait acheté une autre, près de Deauville. Le couple qu'il formait avec Carlita Mehrstein s'était disloqué l'année de la liquidation de la maison d'Yeu. Etranges, tous ces faits importants survenant dans le sillage de la fugue d'Isaure… Intrigué aussi par le nom de la compagne de Régis, Raoul fit des recherches sur son ordinateur et apprit son origine tzigane. Après avoir réfléchi à sa nouvelle récolte d'informations, il décida de prendre quelques jours de congé lors des ponts de mai pour se rendre dans la capitale afin d'interroger l'artiste.

Dans ce but, il voulut l'appeler, mais ce dernier, distingué par de nombreux prix et nanti d'une renommée internationale, était sur liste rouge, évidemment.

Prévoyant des complications s'il passait par son agent et chassant ses scrupules, Manneville fit intervenir ses relations pour obtenir le numéro directement de l'opérateur.

Puis il attendit l'heure du déjeuner, au moment où les bureaux autour de lui se vidaient, pour se mettre en communication avec lui.

— Bonjour, monsieur Varon, ici le lieutenant Manneville, de la gendarmerie de Noirmoutier. Je vous appelle dans le cadre d'une enquête sur la disparition d'une certaine Isaure Martineau que vous avez connue autrefois.

Long silence au bout du fil puis la voix grave du peintre répondit :

— En effet, je me souviens. Mais c'est loin…

— Plus de vingt ans en arrière. Pourrions-nous nous rencontrer afin d'en parler ?

— Bien sûr, mais que se passe-t-il exactement et quel est mon rôle dans tout ça ?

— Pour moi, vous êtes un témoin dans cette enquête. Lucille Launay, la sœur d'Isaure Martineau, souhaite savoir ce qu'il est advenu d'elle.

— Lucille ?

— Vous la connaissez aussi ?

— Très peu.

— Nous évoquerons tout cela lors de notre rendez-vous. Quand pouvez-vous vous libérer ?

Lorsque Manneville raccrocha, il souriait. Il avait le sentiment que son entrevue avec Régis Varon ne serait pas vaine.

En fin de journée, sur la route de son domicile, il opta pour un détour par le Bois de la Chaise. Sa voiture longea quelques moulins, la plupart en ruine, à l'exception de ceux transformés en lieux de vacances. Une vingtaine de moulins résistaient sur l'île alors qu'il en existait encore quarante-huit à la fin du XVIIIe siècle. Raoul Manneville était né ici, il y avait presque toujours vécu et seul son parcours professionnel l'avait parfois obligé à quitter Noirmoutier. N'ayant jamais fondé de famille, personne ne l'attendant à la maison, il prolongeait souvent son trajet par un arrêt en bord de mer ou une petite marche en forêt. A ses yeux, c'était à chaque fois un plaisir renouvelé de contempler ce paysage changeant, bois de conifères, marais sillonnés de canaux où il croisait des chevaux blancs comme en Camargue, de respirer le parfum du mimosa, la fleur emblématique de l'île, de fouler hors saison le sable des plages s'étendant à l'infini.

Ce soir-là, en dépit du bonheur qu'il éprouva à ce rituel, son esprit avait du mal à s'y abandonner. Il restait concentré sur les méandres de « l'affaire des jumelles », nom qu'il lui avait donné. Manneville n'était pas dupe : s'il se passionnait pour cette histoire, malgré des soupçons qui reposaient sur peu de chose, c'était en raison d'une enquête datant de l'époque de sa mutation de deux ans à Nantes, durant sa jeunesse. Il avait été pris en défaut parce qu'il lui était intolérable d'imaginer qu'une femme puisse se rendre coupable de maltraitance sur son enfant. Tous ses soupçons avaient pesé à tort sur le père, jusqu'à ce qu'un collègue lui apporte la preuve que les sévices étaient bien l'œuvre de la mère. Depuis lors, il s'était juré de ne pas s'autoriser à émettre des réserves en rapport avec le sexe, l'âge ou le milieu d'un individu, même si les statistiques penchaient en faveur des uns ou des autres. Sous ses dehors fragiles, Isaure était susceptible de dissimuler une âme monstrueuse. Raoul se souvenait avec une certaine amertume de son empathie envers la mère éplorée qui disait ignorer les agissements de son mari. La petite fille était morte des tortures infligées. Et le futur lieutenant avait perdu son innocence.

Il se gara de façon à contempler le jardin et la maison d'Isaure. Sa voiture était dans l'allée, elle devait donc être présente, à moins qu'elle ne soit sortie à pied. Aucune lumière aux fenêtres de la façade, mais il faisait encore jour. Manneville alluma la radio et se prépara à une longue attente dont il n'espérait pourtant rien. Cependant, au bout d'une petite heure, il se passa enfin quelque chose : comme la nuit commençait à tomber, une vive lueur apparut dans l'une des pièces de la demeure. Il eut le temps d'apercevoir la silhouette de la jeune femme fermant les rideaux. Mais surtout, derrière elle, un tableau sur un chevalet. Elle était en train de peindre quand le manque de luminosité l'avait contrainte à allumer le lustre. Avec un sursaut d'excitation, Manneville songea à Lucille Launay, qui ne possédait pas la fibre artistique. Sa jumelle, en revanche…

14

L'appartement de Régis Varon se situait dans les beaux quartiers de Paris. En pierre de taille, l'immeuble trahissait l'opulence, dans une rue calme du 16e arrondissement. L'entrée au sol et aux murs de marbre était gigantesque et pourvue d'un cerbère en la personne du concierge, qui s'enquit de la raison de la présence de Manneville dans les lieux d'une voix presque cérémonieuse. Des caméras suivirent sa progression. Le lieutenant eut envie de sourire en songeant à l'antagonisme existant entre ce lieu et la réputation sulfureuse de l'artiste qu'il venait voir. A la soixantaine, Régis Varon s'était installé dans un confort luxueux, bien loin du rock'n'roll de sa jeunesse. S'il continuait à poser pour les magazines dans des tenues excentriques, prônant dans ses discours une liberté de mœurs qui participait à son aura, la réalité était tout autre. La domestique qui ouvrit la porte à Manneville, le vaste salon au plafond haut et aux moulures d'époque dans lequel elle l'introduisit, tout cela renforçait cette impression.

Il mit à profit ces quelques minutes de solitude pour contempler le décor bourgeois qui l'entourait, les meubles qui auraient eu leur place dans un château, la vaisselle précieuse derrière les vitres, les tapis de prix sur le parquet en point de Hongrie… Les tableaux plutôt surréalistes, œuvres de Varon et d'autres artistes de la même sensibilité, lançaient une note discordante au sein du cadre figé dans le temps. Raoul Manneville n'aurait jamais imaginé le peintre évoluant ici, il avait envisagé un loft doté de meubles industriels et de poutres apparentes dans un quartier branché de Paris. L'envie incongrue de rire sous cape lui venait en songeant combien les apparences étaient trompeuses.

Varon ne tarda pas à apparaître. Une nouvelle surprise attendait Raoul. Au lieu du vieux beau qu'il escomptait, il se trouva face à un homme se déplaçant avec une canne, le visage marqué par la maladie ou les séquelles d'un grave accident. Gêné, le lieutenant se leva du fauteuil où l'employée l'avait invité à s'asseoir avec la précipitation d'une auxiliaire de vie face au client grabataire dont elle doit s'occuper.

Régis Varon le dissuada d'approcher d'un moulinet de son bras qui ne reposait pas sur la canne.

— Je vous en prie, restez assis. Comme vous pouvez le constater, je suis plutôt mal en point pour mon âge, mais on veille sur moi avec tout le respect que mon illustre personne inspire !

Le lieutenant salua la plaisanterie d'une crispation de mâchoire tout en tendant la main à son hôte. La pression en était faible, ce qui ne le rassura pas sur son état. Régis Varon prit place en face de lui, et la domestique revint avec un plateau, des tasses, du café, et même des parts de cake, le tout dans une ambiance à la *Downton Abbey*.

— Merci, Anne-Lise.

Même l'employée avait un prénom issu de la haute société.

Celle-ci sortie, Régis Varon s'adressa à son visiteur d'un ton affable :

— Vous souhaitiez m'entretenir d'Isaure et de Lucille Martineau… J'espère pouvoir vous renseigner, bien que nos relations se soient interrompues il y a une vingtaine d'années, quand j'ai vendu ma maison de Vendée.

— Vous n'avez pas paru surpris, au téléphone, lorsque j'ai évoqué la disparition d'Isaure. Vous étiez donc au courant ?

Régis en convint tout en servant café et gâteau d'une main un peu tremblante.

— Oui, je l'ai appris peu avant mon départ de l'île par la mère des jumelles, Emilie Martineau, qui pensait que, peut-être, je savais où se trouvait sa fille. Mais je l'ignorais, évidemment.

— Vous l'aviez connue comment ?

— C'est Emilie qui nous avait présentés l'un à l'autre. Enfin, j'avais bien dû la croiser sur l'île avant. Mme Martineau désirait avoir mon avis sur les tableaux de sa fille. La petite peignait, plutôt bien d'ailleurs, sans pour autant montrer la qualité et l'originalité d'un grand artiste en devenir. J'ai tenté de ne pas la blesser, tout en me refusant à lui laisser nourrir de faux espoirs. Ai-je échoué ? (Il soupira.) Pourtant, je n'ai pas économisé ma peine en acceptant de lui donner quelques cours. Quand j'ai appris qu'elle avait disparu, j'ai regretté d'avoir porté un jugement qu'elle aurait à tort estimé sévère. J'espère qu'elle n'était pas dépressive et que mes paroles n'ont pas contribué à la perturber encore plus.

— Vous pensez qu'elle aurait pu fuguer par désespoir de n'être pas reconnue comme une vraie artiste ?

Varon s'abîma dans un court silence. Puis :

— Je ne peux pas vous répondre. Si elle a bien fugué, comme vous le dites, la raison devait être plus grave. Des problèmes familiaux, ou elle aura suivi un garçon. De toute façon, elle avait un bon coup de crayon. Elle aurait pu progresser en s'accrochant, c'est ce que je croyais lui avoir fait comprendre en lui enseignant l'art de peindre, mais sa mère était très dure. On aurait dit qu'elle ne parvenait pas à lui pardonner sa déception. En toute honnêteté, Emilie Martineau n'était pas une femme très sympathique, et cela ne m'étonnerait guère qu'Isaure soit partie pour se libérer de son influence néfaste. Aujourd'hui, on l'appellerait un être toxique, une sorte de perverse narcissique. Enfin je ne suis pas psy, mais c'est ainsi que je vois les choses.

— Et le père ?

— Jean Martineau était un homme réservé, effacé même, dans l'ombre de son épouse sans doute. Nous nous croisions peu. Bonjour, bonsoir, rien de plus.

Le lieutenant commençait à cerner le couple formé par les parents des jeunes filles. Il en vint au cœur de l'affaire :

— Isaure et Lucille s'entendaient-elles bien ? On dit les jumeaux fusionnels…

Régis Varon marqua une hésitation, imperceptible pour la majorité des gens mais qui n'échappa pas à la vigilance de Manneville, aguerri à remarquer ce genre de détails lors des interrogatoires.

— Eh bien, détrompez-vous. Si elles étaient identiques physiquement, leurs natures différaient au point qu'elles en devenaient presque incompatibles. Isaure était douce, timide, alors que sa sœur possédait une force de caractère peu commune, qu'elle ne mettait pas toujours à profit pour faire le bien.

— Mais encore ? s'enquit Manneville, très intéressé, sans pouvoir s'empêcher de contempler par instants la jambe droite de son interlocuteur, qui s'agitait d'une manière sporadique comme s'il était nerveux.

— Elle rendait fous certains jeunes hommes, si vous voyez ce que je veux dire, et pas que les jeunes d'ailleurs. Mon fils en a fait les frais quand il est venu en vacances sur l'île un été. Et puis, elle rabaissait souvent Isaure d'une manière cruelle. Tout cela, je le sais de Marc, car vous imaginez bien que je ne fréquentais pas cette bande d'ados.

— Votre fils, Marc… Il pourrait aussi m'accorder un entretien ?

— J'ai bien peur que non. Il vit aux Etats-Unis depuis dix ans. Marc travaille à la Bourse de New York, expliqua Régis Varon en grimaçant comme s'il avouait qu'il sortait de prison.

— Vous y voyez un inconvénient ? fit Manneville en balayant le salon fastueux du regard. Après tout, lui aussi gagne de l'argent.

Il regretta aussitôt son ironie, mais Varon possédait le sens de l'humour, et surtout il semblait accepter qu'on se moque de lui avec une bienveillance que son interlocuteur apprécia. Le peintre lui faisait une très bonne impression. Il se livrait sans réticence et ses propos semblaient sincères.

— Touché ! J'aurais aimé qu'il suive mes traces, comme tous les pères. Et puis, je lui en veux d'avoir émigré si loin. Je le vois peu et c'est mon fils unique. Depuis que je suis malade…

Régis Varon s'interrompit. L'espace d'une seconde, ses traits exprimèrent un pathétique désespoir.

— Parkinson, dit-il laconiquement. Difficile d'exercer mon métier, à présent.

Et il en revint au sujet de leur discussion :

— Personne n'a eu la moindre nouvelle d'Isaure depuis son départ ?

— Non. Les parents des jumelles sont morts sans avoir revu leur fille.

— Mais la succession qui lui revenait ?

— Elle a été bloquée pendant dix ans, comme l'exige la loi. Lucille a hérité quand Isaure a été considérée comme défunte. A l'époque de sa disparition, on aurait pu faire des recherches à son sujet. Un généalogiste s'en serait chargé, mais Lucille ne l'a pas souhaité. Cette dernière s'est mariée avec un homme richissime, qui est décédé prématurément. Il lui a légué ses biens. L'argent n'est pas un problème pour elle.

Le ton agressif du lieutenant sembla frapper l'artiste.

— Vous ne l'aimez pas beaucoup, on dirait…

Manneville tenta de se ressaisir :

— Lucille Launay n'est pas mon genre de femme…

— Reprendrez-vous du café ? demanda Régis Varon sans réagir à la remarque.

Son visiteur accepta l'offre.

— Vous savez, reprit le peintre, je crois qu'Isaure est décédée. Elle était si peu armée pour parcourir seule le monde… J'ai du mal à croire qu'elle ait pu prendre l'initiative de disparaître ainsi, avec l'incertitude et les périls que cela engendre quand on est une jolie jeune fille timide, sans expérience de la vie ni métier.

— Vous pensez qu'elle aurait pu être enlevée et tuée ?

Régis Varon sourit malgré la gravité de la question.

— Sur l'île d'Yeu ? Guère probable. Non, je suis d'avis qu'elle a subi la mauvaise influence de quelqu'un, un garçon sans doute. Et qu'elle a accepté de le suivre sur le continent. A partir de là, tout est possible. Mais j'ai peur que rien de bon ne sorte de cette affaire. Au bout de vingt ans et connaissant la nature d'Isaure... J'espère avoir réussi à vous aider, lieutenant. Tout cela est loin.

— J'aurais besoin des coordonnées de Carlita Mehrstein.

Régis Varon parut surpris et même ennuyé. Il haussa les épaules en se servant à nouveau de cake.

— Le seul plaisir qui me reste, grimaça-t-il. Hélas, je n'ai plus l'adresse de Carlita. Nous avons rompu il y a longtemps. Ma compagne d'alors était d'origine tzigane, elle a dû rejoindre sa communauté.

— Vous n'avez eu aucune nouvelle d'elle depuis votre séparation ? s'exclama Manneville, étonné.

— Non, répondit Régis Varon.

Manneville entamerait néanmoins des recherches sur cette Carlita, laquelle jouerait peut-être un rôle important dans le dénouement de ce mystère.

— Je vous remercie de m'avoir reçu, monsieur Varon.

— Je reste à votre disposition, lieutenant. J'aimerais être informé si vous retrouvez Isaure. J'ai de la peine pour elle, même si je l'ai peu connue.

— Je ne manquerai pas de vous tenir au courant.

Ils se serrèrent la main, Manneville prenant garde à réfréner sa force face à cet homme affaibli. Puis il se retrouva sur le trottoir, en proie à l'excitation. Il allait se connecter à Internet dans sa chambre d'hôtel réservée pour une nuit afin d'obtenir, il l'espérait, des renseignements sur Carlita Mehrstein. Et aussi sur le fils de Régis, ce Marc Varon qui vivait et travaillait de l'autre côté de l'Atlantique.

Après le départ de Manneville, Régis Varon se reposa un peu dans son salon. Feignant d'être plongé dans un livre pour ne pas donner prise à la sollicitude de sa domestique, qui faisait surtout office d'aide-soignante, il se mit à revivre la scène, se remémorant ses paroles et les commentaires du lieutenant. Selon lui, tout s'était bien passé. Son témoignage possédait des relents de sincérité, il était convaincu que son interlocuteur l'avait pris au sérieux. Dans le cas contraire, il serait difficile à ce dernier de prouver qu'il dissimulait la vérité, les protagonistes de l'époque étant insaisissables. Le peintre était persuadé que Manneville renoncerait à se rendre aux Etats-Unis afin d'interroger Marc. Quant à ses recherches concernant Carlita, elles n'aboutiraient pas. Retrouver les traces d'une Tzigane était mission impossible. Retranchée chez les siens, c'était comme si elle vivait sur une autre planète. Manneville n'avait aucune chance de parvenir à la questionner un jour au sujet de cette histoire vieille de vingt ans, pas plus qu'il ne pourrait tirer les vers du nez à Marc au cas, peu probable, où la police lui paierait ses frais de déplacement : son fils demeurerait farouchement mutique car il avait trop à perdre en s'épanchant. Même si Régis regrettait d'être éloigné de ses deux petits-enfants, la présence de Marc ne lui manquait pas. Ce dernier avait été à l'origine de leur départ de l'île d'Yeu, de la vente de la maison, et surtout de sa rupture avec Carlita, une vraie douleur. La jeune femme n'avait pas pu supporter la passivité de son amant.

L'artiste ne s'alarmait donc pas, même si l'appel de Raoul Manneville l'avait secoué. Il pensait encore souvent à Isaure – comment aurait-il pu l'oublier ?

Au bout de deux semaines sans nouvelles de Manneville ni de Matthias, Isaure se sentait à la fois soulagée et triste. La justice avait peut-être renoncé à enquêter sur elle. Néanmoins, en raison même du témoignage illicite qu'elle lui avait extorqué, son amant refusait de renouer avec elle. Aussi s'efforçaitelle d'accepter cet échec sentimental, un de plus, en consacrant sa vie à Noé. Ce fut dans cet état d'esprit singulier et paradoxal qu'une rencontre avec Simon eut lieu. Isaure ne l'avait jamais rappelé et son anxiété était tenue en éveil à l'idée qu'il puisse chercher à revoir Lucille coûte que coûte. Un danger auquel elle était préparée, même si elle espérait se tromper.

Simon lui donna rendez-vous dans un hôtel de Noirmoutier-en-l'Ile. Certains clients retardataires y prenaient encore leur petit déjeuner, dans la salle prévue à cet effet. Isaure s'installa dans un fauteuil club face à une table basse, au milieu d'un vaste salon où un couple d'Anglais consultait de la documentation touristique en buvant du thé. Situé juste devant le château médiéval de Noirmoutier, comme son nom, l'Ile O Château, l'indiquait, le lieu possédait une décoration à la fois tendance et chaleureuse, tout en tons gris et blancs, bois et matières naturelles. Malgré son appréhension, la jeune femme s'y sentit tout de suite bien et salua le choix de Simon. Elle commanda un café et attendit, elle avait un peu d'avance. Elle désirait voir arriver l'inconnu qui avait tant compté dans l'existence de sa sœur plutôt que d'avancer vers lui, à découvert. Et pourtant, quand il pénétra dans la pièce, elle eut un sursaut et réprima un cri de surprise. L'homme correspondait bien à celui de la photo, mais quelque chose lui avait échappé alors : il ressemblait à Noé, ou plutôt l'enfant possédait les traits de celui qui ne pouvait être que son père. S'efforçant de masquer son étonnement, Isaure sourit et se leva à son approche. Il portait une tenue sportive et élégante à la fois, pantalon de coton noir et polo Lacoste. Isaure se demanda s'il ne la rejoignait pas après une partie de golf en notant l'extravagance de ses chaussures blanches. Le soleil vint soudain frapper sa chevelure châtain, soulignant les quelques mèches grises qui la parsemaient et l'éclat de ses yeux verts, du même vert que ceux de Noé. Certes, les iris de Matthias étaient noirs mais Lucille, de même qu'Isaure, les avait verts aussi, et la jeune femme avait été trompée par la loi de Mendel. Elle ne doutait plus à présent de la paternité de Simon, toutefois était-il au courant, ainsi que Matthias ?

Etrangement, tandis qu'elle l'embrassait, Isaure jeta un regard furtif sur le miroir adossé à la cheminée pour vérifier son aspect comme si elle concourait face au jury de Miss Vendée. Ce qu'elle aperçut la rassura sur sa séduction, même si elle regrettait de n'avoir pas utilisé davantage de fard. Sa pâleur la gênait, en lui rappelant les remarques d'autrefois à son encontre : « Tu as une petite mine, Isaure… ». Néanmoins, elle ne paraissait plus constamment épuisée, comme lorsqu'elle travaillait d'arrache-pied pour un ersatz de salaire.

Simon se laissa tomber dans son fauteuil avec un soupir d'aise, tout en priant la serveuse de lui apporter un espresso.

— Heureux de te revoir, Lucille.

— Moi aussi. Que deviens-tu ?

Elle commençait à manier la dissimulation et la ruse à la perfection.

— Toujours dans le golf, comme tu le constates.

— Et ça marche ? demanda la jeune femme, qui voulait savoir s'il l'exerçait d'une façon dilettante ou professionnelle.

— Le planning des cours est rempli depuis les beaux jours, je n'ai pas à me plaindre. Et toi ? Tu n'as pas envie de t'y remettre ?

Isaure haussa les sourcils en cherchant quoi répondre. Simon était-il lui-même moniteur ou bien gérait-il un club ? Il était évident que sa jumelle avait dû exceller dans ce sport alors qu'Isaure n'avait jamais pratiqué une telle activité, bien trop onéreuse pour sa bourse.

— Pourquoi pas ? Nous verrons, éluda-t-elle, prudente.

La plongée, le golf… Elle comprenait ce qui avait rapproché Lucille de cet homme qui semblait partager sa passion du dépassement de soi.

— Comment va Noé ?

— Il pousse trop vite !

Afin de se rendre à son rendez-vous, Isaure avait fait appel aux services d'une baby-sitter recrutée au sein d'un organisme officiel qui alliait le sérieux à la discrétion. En dépit de la solitude qui lui pesait parfois, elle jugeait son absence de liens sociaux plus raisonnable dans sa situation.

— Ainsi, tu as quitté l'île d'Yeu pour Noirmoutier...

Elle dut réitérer ses explications concernant le bien-être de Noé favorisé par le pont reliant l'île au continent. Simon approuva.

Elle trouvait de l'agrément à la conversation. Simon s'intéressait à elle sans poser trop de questions embarrassantes. Elle en oubliait de simuler et s'abandonnait au plaisir de bavarder. A l'exception de Matthias, avec qui toute tentative de rapprochement paraissait désormais compromise, elle n'entretenait de relation qu'avec un enfant de moins de un an : qui ne se sentirait pas frustré à sa place ? De plus, à aucun moment Simon n'évoqua le coup de téléphone de Matthias et les raisons singulières qui en étaient à l'origine, comme s'il respectait ce secret. Et même si elle aurait dû lui fournir une explication, le fait qu'elle se taise ne semblait pas le gêner. Il n'aborda pas le sujet. A la fin de leur entrevue, il proposa qu'ils dînent ensemble un soir de la semaine et, rassurée par sa délicatesse, Isaure accepta de lui consacrer une soirée.

Diane ne décolérait pas. Traquer Isaure, la confondre et la faire inculper était devenu son obsession. Elle était furieuse du désintérêt de la gendarmerie face à son témoignage, de son emploi du temps chargé et de la distance géographique qui la séparait de son ennemie, toutes choses l'empêchant d'agir. Elle se sentait comme un malade prisonnier d'une chambre stérile. Aucune idée ne se présentait à elle pour parvenir à ses fins. Elle avait bien pensé appeler Matthias, mais ce dernier ne lui inspirait pas assez confiance. N'était-il pas déjà au courant de l'usurpation d'identité ? Ne s'était-il pas rangé du côté d'Isaure en poursuivant leur liaison ? Difficile de croire qu'il n'ait pas conçu des doutes sur la personne qui partageait son lit, et pourtant Diane n'était sûre de rien. Peut-être était-il lui aussi victime du piège fabriqué de toutes pièces par cette femme machiavélique. Ne sachant pas si Matthias avait déjà choisi son camp ou demeurait dans l'ignorance du plan diabolique ourdi par sa maîtresse, Diane n'osait lui parler. Elle ne pouvait pas davantage s'épancher auprès de ses amis et connaissances sans provoquer la stupeur et passer pour une affabulatrice, une déséquilibrée que son divorce entraînait vers la folie. Menacer Isaure à son domicile ne mènerait pas à grand-chose, sans compter que celle-ci pouvait pousser l'audace jusqu'à porter plainte contre elle pour harcèlement et diffamation. Rythmée par sa frustration qui tournait à une rancœur féroce, la vie de Diane devenait un enfer.

Matthias, qui ne soupçonnait pas le moins du monde Lucille d'être Isaure, n'en était pas moins furieux contre elle. Il avait livré ce faux témoignage, mais ce service serait bien le seul qu'il lui rendrait encore. Certes, il maintiendrait des relations avec elle pour Noé, toutefois leur liaison était désormais bel et bien terminée. Jamais plus il ne succomberait à son désir de coucher avec elle, elle qui avait si peu de considération pour lui, qui le trompait avec son rival de toujours, ce Simon tant haï. La seule pensée de cet homme faisait monter en lui une vague de rage difficile à contenir. Il était apparu à maintes reprises dans sa vie pour la gâcher, et cela semblait sans fin. Il devait limiter ses relations avec Lucille au strict minimum, c'est-à-dire au bien-être et à l'éducation de Noé.

Troisième partie

MARAIS POITEVIN

Mai 2012

15

Le Marais poitevin présentait ce matin-là un visage particulièrement souriant. Le soleil frappait fort sur ce labyrinthe à la fois végétal et aquatique, avec ses canaux sur lesquels des barques remplies de touristes avançaient lentement, et ses chemins bordés de saules et de peupliers où Isaure pédalait sans forcer. Son vélo hollandais possédait un panier et elle y transportait la baguette du jour, les premières pêches de l'année, ainsi qu'un magazine féminin qui évoquait le printemps en faisant sa une sur les derniers régimes à la mode. Si Isaure avait eu une brusque et prévisible envie de fruits, elle n'envisageait pas de maigrir ; bien au contraire, elle avait pris six kilos et s'en félicitait. Ce léger surpoids ne l'empêchait pas de pratiquer son sport favori dans ce plat pays, même si elle adoptait un rythme tranquille.

Le village de Coulon, « capitale du marais mouillé », à en croire les guides touristiques, n'était plus qu'à deux kilomètres. Plusieurs fois par semaine, par beau temps, elle prenait prétexte de denrées à acheter pour accomplir ce trajet à bicyclette et conserver la forme.

Elle se demandait encore comment elle avait pu s'acclimater à cette vie loin de l'océan, au cœur de la Venise verte, elle qui avait connu le luxe de deux maisons sur des îles réputées, à quelques mètres des plages les plus courues de Vendée. Mais la réponse était évidente : le bonheur et l'épanouissement présents valaient bien le sacrifice de l'Atlantique.

Le marais mouillé tenait son nom du fait qu'il était inondable en période de crue, au contraire du marais desséché, protégé par les digues. Isaure longeait des pâtures où paissaient des vaches de race normande, maraîchine ou frisonne. D'autres parcelles étaient cultivées : artichauts, oignons, melons, courgettes, et surtout les fameux haricots blancs de la région, appelés « mojettes ». A cette période de l'année, les routes dégagées offraient la fraîcheur d'un épais feuillage alors que, durant les mois de février et mars, l'eau recouvrait prés et chemins. Jalonné de lavoirs, écluses, pigeonniers, fontaines et passerelles, le paysage bucolique invitait à la contemplation, appelait à la sérénité, tout ce à quoi Isaure avait longtemps aspiré en vain et qu'elle savourait aujourd'hui comme un cadeau de la vie.

En quittant Noirmoutier pour Coulon, aux portes de la ville de Niort, Isaure avait émigré du département de la Vendée à celui des Deux-Sèvres. Coulon avait aussi intégré le cercle très fermé des plus beaux villages de France. Elle y vivait avec Simon depuis un an dans une maison typique du coin, façade en crépi et toit en tuiles creuses, au cœur du bourg et face à un canal couvert de lentilles, le point de départ de nombreuses promenades en barque. Isaure louait aux vacanciers les maisons d'Yeu et de Noirmoutier, ce qui lui valait un supplément confortable de revenus. Elle avait renoncé à vendre ces deux biens et peu à peu dépensé les cinquante-neuf mille neuf cent cinquante euros prélevés sur le compte courant de Lucille, sans en parler à Simon. De son côté, ce dernier s'était séparé de son logement de Saint-Sulpice-le-Verdon afin d'acheter de moitié avec sa compagne cette habitation rurale. Il avait retrouvé du travail au golf de Niort-Romagné, à moins d'une demi-heure de Coulon. Son salaire n'équivaudrait jamais aux rentes mensuelles d'Isaure ; pour ne pas heurter sa susceptibilité, elle avait accepté d'acquérir une demeure modeste, comparée à celles possédées par sa sœur défunte. Simon lui disait souvent que son caractère s'était adouci, qu'elle ne cherchait plus comme avant les sensations fortes et parfois l'autodestruction. Ainsi, elle avait renoncé à la moto et elle ne pratiquait plus le golf non plus. Isaure avait peur qu'il ne regrette la nature fantasque et souvent irrésistible de Lucille, mais il semblait s'être attaché à la femme qu'elle était. « Te souviens-tu quand ?... » lui demandait-il parfois, et alors son cœur s'emballait sous l'effet de la panique, mais elle parvenait toujours à le leurrer, même si elle déplorait de devoir en être réduite à mentir à l'homme de sa vie... et au futur père de son enfant.

Isaure était enceinte de quatre mois. Elle attendait une petite fille. Noé aurait donc une sœur. Isaure en avait toujours la garde, même si Matthias avait fait des histoires avant de consentir à cet arrangement.

Deux ans plus tôt, Simon et celle qu'il croyait être Lucille avaient renoué. Isaure appréciait de plus en plus cet homme énergique et protecteur. Elle avait fini par succomber, en essayant d'oublier cette étrange attirance pour les hommes qui avaient traversé la vie de sa sœur défunte. Leur liaison s'était poursuivie, sans heurt, et ils avaient commencé à évoquer l'idée de vivre ensemble. Après un an passé à Saint-Sulpice-le-Verdon, ils avaient envisagé de fonder une famille. L'achat de la maison à Coulon avait suivi. Isaure ne souhaitait pas évoluer dans un lieu familier à Lucille, même si bien sûr elle avait mentionné d'autres raisons, pas plus que Simon ne désirait être domicilié dans le cadre somptueux de Noirmoutier, où il aurait eu l'impression d'être entretenu. Ce bien à Coulon était un choix raisonné et commun. Et ils étaient à moins d'une heure de La Rochelle, une ville que le couple aimait beaucoup. Sans compter les escapades à l'île de Ré. Très vite, Isaure s'était retrouvée enceinte et la vie coulait, tranquille, Simon paraissant apprécier cette tournure inattendue prise par l'existence, l'âge et l'envie d'enfant l'ayant assagi.

Cela faisait deux ans maintenant qu'Isaure n'avait plus de nouvelles ni du lieutenant Manneville ni de Diane O'Cahan. Ses angoisses avaient diminué puis disparu. Epanouie, apaisée, heureuse, elle était certaine que plus personne ne concevrait de soupçons à son encontre ; le danger était passé, le harcèlement dont elle avait fait l'objet de la part d'une amie avisée et d'un gendarme zélé loin derrière elle.

Certes, il lui arrivait de déplorer la distance de l'océan, mais elle se consolait en songeant que les terres lui portaient chance ; l'infortune semblait avoir déserté son existence. Dans cette zone constituée de trois départements, Vendée, Deux-Sèvres et Charente-Maritime, ancien comté de Poitou, elle se sentait enfin elle-même et non plus une marginale. La vie était douce.

Avant de pousser la porte de sa maison, Isaure salua Casimir, le baudet du Poitou qu'elle et Simon avaient acheté afin d'entretenir leur hectare de pâture. Leur cheptel ne se limitait pas à cet âne au poil sombre, long et frisé, typique de la race ; il comptait aussi une chienne colley et trois chats de gouttière, Domino et deux chats trouvés dans un refuge pour le plus grand plaisir de Noé, qui entrait dans sa quatrième année. Quand le couple et l'enfant devaient s'absenter, leurs voisins les plus proches s'occupaient des animaux. L'entraide et la solidarité régnaient dans le village, où Isaure et Simon s'étaient fait des amis rapidement. Certes, la curiosité dont la petite famille avait fait l'objet lors de son installation avait déplu à la jeune femme qui, à l'époque, craignait toujours d'être démasquée. Mais elle appréciait aujourd'hui ce qu'elle considérait comme de l'attention et de la bienveillance.

La demeure datait du XIXe siècle. Elle possédait un cachet qui avait compté au moment d'en devenir propriétaires. Sa robustesse un peu massive était compensée par les jardinières de fleurs amoureusement entretenues par Isaure ainsi que par le jardin d'agrément qui l'entourait.

Après avoir garé son vélo le long d'un mur, près de sa Mini, Isaure pénétra dans la cuisine, où elle déposa ses courses. En dehors de l'invasion touristique des beaux jours, le quartier conservait un caractère authentique et tranquille qui plaisait à la jeune femme.

Elle rejoignit Simon et Noé au salon. Le petit était juché sur son beau-père, ou son père, comme Isaure en était convaincue depuis qu'elle avait trouvé une photo de Simon bébé, le portrait de Noé au même âge. Il lui lisait une histoire, Domino roulé en boule à leurs côtés. A cette période de sa vie, Noé ne cessait de poser des questions et exigeait une attention constante car il courait partout, comme un chaton à la poursuite d'un pompon. Il touchait à tout au risque d'un accident domestique et la vigilance du couple ne connaissait plus de répit. Simon était presque aussi impliqué que sa compagne dans l'éducation de Noé, ce qui ne manquait pas d'attendrir la jeune femme. Lorsqu'ils avaient décidé de vivre ensemble, elle avait dû en parler à Matthias, qui avait menacé de lui ôter la garde de Noé. Sa colère s'était atténuée avec le temps, au fil d'une réflexion qui l'avait conduit à se résigner. Son entreprise ne lui permettait pas de s'occuper de Noé à plein temps, alors qu'Isaure ne travaillait pas. Réfrénant rage, amertume et jalousie, il avait consenti malgré lui à ce que son fils soit élevé par un homme qu'il détestait. Il devait convenir que Noé semblait épanoui au sein du couple. La venue d'un second enfant risquait de le perturber un peu, mais il était encore assez jeune pour se faire une raison puis apprécier la compagnie d'une petite sœur.

— Tout va bien ? s'enquit Isaure.

— Oui. Je te passe le relais ? Je voudrais nettoyer l'abri de Casimir.

C'était dimanche et, pour une fois, Simon se trouvait à la maison. Il existait un roulement entre les moniteurs de golf, de façon que chacun d'entre eux puisse bénéficier de congés dominicaux réguliers.

— Je vais le prendre avec moi pendant que je me mets aux fourneaux, proposa Isaure.

Comme avec Matthias au début, elle avait appris quels plats affectionnait Simon, ses goûts dans des domaines aussi variés que le style de ses vêtements, ses sorties, le choix d'un programme télévisé, la lecture. Au bout de deux ans, elle le connaissait assez bien pour ne plus commettre d'impair.

Comme Coulon était situé à presque deux cents kilomètres de Noirmoutier, Isaure avait l'impression de s'être expatriée. Elle aurait bien aimé effacer tout ce qui avait précédé et le remplacer par des pans de vie normalisés, rassurants. Toutefois, dans le microcosme de ce village préservé, elle se sentait à l'abri de toute agression.

Noé à ses pieds en train de faire rouler sa locomotive à grand renfort de sifflements, Isaure entreprit d'éplucher carottes et pommes de terre qui accompagneraient les filets de bar prévus au déjeuner. Son magazine traînait sur la table, elle le feuilleta après avoir mis les légumes à cuire dans de l'huile d'olive versée généreusement. Se souciant peu de son poids en cette période de grossesse, elle ne voulait surtout pas nuire au bébé et préparait de la nourriture fraîche et saine aussi souvent que possible. Son attention s'attarda sur un reportage sur les quelque deux mille femmes disparues de Ciudad Juárez, au nord du Mexique. Tout le monde avait entendu parler de cette atroce succession d'enlèvements, de tortures, de viols et de meurtres mêlant corruption, mafia et tueurs en série. Pourtant,

Isaure ne put s'empêcher de contempler les photos, fascinée et dégoûtée à la fois, avant de s'asseoir pour lire le texte.

La venue de Simon, les mains sales de paille souillée malgré la protection des gants, la fit sursauter. Il jeta un œil sur Noé qui rampait sur le carrelage en faisant tournoyer la locomotive dans les airs tel un avion puis se pencha vers Isaure.

Elle soupira.

— Cette affaire non élucidée me met toujours dans tous mes états. Sans doute parce que j'ai vécu non loin de la frontière entre le Mexique et les Etats-Unis…

Aussitôt proférés, ces mots la frappèrent, aussi choquants qu'une scène de crime. Les yeux rivés sur la page de la revue, elle se refusait à voir l'expression certainement incrédule et remplie d'incompréhension de son compagnon. Un court silence s'interposa entre deux phrases.

— Tu as vécu au Mexique ?!

Dans la voix de Simon, le scepticisme le disputait à une pointe d'hostilité ; pour quelle raison lui aurait-elle caché un événement aussi important de son passé ?

— Oh, c'était il y a longtemps…

Isaure faisait mine de poursuivre la lecture du reportage. Ses joues la cuisaient, les battements de son cœur lui semblaient résonner dans la pièce comme l'angélus. Quelle idiote, mais quelle idiote ! Elle venait de tout gâcher en une phrase…

— Pourquoi ne m'en as-tu jamais parlé ?

— Je ne sais pas… J'étais jeune et rebelle. Un coup de foudre pour un Mexicain. Je ne suis restée que deux mois là-bas. Le type a vite disparu dans la nature et je suis revenue en France. Nous habitions près de Ciudad Juárez, une ville pas très sûre, et nous n'avions pas d'argent. Bref, j'en garde un souvenir plutôt glauque.

Etait-ce ainsi que sa sœur s'exprimerait ? Sa flamboyante jumelle aurait-elle été capable de se mettre dans une situation aussi sordide ? Non, probablement pas, mais Isaure devait justifier son silence.

— Peu importe, j'aurais aimé que tu m'en informes, énonça Simon, les traits fermés.

Il semblait blessé et Isaure pouvait le comprendre. Elle aurait éprouvé le même sentiment et réagi pareillement à sa place.

La journée était gâchée, et peut-être aussi les suivantes. Tout se passait trop bien, il avait fallu qu'elle assombrisse l'horizon par son étourderie… Elle n'était plus sur ses gardes depuis trop longtemps et elle payait le prix de son relâchement.

L'un des chats tigrés de la maison effleura ses mollets nus en un geste d'affection qui chassa son angoisse. Elle se tourna résolument vers Simon et le regarda droit dans les yeux, comme quelqu'un qui n'a rien à se reprocher.

— Je suis désolée que tu le prennes ainsi. Tu sais combien je déteste être prise en flagrant délit de faiblesse, et cette période de ma vie résulte d'un moment d'égarement qui m'a valu des mois de détresse et de colère contre moi-même. Je préfère renvoyer une image forte. Il est vrai aussi que cette malheureuse expérience m'a servi de leçon et a fait de moi une femme indépendante et plus sûre d'elle. Celle que tu apprécies, pas la créature stupide de l'époque de mes vingt ans.

— Tu n'es pas si indépendante et sûre de toi que tu le prétends, rétorqua Simon d'une voix radoucie, son visage se fendant même d'un sourire attendri. En fait, tu as changé, et en mieux. Je te chéris davantage maintenant qu'il y a quelques années, quand tu étais dure et sans concession.

— C'est vrai ? fit Isaure, émue.

Il ne pouvait saisir toute l'importance que revêtaient ses paroles pour celle qui s'estimait toujours en concurrence avec un fantôme.

— A condition que tu ne me caches plus rien !

— C'est promis ! répliqua Isaure, non sans mauvaise foi, soulagée de la tournure de leur échange.

Ainsi, il venait d'avouer qu'il l'aimait plus que Lucille. Elle en était heureuse et bouleversée. Au final, une telle révélation valait bien d'avoir gaffé.

Comme pour conclure cette conversation houleuse sur une note encore plus optimiste, la jeune femme toucha son ventre bombé. Sa grossesse se déroulait bien en dépit de sa fatigue, normale selon les médecins. La dernière échographie avait révélé le sexe du bébé, une fille, une bonne nouvelle après Noé, surtout que la première avait permis de voir qu'il n'existait qu'un embryon. Parce que ses rapports avec Lucille n'avaient jamais ressemblé à ceux, fusionnels, indestructibles, de la majorité des jumeaux, Isaure avait senti sa poitrine se libérer d'un grand poids quand on lui avait annoncé un unique bébé. Outre qu'une grossesse gémellaire était plus difficile à supporter pour la mère, outre l'épuisement qui gagnait vite les parents les premières années, quand il fallait s'occuper de deux nourrissons du même âge, Isaure ne voulait pas que l'hérédité s'en mêle et aboutisse à des relations tendues, voire exécrables, entre ses enfants. Elle espérait que Noé et sa petite sœur s'entendraient bien ; dans ce sens, il allait falloir se montrer rassurants envers le garçonnet jusqu'alors seul réceptacle de l'amour parental. Néanmoins, quoi qu'il arrive, la jeune femme doutait que la situation puisse s'envenimer comme cela avait été le cas entre Lucille et elle. Quelque chose de l'ordre de la gémellité, qui engendrait l'amour le plus constant mais aussi la haine la plus tenace, avait participé au fiasco, au drame, à tout ce qu'elle se refusait avec horreur à revivre dans sa propre tribu.

Isaure se souviendrait toujours du jour où elle avait compris que Simon compterait plus dans sa vie que les hommes, rares d'ailleurs, qui l'avaient précédé ; c'était quand elle avait eu envie de fonder une famille avec lui.

Durant ces deux ans, peu de choses avaient changé dans l'existence du lieutenant Manneville. Il travaillait toujours à la gendarmerie de Noirmoutier, à résoudre les mêmes affaires qui exigeaient une certaine clairvoyance mais n'éveillaient en lui aucune passion, pas une once de cette excitation qui le transportait quand il lisait les comptes rendus de gendarmes ou de policiers confrontés à des histoires certes sordides mais qui faisaient tout l'intérêt et l'utilité de son métier. Il ne s'était pas non plus marié pendant ces années, en dépit d'une liaison avec une restauratrice de La Guérinière. Il n'était donc toujours pas père. Pour compenser sa solitude, il avait adopté un chien dans un refuge. Comme il habitait en appartement, l'animal n'avait pas tardé à manifester des signes de dépression, enfermé toute la journée dans ce petit espace, et son maître avait déménagé dans une maison avec jardin. Il s'était d'ailleurs bien gardé d'avouer à quiconque qu'il quittait son antre de célibataire pour une coquette demeure dans le seul but de complaire à son chien. Le bonheur de ce dernier, qui courait dehors en aboyant de joie, l'avait ravi ; il s'était alors dit que le temps pressait : il devait vite trouver la femme de sa vie et devenir père, sans quoi il cohabiterait bientôt avec une meute entière.

Ce fut à l'époque de son changement d'adresse qu'il fit une rencontre capitale. Sur la plage du Bois de la Chaise où il promenait son chien, il croisa une femme qui ne lui était pas inconnue, même si son nom et les circonstances de leur rencontre précédente lui échappaient. Elle lui jeta un rapide regard indifférent qui se fit d'un coup insistant, comme si quelque chose attirait son attention. En mars, cette période encore fraîche de l'année, elle portait pour se balader à son aise sur la plage un pantalon, des bottes et une parka. Ses cheveux bruns dépassaient d'un bonnet de laine. Peu maquillée, elle avait cependant un visage menu et gracieux que trop d'artifices auraient vieilli. En comparaison, son corps lui parut plutôt robuste, mais il en déduisit que c'était l'effet de l'anorak.

Et soudain, la lumière se fit dans l'esprit de Manneville, qui reconnut une ancienne collègue.

— Célia… ?

— Oui… C'est bien toi, Raoul ?

Il hocha la tête et ils se sourirent, un peu gênés ; ils ne savaient plus s'il était convenable de s'embrasser comme autrefois, après tout ce temps passé loin l'un de l'autre. Raoul tendit la joue sans provoquer de réciprocité immédiate. Vexé, il l'éloigna alors que Célia se hasardait à avancer la sienne. Ils finirent par éclater de rire.

— On se faisait la bise avant, non ?

— Exact.

— Pourquoi y renoncer ?

César, le chien, vint renifler les chevilles de la jeune femme.

— Je suppose qu'il sent les odeurs de mes deux chats…

— Il ne te fera aucun mal mais il est un peu collant. Tu es de retour dans la région ? demanda Raoul en jetant un bâton de bois flotté vers la mer pour éloigner César.

— Je suppose qu'il était temps, soupira Célia. Cinq ans que je n'étais pas revenue voir ma famille et mon île natale.

— Tu te plais tant que cela à Paris ? s'enquit Manneville, sans pouvoir s'empêcher de grimacer.

— J'aime surtout mon travail. Et toi… Tu es marié, tu as des enfants ?

Raoul avait le sentiment qu'elle le questionnait pour esquiver ses propres interrogations. Mais il n'avait rien à lui apprendre et sa réponse fut laconique :

— Non. Et je bosse toujours à la gendarmerie. Enfin, je suis passé lieutenant.

— Félicitations !

Il haussa les épaules. Remarquant qu'elle frissonnait, il s'empressa de proposer :

— Je t'offre un café ? Nous pourrions discuter au chaud. Le patron du bar connaît César et le tolère.

— D'accord. Je te suis.

Il l'emmena dans une vaste salle qui faisait aussi office de restaurant, avec des baies vitrées offrant une vue imprenable sur l'océan. En cette saison, la clientèle était constituée d'habitués.

— Je venais souvent ici autrefois, fit-elle remarquer.

— Nous venions ensemble, rectifia-t-il.

Elle opina de la tête, pensive, contemplant l'eau grise, les pins maritimes, les chênes verts et surtout ce mimosa si familier à Noirmoutier, tout ce qui évoquait le Midi à l'ouest de la France. De l'alignement des cabines blanches émanait le charme rétro de la Belle Epoque et de la mode des bains de mer. A mesure que l'heure avançait, la lumière devenait plus intense, ce qui avait su inspirer des peintres comme Renoir à la fin du XIXe siècle.

Célia semblait un brin nostalgique.

— Tu as pour projet de revenir t'installer ici ? lui demanda Manneville.

— Pas le moins du monde ! Mais je suis heureuse d'être de retour pour une semaine. Et d'avoir pu enfin prendre des vacances, ajouta-t-elle en souriant.

Il eut envie d'en savoir plus.

— Tu travailles toujours dans le 18e arrondissement ?

Célia avait quitté Noirmoutier pour la gendarmerie de Pigalle.

Elle parut soudain sur ses gardes, le fixa comme si elle n'était pas certaine de pouvoir lui faire confiance puis décida qu'il était digne de sa franchise.

— Non. J'ai intégré le 36 voilà trois ans.

Le lieutenant savait parfaitement ce que représentait le 36 quai des Orfèvres, pourtant son esprit n'enregistra pas tout de suite l'information, comme si Célia lui racontait des fables. Tous les hommes ambitieux que la vie dans la région parisienne ne rebutait pas rêvaient de faire carrière à l'emblématique 36. Rencontrer quelqu'un, une ancienne collègue en plus, qui y officiait avait quelque chose d'extraordinaire, presque de saugrenu, un peu comme si on se trouvait nez à nez dans la rue avec Mick Jagger. Mais Célia disait vrai, pourquoi mentirait-elle ? Il en ressentit un mélange de fascination et de jalousie, comme s'il avait postulé lui-même sans succès.

— C'est incroyable ! Je suis admiratif. Dans quel service ?

— La Crim.

Il en fut d'autant plus épaté mais elle se hâta de doucher son enthousiasme par une phrase lapidaire :

— Si j'ai enfin pu bénéficier d'un peu de repos, c'est que je quitte le 36.

Il but une gorgée de son café pour éviter de répondre. Célia avait dû être remerciée après une bavure. Rien d'autre ne justifiait qu'elle démissionne d'un poste si prestigieux, sauf l'usure, l'épuisement, et elle semblait encore assez jeune pour les supporter.

Elle dut saisir son embarras et enchaîna vite :

— On a fait appel à moi pour Interpol.

Il se demanda si elle le faisait exprès : lui démontrer, par sa fulgurante carrière, sa propre insignifiance. Mais non. Il lui avait posé une question et elle y avait répondu après avoir hésité. Elle aurait probablement préféré parler du bon vieux temps. Il l'avait poussée dans ses retranchements et obligée à étaler ses galons. Nerveux, il s'humecta les lèvres et la félicita avec des mots qui lui parurent bien insipides. Célia n'avait jamais été vaniteuse et elle accueillit ses paroles avec un sourire timide, désireuse de changer de sujet. Mais il était trop curieux pour dévier la conversation.

— Comment c'était, au 36 ?

Elle haussa les épaules d'un air un peu désabusé.

— Passionnant et dur à la fois. Parfois insoutenable. J'ai bossé sur des affaires… Eh bien, je suis contente parfois de ne pas avoir eu d'enfants, tu comprends ?

— Oui, fit-il, plus grave. C'est la raison pour laquelle tu te diriges sur Interpol ?

— Entre autres. Mon compagnon vient d'entrer au 36 et nous ne souhaitions ni l'un ni l'autre nous croiser dans les couloirs, expliqua-t-elle avec un soupçon d'amusement, plus détendue.

— Tu ne démérites pas, avec Interpol.

— C'est sûr. Et toi, tu travailles sur quoi en ce moment ?

Manneville se rembrunit. Ce fut à son tour de tergiverser, mais pas pour les mêmes raisons. Il se sentait humilié à l'idée d'exposer les cas banals qu'il traitait. Il n'allait quand même pas inventer une histoire propre à capter l'intérêt de son interlocutrice ! Et soudain, il sut quoi dire sans affabuler ; certes, cela datait un peu, mais il pouvait très bien ne livrer qu'une parcelle de vérité.

— Je suis sur une affaire étrange dont les médias n'ont pas parlé… pas encore. Une jeune femme disparue dont on n'a pas retrouvé le corps. On soupçonne sa jumelle d'avoir pris sa place.

Pour le coup, ce fut réussi. Célia écarquilla des yeux incrédules. Et même elle se pencha vers lui comme si elle avait peur qu'un mot sorti de la bouche de Manneville lui échappe.

— C'est la sœur qui l'a tuée ?

— Eh bien, toute la question est là.

— Un test ADN éclaircirait tout, non ?

Il déglutit, mal à l'aise. Si aucun examen ADN n'avait été pratiqué, cela avait à voir avec le fait qu'il enquêtait d'une façon officieuse. Aucun papier ne l'autorisait à mettre à contribution un laboratoire, de même qu'il n'avait pas les moyens de perquisitionner chez Isaure Martineau ni même de l'interroger dans les locaux de la gendarmerie, encore moins de la mettre en garde à vue.

Il arrivait encore à Manneville de penser à cette femme, à Matthias Guérin, à Diane O'Cahan. C'est ainsi qu'il avait appris le déménagement d'Isaure à Coulon, au cœur du Marais poitevin, comme si elle avait voulu s'éloigner de lui géographiquement. Elle s'était mise en couple avec un certain Simon. Leur vie se résumait à pas grand-chose, identique à celle de beaucoup de gens de la classe moyenne, sauf qu'Isaure était riche, même si elle n'en profitait pas vraiment. Certes, elle pouvait se permettre de ne pas travailler, mais le couple ne fréquentait ni les palaces ni les restaurants étoilés, ni les îles paradisiaques à l'autre bout du monde. Il menait une vie tranquille, et Manneville avait cédé au découragement, commençant même à penser qu'il s'était trompé sur toute la ligne.

— Je crois qu'Isaure Martineau a tué sa sœur, Lucille, afin de s'approprier son existence privilégiée. Lucille était la veuve d'un homme très fortuné qui lui a tout légué. Isaure a quitté l'île d'Yeu, où elle vivait avec sa famille, il y a vingt ans, pour une destination inconnue. Les siens sont restés sans nouvelles jusqu'à il y a deux ans, quand elle est revenue pour une raison que nous ignorons. Elle a alors assassiné Lucille et lui a volé sa vie. Je schématise, plein de zones d'ombre demeurent. Mais c'est à peu près ainsi que les choses ont dû se dérouler.

— Et tu es sur le point de la coincer ?

— Pas exactement... reconnut le lieutenant, dépité.

L'intérêt de son ex-collègue atteignait son paroxysme, elle ne se contenterait pas de cette réponse. Quelle qu'ait pu être son expérience au 36, Célia n'était pas devenue blasée, et Manneville prit conscience que cette énigme possédait un fort pouvoir de fascination, même au regard des plus aguerris.

Il s'avoua vaincu :

— J'ai dû laisser tomber...

Célia parut aussi déçue que lui. Alors, il opta pour une totale sincérité et lui narra toute l'histoire, sans rien oublier. C'était la première fois qu'il en parlait à quelqu'un et cette confession lui fit du bien. Célia était une professionnelle, à même de lui donner un avis pertinent.

Sans même qu'ils se concertent, elle commanda deux nouveaux cafés et se mit à réfléchir, les yeux rivés sur la table où voisinaient leurs tasses vides. Au bout d'une poignée de minutes, elle releva la tête. Son visage était transfiguré, il rayonnait d'une excitation que Manneville reconnut pour sienne quand cette affaire était encore d'actualité.

— La première chose serait de retracer le parcours d'Isaure !

— Mais comment ?

— Je commence dans trois jours à Interpol. Laisse-moi quelques semaines pour m'habituer et je te file l'info.

16

L'aide de Célia relançait l'enquête.

Manneville eut un geste de victoire quand il raccrocha, après avoir parlé durant quarante bonnes minutes avec son ex-collègue. Elle l'avait appelé de son domicile, quelques mois après leur entrevue à Noirmoutier, à un moment où il pensait qu'elle ne concrétiserait jamais sa proposition, peut-être parce qu'elle l'avait tout simplement oubliée. Il n'avait pas osé la relancer malgré sa déception, comprenant les raisons de son renoncement. Et voilà qu'elle venait de s'entretenir longuement avec lui au sujet d'Isaure Martineau et de son passé. Le silence était retombé dans le salon de Raoul, il restait assis sur le canapé, son chien dormant à ses pieds, mais la lueur d'excitation dans ses yeux trahissait ses émotions. Il avait cru cette affaire définitivement classée, or le témoignage de Célia ouvrait une perspective tendant à prouver qu'il avait vu juste depuis le début.

Si rien n'avait changé dans la vie de Manneville durant ces deux ans, au moins deux transformations avaient eu lieu, et pas à son avantage. Aussi repoussa-t-il sur l'arête de son nez ses lunettes de presbyte avec une pointe d'agacement tout en passant une main nerveuse dans ses cheveux qui s'étaient encore clairsemés. Indubitablement, oui, certaines choses changeaient et il s'en serait passé. Néanmoins, l'important résidait dans cette nouvelle extraordinaire qui pouvait donner une impulsion à sa carrière, enfin : Isaure Martineau était bien revenue en France, après presque vingt ans d'exil, en 2010, plusieurs mois avant la déposition de Diane O'Cahan. Elle avait loué une voiture à Roissy, qu'elle avait rendue peu après en Vendée. Tout concordait. En montant un dossier solide, Manneville serait en mesure d'obtenir une commission rogatoire pour enquêter sur cette femme. Il avait eu raison de s'obstiner. Et dire que tout cela procédait du hasard d'une rencontre. D'ailleurs, il ne pouvait mettre Célia en cause et devrait mentir pour communiquer ses sources. Sans doute serait-il sermonné à ce propos, toutefois sa direction devrait s'incliner et le laisser libre d'agir comme il l'entendait.

Il n'y avait rien eu de glorieux dans l'existence d'Isaure pendant les vingt ans passés au Mexique, dans différentes villes, de l'atmosphère fétide de Ciudad Juárez à l'animation bling-bling de Cancún. A l'exemple de Manneville, elle n'y avait pas fondé de famille. Ces années avaient été jalonnées par d'innombrables emplois dans le secteur de la restauration ou de la vente, sans que ses revenus augmentent pour autant. Si l'on devait accoler un adjectif à cette période, « médiocre » semblerait le plus approprié. Tout l'opposé de ce que vivait sa sœur en France, ce qui avait pu frapper Isaure à son retour et la pousser à commettre l'irréparable. Célia ne s'était cependant pas attardée sur le quotidien d'Isaure au Mexique, elle avait orienté ses recherches sur ses déplacements. Or, la jeune femme n'avait quitté l'Amérique centrale qu'en février 2010, jamais avant, même pas pour de courts séjours à l'étranger. On ne retrouvait plus trace d'elle à partir du moment où elle s'était séparée du véhicule de location, et pour cause : elle avait ressuscité sous l'identité de Lucille ! Entre son arrivée à Roissy et sa venue sur l'île d'Yeu, rien non plus. Elle avait dû dormir dans la Twingo de location ou descendre à l'hôtel sous un faux nom et payer en liquide. Dommage… Tout cela était un peu mince pour convaincre le juge d'instruction, heureusement que la déposition de Diane apporterait un nouvel éclairage, tout en confirmant les soupçons du lieutenant.

Ce dernier aperçut son supérieur dans le couloir. Le capitaine Ablon allait regretter d'avoir laissé filer une si belle occasion de briller, en élucidant une énigme propre à faire fantasmer les médias et l'opinion publique ! Manneville devait se concentrer à présent, rassembler toute sa compétence pour résoudre au plus vite cette affaire. Depuis que la moto avait été retrouvée, il savait que tout convergeait vers le Jaunay. Son instinct lui disait que dans les profondeurs du lac gisait le corps de Lucille. Si on l'autorisait à faire appel à des plongeurs pour sonder le lac à hauteur du ponton, on retrouverait la dépouille de la jeune femme. Dès lors, Isaure ne pourrait plus nier être l'auteur du crime, l'autopsie révélant la manière dont sa sœur était morte de ses mains. Cela paraissait si simple depuis que Célia avait été mise à contribution. Il lui ferait envoyer très vite un bouquet de fleurs pour la remercier de cette salutaire collaboration.

Quand le lieutenant téléphona à Lucille Launay (il continuait à la nommer ainsi avec un brin d'agacement) à son domicile de Coulon, ce fut Simon qui répondit. Ce dernier était animé d'un bonheur jubilatoire jusqu'à ce qu'il entende Manneville se présenter et demander s'il était bien chez Lucille Launay. A l'énoncé de sa fonction, il s'alarma.

— Il est arrivé quelque chose à l'hôpital ?

— A l'hôpital ? répéta Manneville, interloqué.

— Vous n'appelez pas pour un problème de santé concernant Lucille ou le bébé ?

La lumière se fit dans l'esprit du gendarme qui, bien que ne portant pas la jeune femme dans son cœur, ne voulait à aucun prix plonger son compagnon dans l'angoisse à propos d'un nourrisson qui venait vraisemblablement de naître.

— Non, pas du tout. Excusez-moi, mais… Mme Launay vient d'accoucher ?

— Hier, oui.

— Ah, très bien ! Euh… Mes félicitations…

— Merci.

— Je ne m'attendais pas à cela… J'imagine qu'elle n'est pas joignable ?

— Elle se repose, bien sûr. De quoi s'agit-il, lieutenant ?

La déception était telle pour Manneville qu'elle altérait même la fermeté de sa voix. Il se racla la gorge avant de reprendre :

— C'est difficile de vous fournir des explications par téléphone. Pour faire bref, une enquête a lieu au sujet de la disparition de sa sœur, Isaure.

— Je n'étais pas au courant.

— C’est tout récent. Pourrais-je poser quelques questions à Mme Launay ?

— Oui, mais il faudra attendre qu’elle soit à la maison. Elle est encore fatiguée, et la mention de sa jumelle disparue risque de la bouleverser. Ce n’est guère le moment… Qu’est-ce qui a permis d’ouvrir une enquête ? Un élément nouveau ? Enfin, il n’y a pas eu de plainte à ma connaissance, j’ai du mal à vous suivre…

— Quand sera-t-elle de retour ? le coupa Manneville, sans répondre à la question.

— Dans trois jours.

— Je vous remercie. Je reprendrai contact à ce moment-là.

Simon raccrocha, perplexe. Il ne désirait pas se laisser contaminer par cette histoire, dont il ne parlerait pas à Lucille avant sa sortie de l’hôpital. Elle n’évoquait jamais sa sœur. Lui-même avait plusieurs fois mentionné son existence. Autrefois, la jeune femme se mettait presque en colère, justifiant sa réaction par le fait qu’Isaure n’avait jamais donné de ses nouvelles, plongeant ses proches dans une angoisse sans fin. Il n’avait pas osé objecter qu’elle se trouvait peut-être dans l’impossibilité de communiquer avec eux, décédée ou réduite au rôle d’esclave sexuel dans un pays barbare. Néanmoins, si elle était morte, une identification n’aurait-elle pas été pratiquée et sa famille prévenue ? Sauf si elle avait été contrainte à la prostitution ou victime d’une mauvaise rencontre, il y avait hélas tant de dangers qui avaient pu frapper une femme aussi jeune et aussi fragile.

Ces temps-ci, Lucille se montrait moins agressive mais elle éludait le sujet. Simon en avait déduit qu'il était trop douloureux ; à moins qu'au bout de vingt ans elle n'ait renoncé à revoir sa jumelle et choisi de tirer un trait sur le passé. Isaure allait pourtant s'introduire encore dans leur vie par le biais de ce lieutenant peu bavard. Son corps avait-il été retrouvé ? Manneville s'était gardé d'évoquer la mort alors que le couple célébrait la naissance d'un enfant. Il annoncerait la funeste nouvelle dans trois jours. Lucille serait bouleversée alors qu'elle avait besoin de sérénité pour se reposer mais aussi veiller sur le bébé, une petite fille prénommée Louise.

Simon s'en voulait de son égoïsme ; la résurrection d'Isaure faisait monter en lui un sentiment d'amertume et d'impuissance. Pourquoi maintenant, alors qu'ils étaient si heureux ? C'était injuste !

Une infirmière déposa avec douceur le bébé contre la poitrine gonflée d'Isaure ; la jeune femme l'enveloppa de ses bras. Louise chercha le mamelon et se mit à téter goulûment, infligeant une légère douleur à la jeune maman qui la maintint sur son sein sans fléchir tout le temps du repas, heureuse d'avoir du lait pour permettre à son enfant de se développer le mieux possible. Durant sa grossesse et encore maintenant, elle s'était comportée à l'image d'une femme qui n'a jamais eu d'enfant, oubliant qu'elle était censée avoir déjà vécu tout cela, aussi bien le bonheur que cet état engendrait que les problèmes physiques et psychologiques qui pouvaient survenir. Son déménagement lui avait permis de se faire suivre par une gynécologue qui n'avait pas connu Lucille, de même qu'elle avait mis Louise au monde dans un hôpital différent de celui où sa sœur avait accouché. D'ailleurs, cette dernière avait donné naissance à Noé en clinique. Néanmoins, Isaure avait dû faire face à quelques problèmes imprévisibles et embarrassants. Lors des cours pré-accouchement, elle avait suscité un peu de surprise en raison de sa naïveté, à l'image de la novice qu'elle était. Rien n'avait été simple et Isaure avait fui les futures mamans dont c'était la première grossesse et qui étaient avides de glaner de précieuses informations auprès des femmes ayant déjà vécu cette expérience bouleversante.

A présent, elle avait oublié tous ces déboires et savourait le plaisir de prendre soin de Louise à temps complet. Simon était fou de joie, père pour la première fois… du moins le croyait-il. La qualité de leur vie commune ne s'était pas amoindrie avec le temps et elle espérait que la présence d'un enfant renforcerait encore leur amour. Elle détestait devoir lui cacher la vérité, pas seulement une parcelle de son passé mais bien sa totalité. Elle savait qu'il la quitterait si elle se montrait honnête ; peut-être même penserait-il qu'elle avait tué Lucille, comme le lieutenant Manneville autrefois. Ou bien ils continueraient à former un couple pour le bien-être de Louise, avec ce secret entre eux tel un acte odieux qu'ils auraient commis ensemble et avec le souvenir duquel il leur faudrait poursuivre une existence pétrie de remords. Ils finiraient par se haïr, se déchirer, rompre. Il était donc impératif de se taire. La conviction d'une trahison envers l'être qui comptait le plus à ses yeux, au même titre que Louise et Noé, n'en demeurait pas moins là. La plupart du temps, elle essayait de ne pas y songer. La naissance de Louise l'aiderait à oublier, à se tourner vers l'avenir.

Isaure n'imaginait pas une seconde que son retour à la maison allait aussi signifier la fin de ses illusions.

— Qu'est-ce que tu racontes ? hurla-t-elle. Je ne peux pas le croire !

— Calme-toi, Lucille. Tu vas finir par réveiller Louise avec tes cris. Ce qui arrive est navrant mais pas dramatique... Enfin, je veux dire... Oui, j'ai bien peur que ta sœur... Oh, je suis si désolé, ma chérie, mais ce n'est quand même pas comme si elle avait disparu il y a deux jours ! Au bout de vingt ans, tu devais bien t'attendre à une nouvelle de ce genre !

Simon considérait la jeune femme d'un air peiné. Elle avait l'air épuisée et les kilos pris durant sa grossesse altéraient encore son joli corps. Ses jambes restaient lourdes, abîmées, son teint terreux. Elle n'était pas au meilleur de sa forme, et voilà qu'il lui infligeait cette épreuve au moment où elle aurait dû à la fois reprendre des forces et profiter de Louise, avec son soutien.

Ses paroles, censées la réconforter, ne passèrent pas le barrage de la colère qui déformait ses traits d'une façon presque monstrueuse. Là où Simon s'était attendu à du chagrin, il ne voyait que de la rage. De la part de Lucille, il escomptait pourtant davantage de larmes. Il les redoutait aussi, mais cette fureur ne le rassurait pas. Sans doute fallait-il l'attribuer à son état de jeune accouchée à laquelle il aurait été préférable d'éviter le moindre stress.

— Le mieux est de se mettre au plus vite en contact avec ce gendarme. Nous en aurons ainsi le cœur net.

— Tu espères un heureux dénouement, toi ? demanda Isaure d'un ton peiné, endossant enfin le rôle qu'il était en droit d'attendre d'elle.

— Non, convint-il. Mais au moins les choses seront claires. Le pire n'est-il pas de rester dans l'expectative, à tout imaginer et surtout le plus terrible ?

Oh non, Isaure ne voulait plus rien avoir à faire avec ce Manneville ! Rien de bon pour eux trois ne ressortirait de l'entretien avec le lieutenant. Néanmoins, elle était forcée de se ranger aux arguments de Simon et d'affronter ses vieux démons.

Le téléphone sonna. Un numéro inconnu s'afficha. Isaure s'empara du combiné d'une main tremblante…

17

Cette fois-ci, tout s'accélérait.

En présentant les preuves fournies par Célia, sans toutefois mentionner son nom, Manneville avait convaincu le procureur. Ce dernier s'était montré coopératif, non sans le sermonner au passage pour avoir enquêté en solitaire. Le lieutenant aurait pu rétorquer qu'Ablon avait écouté le récit de Diane O'Cahan, pris sa déposition, et l'avait oubliée depuis parmi les innombrables dossiers en attente ou classés. Il se garda toutefois de mettre sa hiérarchie en mauvaise posture, préférant dissimuler la négligence d'Ablon, qui lui serait du coup redevable.

Muni d'une commission rogatoire, Manneville était dès à présent en mesure d'interroger officiellement Isaure. L'effet de surprise pouvait laisser espérer des aveux, mais le lieutenant tablait plutôt sur l'exploration du lac du Jaunay par des plongeurs chevronnés. La dépouille de Lucille Launay s'y trouvait, c'était une évidence, poussée dans les eaux profondes par sa meurtrière. Elle avait berné beaucoup de monde, et Manneville se demandait si Simon faisait partie des crédules, s'il nourrissait des doutes à son propos ou s'il était complice de l'homicide.

En premier lieu, Raoul Manneville avait été autorisé à pratiquer un test ADN sur Isaure. Il s'empressa de mettre tout en œuvre pour constituer un dossier médical sur les jumelles. Sa lecture le déprima à un point tel qu'il lança les feuillets au travers de son bureau en égrenant une litanie de jurons qui fut entendue jusque chez ses voisins. Manneville poussa un gémissement de pure impuissance, ses espoirs réduits à néant. Mais il ne pouvait renoncer, il ne le voulait pas. Déterminé, il décida de cacher le résultat du test à son supérieur et de poursuivre l'enquête comme si tout se déroulait comme prévu. Peut-être parviendrait-il à troubler Isaure au point de récolter sa confession.

Quand la jeune femme lui ouvrit sa porte à l'heure convenue du rendez-vous, le lieutenant éprouva un fugace sentiment de culpabilité. Encore un peu alourdie par son excédent de poids, les traits tirés, Isaure semblait plus fragile que deux ans plus tôt. A peine l'avait-elle fait pénétrer dans le salon, où elle l'invita à s'asseoir, que des pleurs de bébé retentirent dans une autre pièce.

— Veuillez m'excuser…

— Je vous en prie, marmonna Manneville.

Il se demandait si la présence du nourrisson était partie intégrante d'une mise en scène destinée à l'attendrir. Mais, outre qu'Isaure n'inventait pas sa mauvaise mine, elle devait veiller sur son enfant en l'absence de son mari. Et puis, rien ne permettait de penser qu'il se laisserait gagner par l'émotion. Il avait en mémoire des ribambelles de mères de par le monde ayant commis des atrocités… souvent sur leur propre progéniture, il en avait fait l'amère expérience.

— Voilà, je vous écoute. Il paraît que vous avez des nouvelles de ma sœur…

— Nous avons la preuve qu'Isaure Martineau a quitté le Mexique, où elle résidait depuis vingt ans, en février 2010, pour regagner la France, et plus exactement la Vendée.

Isaure écarquilla les yeux de surprise et secoua la tête, incrédule.

— Le Mexique… Mes parents et moi n'avons jamais soupçonné qu'elle ait pu partir si loin… Pourquoi n'a-t-elle pas donné signe de vie, pendant tout ce temps ?

Le lieutenant devait réfréner son exaspération face à une coupable qui simulait ; il était accoutumé à ce genre d'attitude et surtout il avait un plan. Toute compassion l'avait déserté.

— Je ne peux pas encore vous dire ce qui est arrivé à votre sœur, madame Launay. Pas tant que nous n'avons pas vérifié certaines choses… Mais il est de mon devoir de vous prévenir que nous craignons le pire. Isaure Martineau a loué une voiture à son arrivée à Roissy. Elle voyageait seule. Nous savons qu'elle a rendu le véhicule en Vendée. Mais à partir du moment où elle a quitté l'aéroport, nous perdons sa trace. Elle semble à nouveau disparaître. Elle n'a pas changé d'identité au Mexique, elle possédait toujours un passeport à son nom lors du trajet en avion, donc il est peu probable qu'elle soit restée en France sous un pseudonyme.

Isaure l'écoutait avec attention mais elle lui paraissait à chaque minute plus épuisée, presque faible, comme si elle allait finir par se trouver mal.

— Pouvez-vous m'en apprendre davantage sur sa vie au Mexique ?

— Non, et ce n'est pas le but de l'enquête. Nous désirons avant tout savoir ce qu'il est advenu d'Isaure, ce qui s'est passé entre le moment où elle a rendu la Twingo et maintenant.

— Et vous êtes pessimiste ?

Isaure posait les bonnes questions avec un regard distancié qui intriguait le lieutenant. Il avait l'impression qu'elle était trop fatiguée pour lutter plus longtemps.

— Je dois vous mettre au courant : le lac du Jaunay va être sondé.

Cette fois-ci, elle ne put contenir sa stupéfaction qui, très vite, se transforma en un sentiment de terreur, lequel n'échappa pas à l'esprit pénétrant du lieutenant. Il la tenait.

— Que soupçonnez-vous ?

— Votre sœur peut s'être noyée.

— Là même où on m'a volé la moto ?

Des plaques rouges apparaissaient dans l'échancrure du pull d'Isaure. Son teint était très pâle, ses yeux exorbités. Il était sûr qu'elle espérait entendre à nouveau les pleurs de son bébé afin d'avoir un motif pour s'éclipser.

— Oui, c'est une coïncidence extraordinaire. Il va falloir creuser aussi de ce côté.

Il la vit déglutir avec difficulté.

— Qu'insinuez-vous, lieutenant ? Soyez franc. Ne m'avez-vous pas déjà accusée d'avoir usurpé l'identité de Lucille dans le passé ? Alors, maintenant que vous ne pouvez nier votre erreur de jugement, vous allez prétendre que j'ai tué ma sœur en la noyant dans le lac du Jaunay, c'est ça ? Pourquoi cet acharnement à mon encontre ? Qu'est-ce que je vous ai fait ?

— Cela n'a rien de personnel, madame Launay. Je ne fais que mon métier.

— Quelle vaine formule, et si pratique dans le cas présent !

— Ne soyez pas sarcastique…

— Loin de moi l'envie de plaisanter dans de telles circonstances. Je ne comprends pas, c'est tout.

Elle l'interrogea d'un regard éploré auquel il ne fut pas sensible.

— Suis-je censée ne pas répondre à vos questions et demander le soutien d'un avocat ? Je ne connais rien à la procédure habituelle, vous savez, mon casier est vierge !

Manneville leva les bras en signe d'apaisement.

— Pas du tout. Vous n'êtes pas en état d'arrestation.

— Non, mais je suis suspectée d'un crime atroce. Sur ma propre sœur !

Le lieutenant guetta son expression tout en parlant avec un trompeur accent de douceur :

— Vous n'étiez pas très proche d'Isaure autrefois. Je ne distingue dans vos relations rien qui évoque le lien fusionnel unissant les jumeaux.

— Comment le savez-vous ? demanda-t-elle d'un ton presque fataliste.

Elle commençait à perdre ses moyens.

— J'ai interrogé Régis Varon.

A l'énoncé de ce nom, Isaure devint encore plus blanche. Son regard se détourna de Manneville et fixa le mur derrière lui. Pendant un instant, le lieutenant crut qu'elle allait s'évanouir, il avança une main secourable pour l'empêcher de tomber. Elle n'était pas dans son état normal, sans doute exténuée par la grossesse, l'accouchement, les courtes nuits, et le stress engendré par sa visite et son interrogatoire.

Il ne devait pas céder à l'empathie ; au contraire, c'était le moment de lancer une nouvelle attaque :

— Que s'est-il passé il y a vingt ans, à l'île d'Yeu, pour vous obliger à fuir sur un autre continent ?

Après ses cours par correspondance, Isaure, ayant abandonné le pensionnat sur le continent à partir du lycée, avait pris l'habitude de passer à vélo le long de la maison de Régis Varon, puisant tellement de félicité dans cette petite escapade qu'y renoncer lui paraissait désormais insurmontable. Tandis qu'elle pédalait en direction du domicile du peintre, une poussée d'adrénaline montait en elle, un sentiment d'excitation qui donnait du piment à son quotidien. L'envie impérieuse qui la guidait là devenait le moteur de son existence, une sorte de raison de vivre, entre le coup de cœur d'une adolescente pour un homme plus âgé et la fragilité d'une jeune fille en quête d'un père. Sa raison lui criait d'arrêter ce rituel qui, peut-être, n'avait pas échappé à l'artiste. Isaure doutait qu'il s'en formalise mais sa compagne, cette Gitane, pouvait en prendre ombrage.

Au début, Isaure se contentait de longer le jardin à bicyclette en jetant un regard furtif de côté pour apercevoir l'objet de ses désirs. A la belle saison, elle distinguait souvent sa silhouette ; Régis Varon en train de désherber un parterre de fleurs, de tondre le gazon, de lire dans un transat, rien de glamour, mais cela suffisait à combler Isaure. Il lui arrivait aussi de surprendre Carlita en robe sexy, si attirante qu'Isaure en ressentait des bouffées de jalousie. L'hiver, Varon regagnait Paris et elle souffrait en silence, attendant avec impatience Noël, qu'il fêtait sur l'île, puis Pâques, période durant laquelle il entamait des séjours épisodiques en Vendée. A la longue, elle s'enhardit à faire une halte, puis, dissimulée derrière un buisson ou un arbre, à épier ce qui survenait chez lui. Parfois, la nuit tombait et elle contemplait l'intérieur lumineux, découpé dans le cadre de la porte-fenêtre, comme si elle assistait à une séance de cinéma. Pendant les vacances, elle voyait Marc, l'enfant unique de Régis, toujours entouré d'amis de son âge venus de Paris. Le jeune homme lui paraissait d'une arrogante beauté avec sa grande taille, ses cheveux longs et ses vêtements griffés, une sorte de fils à papa à la voix haut perchée dont elle se méfiait. Ses camarades semblaient issus de la même société aisée qui traitait avec condescendance les faibles et les inférieurs, tout ce qu'Isaure pouvait se représenter des Parisiens hautains, dédaigneux.

Six mois de ce manège eurent raison de Régis Varon, qui finit par l'inviter à pénétrer dans son antre. Il en avait parlé avec Carlita, que les agissements de la gamine amusaient ; elle avait l'habitude de l'admiration que les gens, hommes ou femmes, vouaient à l'artiste, des fantasmes que son aura provoquait, et elle avait choisi de les ignorer, sans quoi sa vie serait vite devenue un enfer. Isaure avait dix-sept ans et Carlita savait que Régis n'était pas attiré par les jeunes filles.

Il souhaitait qu'Isaure cesse son rituel et dans ce but il allait lui proposer quelques cours de peinture à condition qu'elle s'engage à arrêter ce puéril harcèlement.

Isaure fut très intimidée mais elle accepta. Elle jugeait à présent son comportement ridicule. Seule avec Régis, elle s'efforça d'obéir à ses attentes et de se perfectionner. Emilie Martineau avait donné son consentement, fière qu'un tel homme décide de former sa fille. Régis l'avait déjà fait pour d'autres apprentis artistes à Paris. Il estimait qu'Isaure méritait bien qu'il lui sacrifiât une heure par semaine, tout en n'étant pas dupe. Elle ne serait jamais un grand peintre, mais elle pourrait obtenir un certain succès dans sa région, surtout si la réputation de son pygmalion la précédait. La jeune fille l'avait touché et il espérait qu'elle oserait briser sa carapace et se montrer audacieuse. Sa mère et surtout sa sœur lui faisaient de l'ombre. Elle avait du mal à trouver sa place au sein de cette famille.

Bien que toujours amoureuse de Varon, Isaure demeurait respectueuse et concentrée sur son travail. Elle avait même sympathisé avec Carlita en dépit de la rancœur qui continuait à la tenailler face à son charme envoûtant. Cependant, s'il y avait bien quelqu'un qu'elle n'aimait pas, c'était Marc Varon, ce jeune homme ne cachant pas le mépris qu'elle lui inspirait. En la présence de son père, il s'efforçait d'être aimable, mais Isaure lisait en lui : il se demandait pourquoi Régis prenait la peine de s'occuper d'une fille aussi peu digne d'intérêt, aussi insignifiante.

En quelques semaines, Isaure fit des progrès considérables. Puis le peintre et sa compagne regagnèrent Paris à l'automne. Régis promit de reprendre les leçons avant Noël. La jeune fille attendait ce moment avec une avidité qui trahissait son profond mal de vivre. Un soir, comme elle passait par la maison du peintre, ce qu'elle continuait à faire même quand elle était certaine de ne pas l'y trouver, elle aperçut de la lumière aux fenêtres. Des silhouettes s'agitaient derrière, elle reconnut les amis de Marc. Régis était de retour, il n'allait pas tarder à l'appeler. Plus mûre à présent, elle se fit violence pour ne pas observer la famille au complet et repartit sur son vélo, le cœur en fête. Plusieurs jours s'écoulèrent sans nouvelles. Isaure s'affligeait : et s'il avait renoncé à enseigner, s'il était las de ces séances, si Carlita avait émis des réserves, si Marc l'avait convaincu qu'elle n'était bonne à rien ? Dans le doute, elle retourna chez lui et sonna à la porte. Il n'était pas tard, à peine dix-huit heures trente, mais la nuit était précoce en ce mois de décembre.

Marc Varon lui ouvrit. Elle le salua et lui demanda si son père était là. Il hésita puis lui fit signe d'entrer en accompagnant son geste d'un sourire narquois. Elle le suivit dans le salon où deux garçons étaient affalés sur le canapé et les fauteuils, fumant et déjà visiblement éméchés. Des bouteilles d'alcool presque vides sur la table basse en témoignaient. Un signal d'alarme retentit dans le crâne d'Isaure.

— Où est Régis ? s'enquit-elle, embarrassée.

— Mon père et Carlita ne sont pas encore là. Demain, sans doute.

— Ah, merci... Dans ce cas, je reviendrai.

— Tu ne veux pas boire un verre ?

— Non, je suis déjà en retard. Au revoir.

Elle tenta de faire volte-face mais la main de Marc enserra son bras comme une menotte.

— Allez, re... reste un peu, bredouilla l'un des garçons en hoquetant.

Ses yeux vitreux jaugeaient les appas de la jeune fille, qui se sentait de plus en plus vulnérable. Elle essaya de se dégager de la poigne de Marc, sans succès.

— Lâche-moi ! lui intima-t-elle, une pointe de panique dans la voix.

Tout le monde était témoin de sa peur. Certains riaient déjà. Une pareille horreur ne pouvait pas lui arriver. Pas à elle. Et pourtant... S'il devait y avoir une victime, n'était-elle pas toute désignée ?

— Je n'ai pas été violée... En dépit de leur taux d'alcool dans le sang, ces barbares possédaient assez de lucidité pour ne pas laisser de traces... Je ne vais pas rentrer dans les détails de ce qu'ils m'ont fait subir, mon existence est devenue un cauchemar depuis. Je n'avais déjà pas beaucoup de force de caractère, alors vous imaginez, après ce traumatisme... Je n'ai rien dit à personne, à cause de la honte, comme beaucoup de femmes. Mes parents ont donc été laissés dans l'ignorance. Bien plus tard, j'ai su par les réseaux sociaux que Marc Varon avait émigré aux Etats-Unis, un peu trop proches du Mexique à mon goût. Quant à ses deux acolytes, ils ont poursuivi leurs études et fondé une famille comme si de rien n'était. Dès que j'ai été majeure, j'ai quitté ma famille. Petits boulots, mauvaises rencontres, un Mexicain que j'ai suivi dans son pays... Des gens m'ont vue sur le ferry, ma disparition n'a jamais été considérée comme inquiétante et, en dépit des plaintes de mes parents, il n'y a pas eu d'enquête. Ils sont décédés peu après dans un accident de voiture et ma sœur n'a pas pris le relais. Voilà toute la tragédie de ma vie.

— Il est encore temps de rendre justice… murmura Manneville, abasourdi.

— Il y a prescription, vous êtes au courant. De plus, ce serait avouer que je suis Isaure et non Lucille.

Il sursauta.

— Vous n'avez pas peur que je vous arrête ?

La jeune femme sourit, mais elle avait les larmes aux yeux.

— Tout d'abord, j'aimerais savoir si vous me croyez. Après tout, je pourrais affabuler pour vous apitoyer.

— Je n'ai pas à répondre. Je dois consigner vos aveux et y réfléchir.

— J'ai choisi de vous faire confiance. Pour que vous me laissiez enfin tranquille. Je n'ai pas tué Lucille, jamais je n'aurais été capable de commettre un assassinat, sur la personne de ma jumelle en plus. J'ai été témoin de son accident au lac du Jaunay, j'ai essayé de la sauver sans y parvenir. Je savais qu'elle était morte, ce n'était pas la peine d'appeler les secours. Alors oui, j'ai pris sa place. Elle avait tout ce dont je rêvais : de l'argent, un enfant… Je me suis attachée à Noé, comment envisager de ne plus être sa mère, même de substitution ?

— Il y a donc bien un corps au Jaunay, monologua Manneville.

Il se frotta le visage comme après une nuit blanche, stupéfait d'avoir eu raison en fin de compte.

— Laissez-moi vous raconter dans les détails ce qu'a été mon quotidien depuis mon retour en France, en février 2010. J'étais au bout du rouleau à cette époque, couverte de dettes. Je cherchais à emprunter de l'argent à Lucille…

Lorsqu'elle eut achevé son récit, un long silence s'installa, durant lequel Raoul réfléchit, très troublé par ce qu'il venait d'entendre. Perturbé aussi par ses propres sentiments, un mélange de lassitude et de soulagement. Ne mènerait-il jamais à terme cette enquête qui, depuis le début, s'était si mal engagée ? Il ne serait donc jamais ce gendarme de génie qui avait réussi à déceler une énigme hallucinante là où son supérieur ne voyait qu'élucubrations ? Mais cette femme, Isaure, car c'était bien elle, connaîtrait enfin la paix. Il l'aurait peut-être accusée à tort du meurtre de sa sœur pour au final échouer à le prouver avec une dépouille qui ne livrerait pas tous ses secrets.

Un chat gris et blanc vint se frotter contre ses mollets en humant le bas de son pantalon. Il perçut plusieurs braiments et s'attendit presque à voir le mufle de l'âne apparaître à la fenêtre du salon. Louise dormait. Noé était gardé par une voisine, lui avait appris Isaure à son arrivée ; elle ne désirait pas qu'il entende un mot de leur conversation. Ici, tout respirait la sérénité retrouvée.

— Votre compagnon a deviné ?

— Non.

— Ou il simule.

— Je ne crois pas. Il pense que je suis Lucille. Tout comme Matthias. Il n'y a que Diane pour avoir douté.

Elle ajouta, avec un pâle sourire :

— Les femmes sont plus fines que les hommes d'une manière générale.

Manneville soupira.

— Qu'attendez-vous de moi ?

— Mon vœu le plus cher est de continuer à vivre normalement avec Simon et les enfants. Ne plus avoir aucun contact avec vous, en réalité.

— Laissez-moi du temps pour faire le point.

— Bien sûr. Rien ne presse… Enfin, si ! Je suis impatiente que cela finisse. Si vous décidez de clore l'enquête, j'aurai votre parole que ce sera pour toujours ?

— Sauf si un élément nouveau survient.

— De quel genre ?

— Le corps de Lucille retrouvé par un baigneur, par exemple…

— C'est vrai, admit la jeune femme avec tristesse.

— La science fait de tels progrès, mademoiselle Martineau. Les techniques évoluent d'année en année. Et puis, qui dit que Lucille n'a pas subi une opération qui nous permettrait de la différencier de vous ?

Isaure songea au rendez-vous de sa sœur pour son genou qui n'avait jamais été honoré. Elle se tut.

L'air désabusé, Manneville se leva.

— Une dernière question : vous ne tenterez jamais rien pour donner à Lucille une sépulture décente ?

A son expression, il sut qu'il l'avait touchée. Elle baissa la tête et répondit, d'une voix si faible qu'il dut s'approcher pour comprendre :

— J'y ai déjà réfléchi. Je suis coincée, mais je peux au moins lui rendre hommage au travers d'une cérémonie, des fleurs jetées dans le lac, des prières… Viendrez-vous, lieutenant ?

— Je vous tiens informée de la suite, se contenta-t-il de répondre.

Elle se demanda s'il évoquait le semblant d'enterrement ou l'enquête.

Néanmoins, quand Manneville regagna sa voiture, il savait à quoi se préparer.

Le dossier médical des jumelles avait confirmé qu'elles étaient monozygotes. Cela signifiait qu'elles possédaient un ADN identique et l'examen ne décèlerait aucune différence entre les sœurs. La conclusion était sans appel, Isaure et Lucille étaient de vraies jumelles, issues de la division d'un œuf fécondé unique. On ne pouvait établir une dissemblance grâce à la génétique. Manneville était à nouveau piégé.

Probabilité nulle pour l'ADN, cependant le lieutenant avait encore une chance de mener à bien cette affaire en exhumant le corps de Lucille. Dans les méandres de son cerveau en ébullition, le maillage de ses pensées qui partaient dans tous les sens, une certitude s'imposa soudain : le cadavre serait identifié comme étant celui de Lucille… ou d'Isaure, puisqu'il n'existait aucune disparité entre des jumelles monozygotes !

Son enquête était terminée avant même d'avoir commencé. Mandeville était vaincu.

A Simon, Isaure ne dévoila pas toute la vérité. Il sembla surpris par la brièveté de cette avancée mais heureux d'apprendre qu'aucun corps n'avait été retrouvé. Tous les espoirs étaient encore permis,

Isaure devait être quelque part en Vendée, elle donnerait bien un jour signe de vie. Un doute subsistait cependant dans son esprit. Il ne comprenait pas pour quel mobile la police s'était intéressée au parcours d'une femme adulte alors que nulle plainte n'avait été déposée à son sujet. Des zones d'ombre le tracassaient. Il voulut savoir si Lucille avait l'intention d'engager un détective privé pour chercher sa sœur. Quand elle lui répondit par la négative, il fut soulagé. Il pensait qu'une femme qui avait fui à sa majorité, sans raison apparente, pour resurgir vingt ans plus tard et ne pas signaler son retour à sa jumelle n'était pas digne qu'on dépensât une fortune afin de s'enquérir de son sort. Il éprouvait des remords à se sentir si peu concerné mais, pour sa défense, Lucille ne l'encourageait pas à éprouver de l'empathie envers Isaure. Après la visite du lieutenant, elle évoqua quelque temps sa sœur, puis plus rien. Si Simon doutait que ce soit vrai, elle paraissait néanmoins résolue à oublier cette affaire. Sans doute, comme lui, nourrissait-elle de la colère envers celle qui avait fait peu de cas des tourments endurés par la famille. Dieu sait ce que Lucille avait dû subir quand Isaure s'était volatilisée : l'angoisse de ses parents puis leur désespoir, la curiosité du voisinage, les ragots, sa propre culpabilité peut-être… Simon avait recueilli quelques témoignages acerbes sur les rapports atypiques entre les jumelles, cette domination de l'une sur l'autre…

Quelques jours avant la « cérémonie », Isaure envoya un mot bref à Manneville lui indiquant la date et l'heure. Elle n'avait pas signé. Il devinerait. Cependant, quand elle lança le bouquet de fleurs dans le lac en récitant une prière, elle était seule. Etait-il en congé à cette période ou retenu chez lui par un virus ? Elle aurait aimé qu'il soit là mais, quel que soit le motif de son absence, elle ne chercherait pas à le connaître. Elle avait pris assez de risques comme ça. Elle demanda pardon à Lucille pour l'avoir laissée délibérément dans les eaux froides du Jaunay, son squelette à jamais prisonnier au sein des profondeurs tentaculaires du lac. Il n'y avait pas moyen d'agir autrement. Le vent se leva, la surface du Jaunay frémit, parut lui adresser des murmures.

Alors elle rentra chez elle, glacée et bouleversée, se jurant de ne plus jamais revenir dans ce lieu maudit.

Quatrième partie

MARAIS POITEVIN

Décembre 2013

18

Depuis la vitre du salon, Isaure contemplait Simon qui jouait avec Noé dans le jardin, tous les deux bien emmitouflés sous plusieurs épaisseurs de vêtements chauds. Il lui lançait un ballon de foot que le gamin attrapait facilement et renvoyait de toutes ses forces vers son adversaire. Ses petites jambes ne possédaient pas encore assez de force pour le propulser loin, et Simon faisait en sorte de s'approcher à chaque fois pour recevoir le ballon dans les pieds. Parfois, il affectait de le rater avec une grimace de dépit, provoquant les cris de joie de Noé, qui se proclamait aussitôt vainqueur.

C'était touchant d'observer leur complicité, surtout depuis que la jeune femme avait obtenu la preuve qu'ils partageaient le même sang. Elle avait fait appel à un organisme sur Internet qui proposait des tests ADN ; confiante en lisant les avis favorables, elle n'avait pas hésité à leur envoyer la salive de Noé, aisée à récolter, et des cheveux de Simon, qu'elle avait prélevés sur son peigne. Le résultat fut positif. Afin de ne plus concevoir aucun doute, elle avait réitéré l'opération auprès de quatre sociétés différentes, recevant toujours la même conclusion : Simon était bien le père de Noé.

Elle aurait aimé pouvoir le lui révéler, mais elle n'était pas sûre que cette nouvelle renforcerait leur amour. Elle ne pourrait lui reprocher de se mettre en colère à l'idée qu'elle lui avait caché cette paternité pendant des années, laissant même Matthias reconnaître l'enfant à sa place. Isaure ne voulait plus mal juger sa sœur, mais elle ne pouvait s'empêcher de penser que cette cruauté, aussi bien à l'encontre de Matthias que de Simon, lui ressemblait bien. Simon avait été son amant durant son concubinage avec Matthias et elle avait dissimulé à ce dernier que Noé n'était pas de lui. Pourtant, après leur rupture, elle aurait pu rétablir la vérité. A présent, Isaure avait peur de perdre Simon si elle lui dévoilait sa paternité. Et elle n'osait imaginer la réaction de Matthias quand il apprendrait que son rival le supplantait une nouvelle fois ! C'était triste pour Noé, qui ne saurait jamais qui était son véritable père, mais préférable pour leur équilibre à tous.

La jeune femme détourna son regard de l'extérieur et entreprit de se plonger dans le magazine que Simon avait acheté ce samedi matin. Elle tourna quelques pages, l'air absente, les pensées se télescopant dans son cerveau : *Que vais-je préparer pour le déjeuner ? Des légumes, Noé n'en mange pas assez. Comme tous les enfants, il souhaite tous les jours des frites ou des pâtes. Je me demande comment Louise va réagir à sa visite chez le médecin, elle qui a une telle peur des piqûres ! Tiens, j'aimerais bien partir en vacances au Pays basque l'été prochain...*

Soudain, un article attira son attention. En lisant son titre, les battements de son cœur s'accélérèrent, elle eut l'impression que son corps se transformait en torche vivante, alors même qu'un mince filet de sueur dégringolait entre ses omoplates.

Non, ce n'est pas possible, pas ça !…

De nouveaux outils génétiques pour différencier les « vrais » jumeaux

Jusqu'à aujourd'hui, les jumeaux monozygotes – aussi appelés « vrais » jumeaux –, issus d'un unique œuf fécondé, ne pouvaient pas être différenciés génétiquement. Pas un laboratoire n'avait été capable de trouver un outil d'analyse autorisant à distinguer les empreintes génétiques de « vrais » jumeaux pour le cas d'enquêtes criminelles ou de tests de paternité.

Le laboratoire Eunoser, leader européen des services génomiques, des analyses médico-légales et des tests de paternité, propose un projet de recherche génétique et de médecine légale sur les jumeaux. Eunoser a donc développé le premier test au monde pouvant identifier les différences génétiques entre les « vrais » jumeaux. Ce test sera bientôt disponible à l'intention des autorités, des tribunaux et de la médecine légale afin de résoudre les enquêtes criminelles au sujet de jumeaux monozygotes dont des traces d'empreintes génétiques ont été décelées sur des scènes de crime ou concernant des actions en recherche de paternité.

Une vague de panique souleva Isaure, elle eut l'impression de revenir plusieurs années en arrière, quand elle venait de prendre l'identité de Lucille et que tout était source d'angoisse. Semblable à un torrent, la terreur la submergea au point qu'elle en perdit le souffle. Elle se mit à haleter comme un cardiaque en détresse. Ses yeux volaient dans l'espace tels des papillons pris au piège.

Avant de réfléchir à ce qu'il convenait de faire, Isaure tenta de retrouver son calme. Elle s'aspergea le visage avec l'eau du robinet.

Rien ne prouve que Manneville soit au courant.

Et pourquoi ne le serait-il pas ? Il est gendarme ! Même s'il n'est pas directement concerné, l'information circulera dans son service et il en parlera avec ses collègues.

Il va donner l'ordre de sortir du lac la dépouille de Lucille. Le médecin légiste saura comment nous différencier.

Non, Manneville m'a oubliée.

Ce n'est pas le mot juste. Il ne m'oubliera jamais, mais il a promis de me laisser tranquille.

Sauf si un élément nouveau survenait.

Le coup de fil de Manneville eut lieu quelques semaines plus tard.

— J'ai le devoir de vous avertir que l'enquête va être rouverte.

Dans l'espoir que la cause ne soit pas la découverte de l'ADN, Isaure ne réagit pas.

— Un laboratoire a mis en place un procédé afin de différencier l'ADN des vrais jumeaux.

— Ah…

— Je suis désolé.

On aurait dit que Manneville regrettait. Etait-il donc obligé de prendre cette initiative ? N'aurait-il pas pu ignorer la nouvelle donne et laisser la jeune femme tranquille ? Elle n'était pas en mesure de lui poser ces questions.

— J'ai engagé une procédure pour drainer le lac du Jaunay, au moins la partie près du ponton. L'accord vient d'arriver. L'opération aura lieu dans deux jours…

— Deux jours !

Isaure avait crié. Quel court ultimatum ! Deux jours avant que sa vie ne se brise. Mais aussi deux jours d'angoisse. Peut-être était-il préférable que tout se termine très vite. Elle allait passer ces quarante-huit heures dans une folle terreur. Et comme toujours, elle pensa à ses enfants.

— Il y a eu des fuites…

— Que voulez-vous dire ? s'exclama Isaure.

Elle l'entendit soupirer.

— La presse a été avertie.

— Les journalistes seront présents ?

— Nous ferons tout pour les écarter. En revanche, il y aura un article dès demain…

— Ce n'est pas possible ! hurla Isaure. Avez-vous songé à ma famille, Noé surtout, à l'école ? Qui a averti les journaux ? Vous ?

— Bien sûr que non ! protesta-t-il. Je vous assure que je ne connais pas l'identité de l'informateur. Ecoutez, je vous conseille de rester enfermée chez vous avec Noé. Mais vous devrez être présente mercredi au lac, à neuf heures. Une voiture de police viendra vous chercher.

— Je suis donc accusée ?

— Non, pas du tout. Ni garde à vue ni mise en examen tant qu'un corps n'a pas été retrouvé.

C'est tout comme, songea Isaure, amère.

Ils parlèrent encore un peu de l'attitude à tenir face aux médias, puis Isaure raccrocha.

C'est alors qu'une chape d'angoisse lui tomba dessus. Et de la colère, aussi, à l'idée de perdre ce qu'elle avait si difficilement acquis après tant d'épreuves : le bonheur en famille, l'épanouissement enfin, et une certaine sérénité. Heureusement que Simon travaillait car elle aurait été incapable de se composer un visage neutre après cette conversation.

Et soudain, Isaure songea qu'elle devrait lui parler le soir même puisque dès le lendemain les extrapolations de la presse seraient lisibles pour tout le monde. Elle serait livrée en pâture à ses concitoyens, à commencer par ceux qu'elle connaissait, qui l'aimaient bien, la respectaient, la prenaient pour une petite jeune femme sans histoire… et qui allaient découvrir que leur voisine, une épouse et une mère, pouvait aussi être une meurtrière. Que cette maison abritait une tueuse. Que cette dernière avait côtoyé leurs enfants. Qu'un être malfaisant était tapi depuis des années dans leur village. Arrête ça ! se dit Isaure, sans y parvenir.

Le poing serré contre sa bouche, elle se mit à gémir comme si quelqu'un pouvait l'entendre. Noé était à l'école et Louise dormait profondément. L'idée de ses enfants exposés aux commérages et aux méchancetés lui était insupportable. Pire encore, quand elle aurait été reconnue coupable de l'assassinat de Lucille, ils devraient apprendre à vivre sans elle. Noé serait séparé de sa demi-sœur, confié à son père, et Louise élevée par Simon. Leur existence serait à jamais gâchée par ce drame dont Isaure n'osait même pas imaginer les conséquences. Peut-être même lui en voudraient-ils au point de refuser plus tard de lui rendre visite en prison ?

Durant les heures précédant le retour de Simon, elle déploya toute son énergie à préparer l'annonce de l'affreuse nouvelle à son mari.

— C'est horrible que la presse soit au courant, mais la police ne trouvera pas de corps dans le Jaunay.

Cette histoire était si complexe ! La jeune femme en était réduite à faire croire à Simon que Manneville chercherait dans le lac la dépouille d'Isaure Martineau. Logique après tout puisqu'elle était Lucille. Sauf que, grâce aux analyses ADN, la police ne tarderait pas à comprendre que le cadavre tiré de l'eau était celui de Lucille Launay. Et que l'épouse de Simon, la mère de Louise, celle que l'on prenait pour Lucille, était en réalité Isaure, la tante de Noé et non pas sa génitrice. Et, comble de l'horreur, qu'elle avait tué sa sœur.

— On n'en sait rien. Après tout, Isaure a disparu.

— J'ai du mal à comprendre… Pourquoi au Jaunay ? Qu'est-ce qui leur fait croire qu'elle est précisément là-bas ?

Isaure éclata en sanglots. Elle se sentit aussitôt soulagée. Non seulement pleurer était une délivrance, mais Simon se précipitait sur elle pour la consoler et cessait enfin ses questions.

— Ma pauvre chérie… On affrontera et on surmontera toute cette boue.

— Je pense surtout à Noé. A l'école, les autres enfants risquent de se montrer cruels à son égard.

— Chaque chose en son temps, Lucille. Attendons de lire ce que publient les journaux.

Et en effet, dès le lendemain, la presse régionale se faisait l'écho de l'histoire d'Isaure et de Lucille.

Isaure demanda à Simon d'acheter le quotidien. Elle ne se sentait pas le courage de sortir, d'affronter les regards curieux et suspicieux.

— On parle de moi ?

— Oui, mais ce n'est pas aussi agressif que prévu.

— Lis ! Je n'en ai pas le courage.

Disparition d'Isaure Martineau : l'ultime rebondissement

L'affaire remonte à pas mal d'années. C'est en 1986 qu'Isaure Martineau, native de l'île d'Yeu, a disparu. Un certain 12 avril de cette année-là, ses parents, alarmés de ne pas la voir revenir comme chaque soir, ont alerté la gendarmerie. Alors âgée de dix-huit ans, Isaure était une jeune fille sans histoire. Son père possédait sa propre entreprise de menuiserie dont sa mère était la secrétaire. Elle avait une sœur jumelle, Lucille, qui vit toujours dans la région. Rien ne laissait présager un tel drame. On lui connaissait un joli don pour la peinture et notre journal l'a même évoqué lors d'un article sur une exposition à Yeu. Pourquoi une jeune fille plutôt réservée, heureuse en famille, fuguerait-elle sans crier gare ? A l'époque, la police avait évoqué la possibilité d'un enlèvement, mais la victime était majeure, libre de ses mouvements, et l'enquête a vite tourné court. Depuis, plus aucune nouvelle d'Isaure Martineau. Les parents des jumelles sont décédés et Lucille n'a jamais reçu le moindre signe de vie de sa sœur.

Or, voilà que l'enquête est rouverte. Mercredi, des plongeurs fouilleront le lac du Jaunay afin d'y chercher un éventuel corps. Si la police se montre mutique sur les causes de ce retournement, il semble qu'un nouvel élément ait permis d'orienter les recherches vers ce lac. Dès lors, si la dépouille d'Isaure Martineau devait être retrouvée, tout est encore possible ou presque. Si la fugue est écartée, reste la thèse de l'accident ou de l'assassinat. L'enquête le déterminera. En attendant, le lac sera fermé au public mercredi. Selon nos sources, Lucille Martineau, très éprouvée, devrait être présente lors de la recherche du corps de sa jumelle.

Encore tremblante de peur, Isaure vérifia par la fenêtre qu'aucun journaliste ne se trouvait à proximité. La rue était vide. Son histoire n'intéressait pas autant qu'elle l'avait redouté, quel soulagement ! Le couple avait choisi de laisser Noé aller en classe aujourd'hui. Si le scandale devait aussi s'étendre à l'école, le garder claquemuré à la maison n'était de toute façon pas une solution. Simon entreprit des recherches sur Internet, mais seule la presse locale se faisait l'écho de l'affaire. Finalement, Isaure pouvait s'estimer heureuse. Personne ne sous-entendait qu'elle était responsable de la mort de sa sœur. Pour le moment, elle inspirait même un sentiment de compassion. Rien ne serait à craindre avant le surlendemain.

Elle n'en passa pas moins ces deux jours à s'angoisser, d'autant plus que Simon devait se rendre à Nice pour un séminaire. Il proposa de l'annuler, son supérieur n'y verrait aucune objection étant donné les circonstances, mais Isaure se récria. Elle avoua qu'elle devenait folle à force d'anxiété et qu'il était préférable qu'elle soit seule plutôt que de se rendre insupportable à son entourage. Aucun enfant ne s'en était pris à Noé. Leurs parents avaient dû parler du fait divers entre eux, sans évoquer cette triste disparition en présence des petits. En revanche, Isaure ne cessa de recevoir des appels et des visites de connaissances et d'amis venus aux nouvelles. Elle s'efforça de répondre avec concision sans pour autant se montrer revêche. La jeune femme réagit avec la plus grande réserve, tout en restant aimable. Le correspondant d'*Ouest-France* tenta d'obtenir une interview, qu'elle lui refusa. Elle demeura confinée chez elle jusqu'au moment de se rendre au lac, là où sa félicité allait s'achever.

Sa terreur était à son paroxysme face au lac du Jaunay envahi par les plongeurs et les policiers. Outre qu'elle frissonnait de froid dans sa veste trop légère, ses tremblements d'épouvante revenaient en puissance. Elle claquait même des dents. Manneville s'était montré compréhensif et lui avait permis d'attendre dans l'habitacle d'une voiture avec un café chaud. Si à l'extérieur on s'agitait et on faisait du bruit, le silence à l'intérieur du véhicule n'était troublé que par le long cri muet qui semblait monter en elle en même temps qu'une nausée. Pourvu qu'elle ne se donne pas en spectacle ! Un sanglot lui étrangla la gorge. Elle avait cru le lieutenant soucieux de son bien-être mais elle se demandait à présent si la faire assister à cette scène éprouvante n'était pas le meilleur moyen pour lui faire perdre tout sens commun et la confondre enfin. En avait-il seulement besoin ? Une fois le corps de Lucille repêché, un test ADN suffirait à la jeter en prison pour au moins dix ans, peut-être plus. Elle n'en pouvait plus d'attendre l'instant de son naufrage.

Les plongeurs sondaient le lac depuis des heures et n'avaient encore rien trouvé. La pause déjeuner arriva. Personne ne quitta les lieux, sandwichs et boissons ayant été prévus pour nourrir toute l'équipe. Isaure prit sa part de la collation sans appétit, tout en se demandant ce qu'elle faisait là. Les forces de l'ordre évoquaient l'affaire en l'ignorant, à l'exception de Manneville, qui traduisait pour elle les termes techniques. Après un nouveau café qui lui fit du bien, elle reprit sa place dans la voiture, où elle finit par s'endormir, ce qui n'était pas plus mal.

Quand elle s'éveilla d'une courte sieste, les recherches n'avaient toujours pas abouti. Soudain, elle se rendit compte qu'il se passait quelque chose. Un plongeur était sorti de l'eau et se manifestait par des mouvements de bras et des cris. Manneville courait vers la berge. Voilà, c'est la fin, songea Isaure, au bord du malaise. Comment pourrait-elle supporter de voir hisser hors du lac la dépouille de sa jumelle ? Elle ferma les yeux, serra les poings.

La porte s'ouvrit brusquement, la tirant de son déni en la faisant sursauter.

— Tout va bien ? s'enquit gentiment Manneville.

— Non, répondit Isaure, comment voulez-vous que ça aille ?

— Tranquillisez-vous, c'était une fausse alerte. Nous avons retrouvé le cadavre d'un chien.

— Quelle horreur ! s'exclama Isaure, les larmes aux yeux.

Elle était à bout de nerfs. C'était comme si ce chien lui avait appartenu. Après l'avoir contemplée d'un air dubitatif, Manneville proposa de la faire ramener chez elle.

— C'est vous qui avez tenu à ma présence, grommela la jeune femme.

— Ça suffit peut-être pour aujourd'hui…

— Non, je reste, décréta Isaure avec une obstination rageuse.

Manneville haussa les épaules et s'éloigna.

A cet instant, le portable d'Isaure retentit. C'était Simon, qui l'appelait pour la troisième fois de la journée en dépit de son séminaire de golf dans le Sud. Et pour la troisième fois, elle lui déclara qu'il n'y avait rien de neuf. La jeune femme consulta sa montre : seize heures seulement. Les plongeurs travailleraient jusqu'à la nuit, qui tombait à vingt heures trente environ en ce mois d'avril. Le temps lui paraîtrait interminable. Elle avait demandé à ses beaux-parents de garder les enfants pendant deux jours et ne s'inquiétait pas à leur sujet, mais l'ennui et la peur d'un scénario catastrophe rendaient l'attente presque insurmontable.

Elle n'eut pas conscience de sombrer mais, quand elle ouvrit les yeux, une policière la secouait doucement. Elle émergea avec stupeur. Comment pouvait-elle dormir alors que son destin se jouait en cette journée horrible ? Il est vrai qu'elle n'avait pas réussi à trouver le sommeil durant les deux nuits précédentes.

— Souhaitez-vous du café ?

— Oh, oui, merci ! s'exclama Isaure en étirant ses membres ankylosés. Il y a du nouveau ?

— Non, rien.

— Je vais marcher un peu.

La jeune femme se dirigea vers la forêt en resserrant sa veste contre sa poitrine. Elle surprit des visages à l'expression indécise, déçus par ces vaines tentatives depuis le matin. *Se peut-il qu'ils ne trouvent rien ?* se demanda Isaure tout en empruntant le sentier qui longeait le Jaunay. Le corps de Lucille aurait-il dérivé très loin ? Guère possible. Si cela avait été le cas, il aurait fini par remonter à la surface et quelqu'un l'aurait repéré. Non, il était plus vraisemblable qu'il se soit coincé au fond de l'eau, mais alors pourquoi les plongeurs ne tombaient-ils pas dessus ?

Ou bien, il n'était plus dans le lac.

Le dernier appel de Simon eut lieu le soir. Il rentrait le lendemain.

— Ils n'ont rien trouvé, rien trouvé ! Et ils abandonnent les recherches. C'est terminé.

— C'est plutôt une bonne nouvelle, non ? Cela prouve qu'Isaure est en vie quelque part.

Son ton enjoué semblait factice.

— Oui, peut-être. Au moins, cela permet encore d'espérer…

Le propre époux d'Isaure ne pouvait comprendre les vraies raisons de son soulagement. Il ne saurait jamais que Lucille – ou Isaure, comme il le croyait – était bien décédée mais que sa dépouille demeurait irrécupérable, qu'elle avait été vraisemblablement déplacée. A moins que ?…

En proie à la panique, Isaure n'écoutait plus Simon. Elle coupa la communication sans même s'excuser. Il penserait que le réseau n'était pas bon. Deux pensées venaient de se télescoper dans son esprit : Lucille n'était pas morte, ou quelqu'un s'était occupé du corps. La première hypothèse paraissait peu plausible, mais avec Lucille tout était possible. Quant à la seconde… Isaure crut deviner que Simon était au courant de tout, peut-être même depuis le début. Qu'il n'était pas le moins du monde à Nice mais non loin d'elle, en Vendée ou dans les Deux-Sèvres. Et qu'il avait sans doute ôté le corps de l'eau à la force de ses bras et surtout grâce à ses talents de plongeur. Qu'il l'avait enterré quelque part, bien à l'abri d'un nouveau danger d'inhumation. Pour sauver Isaure. Par amour pour sa femme.

Deux jours plus tôt

Une folie…

Une folie nécessaire.

La veille, quand Diane l'avait appelé pour lui parler, il avait été très surpris. Certes, Lucille avait déjà prononcé son nom par le passé mais le couple ne la fréquentait pas. De plus, cette femme lui avait demandé de ne pas évoquer leur rencontre devant Lucille, expliquant que cela avait un lien avec la disparition d'Isaure. Comme pour l'empêcher d'avertir quand même son épouse, elle avait ajouté qu'elle se trouvait à quelques centaines de mètres du golf où il travaillait. Voulait-il bien la rejoindre sans tarder ? Inquiet pour Lucille, Simon avait accepté. Diane se tenait sur le trottoir, près de sa voiture.

C'était une créature au charme évident, néanmoins de son visage émanait un épuisement qui ne rendait pas hommage à sa beauté naturelle de rousse. Elle semblait aussi très nerveuse en le priant de s'asseoir côté passager tandis qu'elle démarrait.

— Je préfère qu'on ne nous voie pas discuter. J'espère que vous n'avez parlé à personne ?

— Non, répondit Simon, laconique.

Elle roula quelques minutes en silence jusqu'à une forêt où elle arrêta le véhicule dans un chemin désert.

— Maintenant, nous pouvons discuter.

Il attendit. Elle prit une profonde inspiration.

— L'histoire que je vais vous raconter va vous paraître invraisemblable, mais ne m'interrompez pas car je vous jure qu'elle est vraie. De plus, je suis la seule personne à ce jour qui peut sauver Isaure… enfin, Lucille pour vous.

Stupéfait, il écouta le récit, de plus en plus abasourdi à mesure qu'elle lui narrait ces faits incroyables au sujet des jumelles Martineau.

Quand elle se tut, il ne restait plus à Simon qu'une obsession en tête :

— Vous pouvez m'assurer qu'Isaure n'a pas tué sa sœur ?

— J'en ai eu la preuve hier. J'ai fait une dépression, vous savez. Mon divorce, Isaure… Mes employées ont repris le commerce quelques semaines, le temps que je me repose, que les médicaments agissent. Enfin, me reposer… J'avais besoin de savoir, vous comprenez. J'avais le sentiment que je ne serais jamais en paix tant que je n'apprendrais pas la vérité. Et la vérité, la voici.

Elle lui tendit plusieurs feuillets.

Tout d'abord, l'esprit en déroute, il ne distingua que du flou, comme devant une glace déformante. Puis il comprit qu'il s'agissait des résultats d'un examen et tenta de les déchiffrer. Suite d'images d'un crâne qui n'évoquaient pas grand-chose, jusqu'à cette phrase lapidaire de Diane :

— Lucille avait une tumeur au cerveau.

Simon se passa une main sur le front et les yeux, comme s'il espérait effacer le funeste diagnostic.

— Lucille était malade…

Bien qu'ayant du mal à rassembler ses pensées, il se mit à réfléchir sur ce qu'impliquait cette nouvelle.

— Vous croyez qu'elle se serait suicidée ?

— J'en suis désormais convaincue. J'ai toujours trouvé bizarre qu'Isaure ait tué sa sœur. Elle n'en a pas la carrure, si je puis dire, si on a le droit d'estimer qu'il y a du panache à assassiner quelqu'un, surtout sa propre sœur ! Quoi qu'il en soit, j'avais des doutes. Et je connaissais bien Lucille… Elle n'aurait pas supporté d'être diminuée, de subir un traitement lourd, invalidant. Elle a préféré partir avec sa moto, en sportive accomplie.

— A moins que son acte n'ait pas été prémédité, murmura Simon.

— Nous n'en saurons jamais rien. Evidemment, elle ignorait que sa sœur l'espionnait.

Simon sursauta. Puis il tourna la tête vers Diane avec une curieuse expression de triomphe.

— Vous croyez ? Je pense au contraire qu'elle avait repéré Isaure. Qu'elle savait que cette dernière prendrait sa place. Ou au moins qu'elle s'occuperait de Noé. Lucille a tiré les ficelles encore une fois, jusqu'au bout, consciente qu'elle ne pouvait plus se battre contre son destin et la mort qui l'emporterait.

Diane le fixa avec incrédulité puis sourit.

— C'est possible… Sacrée Lucille ! Il est vrai que j'avais du mal à comprendre qu'elle abandonne ainsi Noé, même s'il y avait Matthias. Néanmoins… Sa tumeur était des plus virulentes. J'ai découvert qu'elle n'avait plus beaucoup de temps à vivre.

— Comment avez-vous appris tout cela ? Et d'ailleurs, de quelle manière vous êtes-vous procuré cette IRM ? demanda Simon.

— Le hasard veut que mon frère travaille à l'hôpital Lariboisière, où Lucille a fait son examen. Elle ne désirait pas que cela s'ébruite, elle est allée jusqu'à prendre rendez-vous dans un hôpital parisien dans ce but. Il a réagi quand j'ai fait mention de l'article d'*Ouest-France* mais il ne dira rien à la police, j'ai sa parole.

— Pourquoi vous confier à moi ? s'enquit encore Simon.

La réponse de Diane le stupéfia.

— Pour que vous m'aidiez à sortir le corps de Lucille du Jaunay. Malgré le temps qui presse, j'ai tout prévu. Nous agirons de nuit. Vous savez plonger. Nous mettrons la dépouille dans le coffre de ma voiture. Peut-être avez-vous raison, Lucille n'a pas anticipé son geste. Car le lac du Jaunay n'est pas un écrin digne d'elle. Elle aura l'océan pour dernière demeure. Je dispose d'un bateau pour cela.

Elle respira encore une fois profondément puis conclut :

— Je l'ai aimée plus que tout, vous savez.

Epilogue

Marais poitevin
Quelques semaines plus tard

Pétrifié par la nouvelle, Manneville sentit son cœur battre plus vite, mû par une poussée d'adrénaline qu'il connaissait bien. Décidément, il n'en aurait jamais terminé avec cette affaire. Il croyait approcher du dénouement en sondant le lac, persuadé que le corps de Lucille y était englouti, mais la journée de plongée s'était soldée par un échec cuisant. Son supérieur et le juge n'avaient pas manqué de le tancer vertement, ironisant sur son sixième sens mis en déroute, le sommant de clore cette histoire pour le bien de tous. Il avait senti le malaise parmi ses collègues et ses hommes au commissariat. Quant à la presse locale, elle en avait profité pour gloser sur son incompétence. Certes, jamais Isaure n'avait exprimé le moindre sentiment de triomphe. Elle s'était contentée de manifester du soulagement sans lui reprocher ce que tout le monde à présent considérait comme du harcèlement à son encontre. Il n'avait plus eu de nouvelles, depuis. Elle désirait renouer avec sa vie de famille, et il la comprenait. Il était passé à autre chose en espérant se faire oublier. Il avait repris sa petite existence sans envergure, à laquelle il ne pouvait décidément pas échapper. Il avait essayé et il s'était fourvoyé. Il n'avait pas la moindre intention de persévérer pour confondre Isaure. Il imaginait ses dernières chances anéanties.

Or, voilà que devant lui se tenait l'homme qui allait permettre l'impossible : certifier que celle qui se faisait passer pour Lucille était en réalité sa jumelle, Isaure. C'était une personne en laquelle on pouvait avoir confiance et qui apportait la preuve irréfutable de l'usurpation d'identité. Sa fonction le rendait respectable : le Dr Briançon était chirurgien. Nul ne mettrait en doute ses dires, d'autant plus qu'il avait en main ce que Manneville avait cherché en vain pendant des années. Bizarrement, ce dernier en éprouvait à la fois de l'excitation et de la tristesse. Il ne pouvait nier qu'il s'était attaché à Isaure, et son tragique passé le bouleversait. Néanmoins, elle restait coupable. Le devoir de Manneville était de la confronter à ses mensonges.

Après cette visite, il n'hésita pas à parcourir deux cents kilomètres pour se rendre chez Isaure sans même la prévenir, le document avec lui. Il la trouva dans son jardin en train de planter des bulbes. Comme elle ne l'avait pas entendu arriver, il put la contempler quelques minutes. Elle paraissait détendue, calme, heureuse. Pourquoi ne le serait-elle pas ? Elle avait échappé au pire. Il s'en voulait presque de troubler cette quiétude. Manneville n'était pas dupe de ses propres contradictions : il savait qu'il doutait. Il n'était pas certain qu'Isaure ait tué sa sœur. Et de toute façon, comment l'affirmer en l'absence de corps ? En revanche, elle s'était d'ailleurs confiée à lui sans détour, il n'ignorait pas qu'Isaure avait pris la place de sa jumelle. Elle prétendait que cette situation résultait d'un accident de moto. Qu'elle avait tout tenté pour sauver Lucille sans y parvenir. Mais dans ce cas, pour quelle raison le cadavre de Lucille n'était-il pas dans le lac, là où Isaure l'avait vue sombrer ?

Toujours immobile près de l'habitation, Manneville hésitait. Il finirait par passer pour un rôdeur, à demeurer là, les yeux rivés sur la jeune femme ! Son regard se porta vers la radio que lui avait remise le chirurgien, celui qui aurait dû opérer Lucille. Le Dr Briançon avait mis du temps à faire le lien entre l'affaire exposée dans les journaux et sa patiente. Et lui aussi avait nourri des scrupules à se présenter au commissariat, se demandant s'il ne faisait pas du zèle dans un but malsain. Mais l'article qu'il avait parcouru, s'il évoquait surtout la disparition d'Isaure Martineau, sous-entendait que Lucille pourrait, dans les jours à venir, avoir un rôle à jouer dans cette affaire, et pas des moindres. Finalement, aucune dépouille n'avait été découverte. Mais le chirurgien avait quand même pris l'initiative de montrer la radio au lieutenant.

La radio de Lucille, celle qui montrait son genou abîmé. Si Isaure acceptait de passer à son tour une radio du genou, le constat serait différent : son articulation serait intacte. Et cela entraînerait la mise en examen de la jeune femme pour usurpation d'identité, voire meurtre.

Manneville entendit un cri d'enfant. Dans son désarroi, il ne parvint pas à reconnaître s'il s'agissait de

Noé ou de Louise. Aussitôt, Isaure cessa son activité et rentra dans la maison. Ils formaient tous les quatre, Isaure, Simon, Noé, Louise, une famille épanouie, sereine. Manneville s'était toujours considéré comme un homme bon, compréhensif. Isaure se croyait désormais à l'abri de la justice. Elle avait raison : il ne chercherait plus à détruire ce qu'elle avait bâti.

Il repartit comme il était venu, la radio sous le bras. Il allait la détruire au plus vite.

Après avoir allaité Louise et alors que le bébé dormait, Isaure décida de peindre un peu avant la préparation du déjeuner : elle avait repris ses pinceaux depuis quelques jours seulement. Simon n'avait pas émis de commentaire ; elle devinait pourquoi. Il était d'ailleurs devenu étrange. Il la contemplait souvent en silence d'un air circonspect. Elle se demandait si elle devait se confier. Un doute subsistait : et s'il ne savait rien ? Leur couple subissait une crise. Isaure avait peur que le fossé se creuse, qu'ils en viennent à divorcer.

La jeune femme soupira, impuissante. Elle éprouvait pourtant un vrai bonheur à renouer avec son art. Une galeriste de Nantes à laquelle elle avait montré ses toiles lui avait proposé de les exposer, mais elle n'était pas sûre d'accepter. Quelqu'un pouvait faire le rapprochement avec le style d'Isaure Martineau, la jumelle disparue.

Composition et mise en pages
Nord Compo à Villeneuve-d'Ascq

Imprimé en Espagne par
Liberdúplex
à Sant Llorenç d'Hortons (Barcelone)
en mars 2021

POCKET – 92, avenue de France - 75013 Paris

S31527/01